やまのめの六人

原浩

角川ホラー文庫
23962

目次

灰原の章

「生きてますか？　おい……おおい！」

何度目かの僕の呼びかけに反応し、山吹《やまぶき》が瞼《まぶた》を剝《は》がすようにしてゆっくりと目を開いた。生きているらしい。山吹は困惑混じりの、ぼんやりと虚《うつ》ろな視線を僕に向け、呻《うめ》くように呟《つぶや》いた。

「誰だ……？」

「ちょっと、大丈夫ですか？」と、山吹の目を見る。「僕ですよ」

山吹は幾度か目を瞬《しばたた》かせると、すぐに意識が明瞭《めいりょう》になったようだ。

「灰原《はいばら》くん……、か」と、返事をした。

僕は割れたフロントガラスの隙間から問いかけた。

「動けます？」

この男、山吹はひとり、横転した車の助手席に取り残されていた。先ほどまで山道を疾走していた黒いコンパクトカーは大破していた。後部ドアはひしゃげているし、フロントガラスも事故の衝撃で砕け、大半を失っている。その上、後部のラゲッジスペースには樹木が突き刺さっていた。土砂と一緒に押し流された倒木が、リアウインドウを突き破ったのだ。

泥混じりの雨水を浴びたらしく、山吹の顔は黒く濡《ぬ》れている。白髪の交じった前髪が額に垂れて貼りついていた。着こんだ黒いスーツも濡れており、下のワイシャツと一緒に体にぐっしょりと張り付いている。

「……何があったんだ」

山吹は体を起こすが、どこか痛むのかすぐに顔をしかめた。彼の頰から粒子状に砕けたフロントガラスの破片がばらばらと落ちる。

「土砂崩れのせいで車が横転したんです。本当に大丈夫ですか?」

山吹は薄く笑顔を見せて頷《うなず》いた。「ああ、大丈夫だ。……首が少し痛むがね」

僕は振り返って後ろの男に告げた。

「無事みたいですよ」

車から少し離れた大きな岩の上に紫垣《しがき》が腰掛けていた。紫垣は全くもって不機嫌そうだった。眉間《みけん》の皺《しわ》を深くして、灰色にかすむ山並みを気怠《けだる》そうに睨《にら》んでいる。

紫垣は長身で肩幅も広く堂々たる体軀《たいく》の男だった。腕回りはがっしりと太く、胸板も厚い。盛り上がった筋肉のせいか、僕たちと同じ黒いスーツをまとっていても、どこか不恰好《ぶかっこう》に見えた。ほりの深い顔だちは外国の血を感じさせる。きっと異性を引き付ける見た目だろう。僕たちは互いの素性について多くを知らない。しかし、紫垣の性向が粗暴で残忍であることは、疑いようもなく僕には明らかだった。

紫垣は咥《くわ》えた煙草をつまむと、怠そうに溜息《ためいき》交じりの太い紫煙を吐いた。

「どっちが？」

質問の意味が分からない。口数の少ない男だ。

「どっちって？」訊《き》き返すと、紫垣は面倒くさそうに僕を一瞥《いちべつ》し、重ねて言った。

「無事なのは荷物か？　山吹か？」

「……どっちが重要なんですか？」

「決まってる」紫垣は煙草を投げ捨て、くだらない質問に辟易《へきえき》したかのように再び深い溜息をついた。「……荷物だ」

僕は苦笑して山吹に向き直る。

「あんなこと言ってますよ」

「紫垣くんだな」山吹は歪《ゆが》んだ車の助手席で身を縮こませたまま苦笑すると、黒ネクタイを緩めた。

頭髪に白いものが交じり始めた年嵩《としかさ》のこの男は、五人の中では最年長だろう。歳を重ねた為か、紫垣と違って思慮深く穏やかで分別もあるようだ。どこか紳士然としていて物腰も柔らかく、その表面上は周囲の信頼や人望を集める人柄に見える。

山吹の左手首に結ばれたワイヤーチェーンを見る。そのワイヤーの先に繋《つな》がれているのはジュラルミン製のアタッシュケースだった。これが紫垣の言う荷物だろう。車は完全にお釈迦《しやか》だが、この小さな箱には何の損傷も無い。

ドアからの脱出を諦《あきら》めた山吹は、アタッシュケースをフロントピラーの縁《へり》に叩《たた》きつけ、残るガラスをこそぎ落とす。差し出された手を摑《つか》むと、僕は山吹を助手席から引っ張り出した。彼は萎《しぼ》んだエアバッグを搔《か》き分け、這《は》うようにして車外に脱出する。

山吹はアタッシュケースを片手によろよろと立ち上がり、事故車を一瞥して困ったような笑顔を見せた。

「はは……、こりゃだいぶ派手にやったもんだね」

僕は首を竦《すく》めて山吹に応じた。

「笑っている場合ですか」

「失礼。そうだな、笑えない状況だよね。これは」

「ええ、笑えません。でも、ツイてましたよ」

僕が指し示した車体の有様を見て、山吹は眉《まゆ》をひそめた。

車は崖《がけ》と表現しても差し支えのない、切り立った斜面の縁、ぎりぎりのところに横たわっている。ガードレールは無い。眼下の地面は大きくえぐられて土肌を露出させており、道路の縁から雨水が滝のように流れ落ちていた。もう少しずれていたら、車体はこの崖を転落し、乗員全員が命を落としただろう。これを幸運と呼ばずして何と言うのか。

「全然ツイてねえ」紫垣がのっそりと太い声で言う。「車が潰《つぶ》れて山奥で足止めだ……気に入らん」

さっきまでの豪雨は落ち着いており、霧雨に変わっていた。湿った強風がごうごうと音をたてて僕らの身体を打つ。嵐はまだ半ばだ。そのうちまた降り出すに違いない。ここには道路脇に視界を妨げる木々が無く、急勾配《きゅうこうばい》の山腹を背にして眺望が開けている。しかし、目に映るのは霧に煙る山肌と峰々だけだ。人家は視界に無い。

「紫垣くん、君、怪我でもしたのかね？」山吹が尋ねると、紫垣はかぶりを振った。

「いや」

「だったらそんな小難しい顔をするのはよしなさいよ。男前が勿体《もったい》ない。君が腰かけている大きな岩だって落石だろう？　それが車に当たらなかっただけでも幸いだ。今はその幸運を喜ぶべきだろう。……君もそう思わないか？」

山吹はグレーの髪の毛を掻き上げ、僕に笑顔を見せる。

「はあ」と僕は答えながら車を見た。確かに岩は当たっていないが、樹木が後部に刺さっている。

ふん、と紫垣が薄く笑いを漏らす。「……そいつよりはツイてるかも、な」

紫垣が顎《あご》をしゃくる。半壊した車の後方に男が仰向《あおむ》けに寝かされていた。

山吹が歩み寄り、驚いた声を上げる。

「白石《しらいし》くんか。彼、死んだのか」

白石と呼ばれた男の顔は蠟《ろう》のように血の気が失《う》せていた。もともと肌の青っ白《ちろ》い人間なのだろうが、泥水に仰臥《ぎょうが》する灰色の皮膚は明らかに死体のそれだった。紫色の唇を真一文字に結び、頰は腫《は》れているようだ。顔色とは対照的に白石の額には赤黒い血がべっとりとついていた。雨水に濡れたせいか乾いてはいない。頭部から大量に出血したのだ。

「運の無い野郎だ」紫垣が僕と山吹の間に立ち、ポケットに手を突っ込んだまま白石の死体を見下ろす。気怠い口調で言葉を継いだ。「……車の下敷きになってたとさ」

山吹は深刻な面持ちでつるりと顔面を撫《な》ぜた。

「どうして車の外に？」

「破れた窓から飛んだらしい」

「窓から？　横転した時にか。シートベルトはしていなかったのかね？」

「知らん」

「なんてことだ。可哀想に……。息はあったのかい？」

「即死らしい」紫垣は面倒臭そうに答える。「車の下から引っ張り出した時には死んでたとよ」

山吹は死体を見つめたまま深刻な様子で眉を寄せていたが、はっと思い出したように僕を振り返る。

「あとの二人は……緋村《ひむら》くんと紺野《こんの》くんは？　彼らも死んだのかね？」

「生きてますよ」と、僕は答えた。死んだのは白石だけで残りは全員無事だ。

「どこにいるんだ？」

「山道の先がどうなっているのか見にいきました。……何しろ後ろはあれですからね」

僕は道路の奥を指さす。この車が登ってきた細い山道は、完全に土砂に埋もれていた。その赤土の上をいく筋もの水の流れが血管みたいに這っている。

「道が埋まっている」山吹は見たままを言った。僕は頷いた。

「ええ。この大雨で地盤が緩んだんでしょう。引き返すのは無理ですね」

「……全く上等だね。死人が出た上に足止めというわけかね」

山吹は両手で髪を掻き上げ、吐き捨てる。

本州を直撃した季節外れの台風は大型で、夜明け前からの暴風雨は峠を越える山道をまるで濁流に変えていた。路面は舗装されているにもかかわらず、道路を進む乗用車はまるで川を遡上《そじょう》しているようにすら見えた。男たち全員を乗せた一台の車は、曲がりくねった峠道をなんとか走っていた。

車が峠の頂きに差し掛かってきた頃、地鳴りがした。道路脇の急斜面の山肌が木々を押し倒しながら走行中の車の上に崩れていったのだ。スピードを上げた車は土砂の直撃は免れたが、押し流された樹木の一本が車の後部に激突した。僕はその様子をはっきりと覚えている。車は派手に横転したが、あれで命を落とさなかったのは幸いと思うべきだろう。

事故の直後、どうにか動けるようになった僕と、車を脱出した緋村が、死んだ白石を唖然《あぜん》と見下ろしている間、車内で目を覚ましたのが紫垣と紺野だった。二人とも脳震盪《しんとう》を起こして目を回していたが、僕が二人を車から引っ張り出してやった。最後まで車内に取り残されたのが山吹だったが、こうして彼も息を吹き返した。

おおい、と呼ぶ声がした。見上げると、黒いスーツ姿の男が二人、道路を下ってきたところだった。緋村と紺野だ。先頭を歩く紺野が両手でバツを作り、口髭《くちひげ》を歪ませて耳障りな高い声でまくし立てる。

「駄目だ駄目だ。あっちも道が切れてやがる。とんだ災難だぜ、こりゃ。行くにも戻るにも道はねえ。どうにもならねえよ」

それを聞いた紫垣が唸《うな》る。

「……切れてる？　どういうことだ？」

「切れてるったら切れてんだよ！　癇癪《かんしやく》起こしたダイダラボッチが道路を蹴《け》とばした

みたいによ、道がそこだけぷっつりと途切れているんだ。道路が崩落してやがるんだよ。巻き込まれなかっただけマシだぜ」

「ダイダラボッチ？」紫垣が目を瞬かせる。

「ダイダラボッチ、知らねえのか。日本に伝わる巨人の事だ」

「知らん」

「……大体だなあ、こんな滅茶苦茶《めちゃくちゃ》な土砂降りの雨ン中、このしょぼい道路だぜ？　しかもここは『魔の峠』ときた。俺は登り口から心配だと思っていたんだよ。どこが最適なルートなんだ、まったくよ。白石の適当な話に乗ったのがそもそもの間違いだったんだ」

「道、歩いて渡れないのか」

「渡れるか渡れないか、お前が見て来いよ紫垣。そもそも車がぶっ壊れてるんだぜ。歩いて渡ってどうすんだ。徒歩で進むってのか？　俺たちは嵐ン中、ピクニックに来てるんじゃねえんだぞ。道を外れて土砂降りの山ン中歩いてみろ。それこそ八甲田山《はっこうださん》じゃねえが、俺たち全員凍えて遭難するのが関の山だぜ」

紺野は早口にまくしたてた。紺野はこの中では目立って口数が多く、口も悪い。見たところ紫垣と同世代だろう。振る舞いは軽薄だし頭も切れるわけじゃなさそうだが、裏表の無い性格に思えた。

　紫垣がうんざりした顔で舌打ちする。

「……きんきん喚《わめ》くな。女かよ」

「なんだと？」

「やめてください」と、二人に割って入ったのは緋村だった。「気持ちは私も同じですが、苛《いら》ついていても何も解決しませんよ。……大体、あなただって山越えに賛成したじゃないですか紺野さん。この辺りに詳しいと力説したのはあなたですよ」

　紺野はきまり悪そうに頭を掻《か》いた。「……まあ、そうだけどよ。雨降りでこんな路面になるなんて、俺だってさすがに知らねえもんな」

　緋村は車外へと脱出した山吹の顔を認めると「大丈夫ですか」と、声をかけた。

「ああ」山吹は笑みを浮かべ、左手のアタッシュケースを掲げて応える。ケースに結ばれたワイヤーがじゃらりと音を立てた。

　緋村も微笑んだ。

「ケースは無事。山吹さんにも怪我が無くてよかった」

「私は無事だがね」山吹は顔を曇らせると死体に目をやった。「白石くんが……」

　緋村は頷《うなず》いて声を落とす。

「ええ。白石さんは気の毒に……。車が転がった時に外に落ちたみたいです。土砂の衝撃で、あの通り窓ガラスも粉々ですからね」

「車の下敷きになっていたって？」

「ええ」頷いて緋村はちらりと僕を見る。「……灰原さんと一緒に車を押しのけたんですが、その時は既にこと切れていました」

僕は頷いた。緋村の言う通り、僕たち二人で横転した車を押した。その時、既に白石は絶命していた。彼はほとんど即死だった筈《はず》だ。

山吹は目を伏せて呟《つぶや》く。「そうか……本当に残念だ」

「問題はこの後どうするかです。もう日没です。すぐに暗くなりますし、道路が崩落したとなると誰か来るかもしれません」

「それは問題だね」

「はい。人が来たら厄介なことになります」

「ふむ、どうしたものかな……」

山吹と緋村は深刻そうに視線を交わす。

「今すぐここを離れるのか？」と紺野が甲高い声で問う。

緋村は首を振った。

「慌てなくてもいいとは思います。この後更に風雨が強まりますし、台風が通過するまで、少なくとも今夜のうちは警察も消防も来ないでしょう。ですが、夜が明けたらすぐに駆けつけるでしょうね」

「だったら結局急がなきゃならないじゃねえか」

「ええ。ただ、今見てきたようにあの道路では峠を越えるのは無理です。元来た道を戻るにしても、ここからだと引き返す方が街までの距離がある。それに灯《あか》りが無いまま嵐の中を歩くのは危険でしょう。できれば足を手に入れたい」

「足ねえ……。どこかに四駆でもありゃいいんだけどなぁ」紺野は困り顔で土砂に埋まった道路を眺めた。

緋村もまた無残に壊れた乗用車と崩落した土塊《つちくれ》の山に目を向ける。彼は数歩足を進め、頭上を見上げた。手の届きそうな距離に猛烈な速さで黒雲が流れている。緋村はどうすれば良いか考え込んでいる様子だった。皆の視線は自然と緋村に注がれる。

五人の男たちは打ち合わせでこれまで何度も顔を合わせてはいるものの、親密な間柄ではない。僕も緋村という人間について詳しいことは知らない。年齢はおそらく四十を過ぎたくらいだろう。知恵働きが得意らしい。皆にリーダーと呼ばれているわけではないが、実際のところそれに近い役割を担っている男だった。

「誰か外に連絡はつかないかね？　私の携帯は電波が通じないみたいだが」と、山吹が手元の端末に目を落として言った。

紫垣が黙って首を振る。彼のも同じだということらしい。僕はそもそも持っていない。緋村も片手に取り出した電子機器を見つめて首を傾げる。

「私のも駄目ですね……紺野さんは？」と、緋村が尋ねる。

紺野が甲高い声で答えた。

「さっきから再起動試したりしているんだけどさあ……」

紺野はそう答えながら、頑丈そうなアルミの保護ケースに入れられた端末をしきりに指先で突《つつ》いている。鈍く光る液晶画面を見つめて首を振った。「やっぱり俺のスマホも繋《つな》がらねえなあ。土砂崩れの影響かもしれねえよ、こりゃ」

ぽつりと頬に冷たいものを感じた。見上げると、どろりとした暗褐色の雲がいよいよ近くに迫っていた。このまま途方に暮れていても濡《ぬ》れるばかりでらちが明かない。

僕は一同を見まわして言った。

「雨が降りそうです。いつまでもここに立っているわけにはいかないんじゃないですか？」

僕の言葉に紺野がおどけた調子で答える。

「おっと、それについてはこの紺野さんが解決できそうだぜ。さっき見つけたんだ」

「何をです？」僕が訊《き》くと紺野は道の先を指さした。

「道路はこの先で崩落しているが、その手前に上に延びる脇道があったんだ。車が一台乗り入れられるくらいの舗装もぼろぼろの道だ。緋村と二人で途中まで登ったが、その道の先には建物が見えたぜ。民家だ」

に首肯した。

「へえ、この山奥に民家があったのかい？」山吹が不審げに言うと、紺野は楽しそう

「すげえ昔の話だが、この山向こうには村があったんだ。そこに繋がるこの峠にも人家は数多くあったらしい。今じゃ村はダム湖の下に沈んじまったもんだからここも寂れたが、昔の名残で一部は別荘地になっているんだ。紅葉が良いからなあ、ここは。おそらく見えた建物も別荘だろうぜ。今は紅葉の時期には早いし、台風直撃のこの天候で遊びに来てる奴もいねえだろ。きっと無人だぜ」

「どうして知ってる？」紫垣が低い声で訊く。

「どうしてってお前、ここは俺の地元だって、車ン中で散々話したろう。聞いていなかったのかよ」

「知らん」と、紫垣はそっぽを向いた。

「あのなぁ、餓鬼の頃の俺は……」

「ストップ」紺野の早口を緋村が遮る。「そこまでにしておきましょう。我々は互いの事は知らない方がいいんです」

紺野は口をへの字に曲げて黙る。

緋村の言う通りだ。僕を含めここにいる全員、互いのことなど知らない方が都合が良いのだ。

「ともかく、その屋敷で雨をしのげそうです。ひとまず移動しましょう。今後を検討しなければなりません」

緋村の言葉に一同は頷く。その時だった。

「大丈夫ですかー？」

僕たちは声の方向に一斉に振り返る。坂の上から黒い雨合羽《あまガッパ》姿の二人の男がこちらに歩いてくるのが見えた。

紫垣が舌打ちをして紺野を睨《にら》む。

「どこが無人だ」

「いやあ、屋敷に灯りは点《つ》いてなかったんだがなあ……」

「面倒になる」うんざりといった調子で紫垣が溜息《ためいき》をついた。

先頭を歩いてくる小柄な男が目を丸くして大声を上げた。

「大事故じゃないか、こりゃあ」

男の背は低いが、がっちりとした体軀《たいく》と筋骨が雨合羽の上からでも見て取れる。太い首の上に、握《にぎ》り拳《こぶし》みたいなゴツゴツした顔をどしりと載せていた。その後ろに続くのは対照的にひょろりとした長身の男だ。病的なまでの白い肌にこけた頰。落ちくぼんだ二つの窪《くぼ》みに光るぎょろりとした眼球が印象的だった。二人とも三十代くらいだろうか。

「車が土砂崩れに巻き込まれまして……」緋村が男に答えた。

げん骨顔の小柄男は呆《あき》れたような表情で崩れた土砂の山を眺めた。

「いや参った。やっぱりこっちもか。……それで怪我人はいらっしゃいますか？」

「それが……」と、緋村が目を伏せる。

痩《や》せた長身男が事故車の脇を指さして低く呟く。「兄貴」

そこに寝かされているのは白石の死体だ。

兄貴と呼ばれたげん骨顔は、それを見て、あっと声を漏らした。

「そ、その人、意識が無いんですか？　生きているんですか？」

緋村が首を振り、げん骨顔に尋ねた。

「救急車は呼べますか？　携帯が通じないようなのですが」

「それが……」男は困った様子で答えた。「この二時間ほど電波が繋がらなくて。それに固定電話も電気も通じないんですよ」

「停電ですか」

「二時間前にこの先の道が崩れて電線ごとやられたみたいなんですわ。今もすごい音がしたので、弟と見に来たというわけで。まさかこっちも崩れちまうとは。……とにかく、どうにかして消防に連絡しなきゃならんですね」

屋敷に灯りがなかったのは停電していた為なのだろう。

痩せた長身男が白石の死体に歩み寄る。無遠慮な早足だった。男の長靴がじゃぶじゃぶと水飛沫《みずしぶき》を上げ、その拍子に少なくない量の泥水が白石の顔面にべしゃりとかかった。

山吹と紺野が戸惑った視線を交わす。

痩せ男はそれを意に介すこともなく、屈《かが》んで白石の顔を覗《のぞ》き込み、その手首に触れた。やがてこちらに首を振って見せた。げん骨顔の兄は青ざめた顔で息を呑《の》んだ。

「亡くなっている……のですか。お気の毒に……」

「何か外部との連絡手段はありませんか？」

げん骨顔は首を振って緋村に答えた。

「朝を待つしかありません。道が落ちているんだ。そのうち誰か気が付くと思うのですが……」

その時、事故車を一瞥《いちべつ》した弟が驚いたような視線を兄に向けた。兄は横転した車の前に回り、「ほお」と小さく呟《つぶや》いた。

山吹が怪訝《けげん》な顔をした。

「……この状況で皆さんが無事なのは幸運でしたね」

男たちは金崎《きんざき》と名乗った。小柄な方が兄の一郎《いちろう》。痩せぎすの長身が弟の二郎《じろう》というらしい。見た目は似ても似つかない兄弟だ。やはり紺野と緋村が見つけたという屋敷の住人らしかった。

「とにかくまた降り出さないうちに避難しましょう。うちにおいでください」

「助かります」一郎の言葉に緋村は頭を下げる。

「ほかの皆さんは、お怪我ありませんね？」

僕たちは大丈夫だと答えて礼を言った。ひとまず一郎の言う通りに避難するほかはない。緋村と山吹が頷《うなず》きあう。外部への通信手段が無いことは、かえって幸いなのだろう。

「白石くんの遺体はどうする？」と、山吹が死体に目を向けた。

僕たちは顔を見合わせた。

紫垣がそっけなく呟く。

「ここに置いときゃいい」

「そういう訳にもいかないでしょう」と、緋村が厳しい顔を紫垣に向けた。

「死体を担げってのか？」

不満そうな紫垣の言葉を無視して、緋村が一郎に尋ねた。

「一旦《いったん》、彼をご自宅に運ばせてもらっても宜《よろ》しいですか？」

一郎が首肯する。「勿論《もちろん》ですとも。ご遺体はお運びしましょう」

一郎が目配せすると、二郎がもと来た坂道を小走りに戻っていった。死体を運ぶ車を取りに行ってくれたらしい。

「四駆かな」と、紺野が呟く。

緋村と山吹が意味ありげに視線を交わした。『足』が手に入るかもしれないと考えているのだろう。

一郎によると、この辺りには人家は無いという。付近一帯は金崎家が所有する土地らしいが、峠を越えるこの道の他に麓《ふもと》に通じる道は無いらしい。少し先へ進めば紺野の話した通り別荘地があり助けを呼べる可能性はあるが、距離は遠く日没時間が近いため、この道路状況での徒歩移動は危険とのことだった。

山吹がそわそわと落ち着かない様子を見せている。左手首に結わえたチェーンを解き、持っていたアタッシュケースをいきなり僕に押し付けた。

「どうしたんです？」

僕が訊《き》くと、山吹は難しい顔で自分のスーツの内ポケットを探り、次に腰ベルトに手をやって顔をしかめた。

「……仕事道具が無いんだよ」

何のことか分からなかった。

「仕事道具って？」

尋ねる僕に山吹は呆れたような目を向けた。

「仕事道具は仕事道具だよ。……車の中かもしれないな」

　山吹はすたすたと車に向けて歩き出す。僕は山吹の背を追った。山吹はフロントガラスから頭を突っ込んで、前部座席を見回す。

「無いんですか？」状況を察したらしく、後ろから緋村が声をかける。

　山吹はスマートフォンのフラッシュライトを照らして、後部座席も確かめるが、求めるものは車内には見つからなかったようだ。車の周囲に砕けたガラスが散乱していたが、その他には何も落ちていない。

「ちょっと、あなたたち危険ですよ。離れてください。探し物なら車両を移動した後にしたほうがいい」一郎が眉《まゆ》をひそめて注意する。確かに緩んだ地盤がいつ崩落するか分からない。「……一体、何を探しているんですか？」

「いや、仕事の大事な道具なんですがね。諦《あきら》めますよ」振り返った山吹が明るい声色で一郎に答える。

「……無かったんですか？」僕が小声で訊くと、山吹は車両の脇に歩を進め崖下《がけした》に目を落とした。

「事故った時に、下に落ちたのかもしれないね」

　僕は山吹の隣から崖下を覗き込む。土肌の剝《む》き出しになった急斜面は眼下で杉林に呑まれていた。下に降りる足場も無く、その仕事道具がここから落ちたのなら探しようもない。

「あれ？　これは……」突然、一郎が驚いた声を上げた。

一郎が意外そうな様子で見ているのは、さっき紫垣が腰かけていた落石だった。道の端に留まっているそれは、人間の胴体程の大きさの丸い岩だった。屈みこんだ一郎が石の表面に手を触れて「やっぱり、『おんめんさま』だ」と、嬉《うれ》しそうな声を上げた。

「おんめんさま？」と緋村が聞き返すと、一郎は崩落した山肌を見上げて答えた。

「これ、この上の高台にあった道祖神なんですよ。それを私の家ではおんめんさまと呼んでおりまして」

「その岩が、ですか？」

「ええ、土砂崩れと一緒にこんな所にまで落ちてきたらしい」

「お宅のものですか？」

「うちのものって訳ではないのですがね。うちの近くにずっと昔から立っていたんですよ。木の根元にね。崩れた土砂と一緒に埋もれてしまったのだろうと思いましたが……いや見つかって良かった」と、一郎は笑顔を見せた。

紺野が岩の傍らにしゃがみ込み、その表面を興味深そうに撫《な》でまわしている。どこか楽しそうな様子で話し出した。

「こりゃあ結構古い道祖神だぜ。文字が刻んであるけど、たぶん古代の文字だ。ここらじゃあ道祖神は別に珍しくはないけどさ、こりゃ貴重かもしれないな。でも、こんなのが車に当たっていたらぺちゃんこだったぜ。道祖神に当たって死んだなんて、悪党に天罰が下されたみたいで三文記事のネタになっていたかもしれねえよなあ」

「道祖神？」と、低く呟いた紫垣に、紺野が答える。

「知らねえの？　道祖神ってのは路傍の神様だ。悪霊や疫病から人々を守る。この地方には、こんなのが沢山あるんだぜ」

「……ただの岩だ」紫垣は無表情に道祖神を見つめた。

紺野が得意げな口調で演説を始める。

「お前の目にはただの岩に映るのかも知れねえがな、紫垣。道祖神のデザインは石像とは限らないんだよ。ここ見ろよ、岩の表面に文字が彫ってあるだろう？　これは文字碑っていうんだ」

僕も覗《のぞ》き見る。よく見なければ分からないが、紺野の示した岩の表面には細い書体で文字が彫り連ねてある。

「それ韓国語かね？」横から覗き込んだ山吹が言った。紺野が首を振る。

「ハングルに似ているが違うんだな。阿比留《あひる》文字っていう昔の文字だ。漢字が伝わる以前から使われていた神代《じんだい》文字と呼ばれるものだ。まあ、古代文字には偽作とされるものも多いけどよ、これは本物じゃねえかな。対馬《つしま》の豪族に伝えられていた文字で、現代でも対馬には阿比留って名字が多いんだ。そう、確かにハングルとの関連も指摘されていて、まあ俺が思うには……」

「いや、紺野くん、もういいよ」と、山吹が苦笑を浮かべて遮った。

「驚いた。よくご存じですね。私より詳しい」と、一郎が目を丸くして紺野を見る。

「いやあ、俺もこの辺の出身なんでね」と、紺野が笑顔で答えた。

僕の隣で緋村が苦い顔をした。山吹が呆《あき》れたように口を曲げる。

一郎が道祖神に手を触れて話す。

「私には何が書いてあるか分かりませんがね。ここの地名だけは漢字で刻まれているんです。……ほら、この部分」と、一郎は碑文の最後の行を指さした。

山吹が文字を見つめて目を細める。「……本当だ。ここだけ日本語ですね」

ごろごろという音に振り向くと、雨合羽《あまガッパ》の金崎二郎が戻ってきたところだった。農作業用の一輪車を押して坂道を下ってくる。取りに戻ったのは乗用車ではないらしい。

紺野が呆気《あっけ》にとられた声を上げた。

「おいおい、白石をあれで運ぶつもりかよ」

ここから見ると二郎の腕はやたらに長い。ひょろりとした触角みたいな二つの細腕が一輪車を押す様は、奇妙な昆虫のように見えた。二郎は我々の中に一輪車を停めると、後は知らぬというように無表情に一歩下がる。一輪車全体は泥に塗《まみ》れていた。しかも荷台の内側は泥なのかペンキなのか、ヘドロみたいな赤黒い何かがねっとりとこびりついている。

「じゃ、その人を載せてください」と、一郎が事もなげに白石の死体に顎《あご》をしゃくった。

紫垣が不快そうに目を逸《そ》らす。

僕が緋村を見ると、彼は仕方ないとでも言うように小さく頷《うなず》いた。

山吹が僕と紺野に目を向ける。

「灰原くん、紺野くん。白石くんをそれに載せてくれるかね」

紺野がため息をついた。「あのなあ。何で俺が……」

「頼むよ」と、山吹が手を合わせる。

僕は白石の頭に回り、両脇を持ち上げる。紺野は足を抱えた。なおもぶつくさと不平を漏らす紺野と一緒に白石の死体を抱え上げた。その死体は矢鱈《やたら》と重かった。力の抜けた頭部が僕のシャツにごろりと転がる。血液の臭いがぷんと漂った。ふらつきながらどうにか運び上げると、仰向《あおむ》けに一輪車に載せた。小さな荷台に白石の死体は完全に納まらない。膝下《ひざした》と上半身がはみ出して、仰《の》け反るような姿勢になってしまった。

「まったくよぉ、風呂《ふろ》に浸《つ》かっているんじゃねえんだからな」と、紺野が呟《つぶや》く。彼にはどこか滑稽《こっけい》に見えるらしい。

僕もまた、この状況がどこか愉快に思えた。ここには、まともじゃない奴ばかりが集まっている。そう感じたからだ。多少ましに見えるのは緋村と山吹くらいか。

急に雨脚が強まってきた。ぼたぼたと地面を雨粒が打ち始める。

「急ぎましょう。私どもの家はすぐ先です」

すたすたと歩き出す金崎兄弟の後を追う。ご丁寧に再び手首に繋《つな》ぎ直したアタッシュケースを持った山吹が続く。その後ろには緋村。死体を載せた一輪車は紫垣が押した。僕と紺野は最後尾を歩いた。

「見ろよ、あれだあれ」と、紺野が指を差した。

道の先が突然ぶつりと切れていた。崖《がけ》沿いの道路が崩れているのだ。それより先に車が通行できないのは明らかだった。

「はは……、こっちもえらい事になっているね」山吹が途方に暮れたように笑って言う。

「ここのところ、尋常じゃない雨量でずっと降り続けていましたからね。こんなの初めてですよ」と、一郎が雨合羽の下で渋い顔をつくった。

山吹は崩れた道路の際まで近づき、崩落したところを見下ろす。「……確かに徒歩でも無理だね」

「近づかない方がいいですよ。まだ崩れるかもしれない」と、一郎が注意する。

「迂回路《うかいろ》はありませんかね？」振り返る山吹に一郎がそっけなく首を振った。

「ありませんね」

「ふむ」山吹は唇を嚙《か》んで、道路の際から身を引いた。

「雨が強くなりそうだ。早く行きましょう」と、一郎が先に立つ。

道路の左手には、さっき紺野が言っていた脇道があった。鬱蒼《うっそう》とした山林の急勾配《きゅうこうばい》を上へと延びている。どうやらこの峠の頂上に向かっているらしい。

金崎兄弟の先導で脇道に入り進む。かなりの急角度の上り坂で、路面は相当に荒れている。あちこち砕け、剝《は》げた舗装の窪《くぼ》みに水たまりができていた。

紫垣の押す一輪車はがたがたと激しく揺れた。荷台の上で白石の死体が小躍りするみたいに跳ねては様々にポーズを変える。

緋村が紫垣を振り返って言った。

「もっと丁寧に運んでください」

「道が悪い」と、紫垣が不機嫌な低い声で答える。

「荷台に頭が跳ねてる。それじゃ、白石さんがあんまりですよ」

「ああ、わかった」紫垣はうるさそうに緋村に応じた。

雨水は山肌を伝って路面に泥水の流れをつくっている。僕たちはべちゃべちゃと水《み》飛沫《しぶき》を散らしながら、しばらく急な上り坂を進んだ。

「見ろ。どうだよ、洒落《しゃれ》ているだろ」

隣を歩く紺野が自宅を自慢するような言い草で指を差す。道の先に建物の屋根が見えた。あれが金崎家だろう。クリーム色の外壁に勾配《こうばい》の急な暗緑色の三角屋根が坂道の上に突き出している。確かに停電しているらしく、灯《あか》りはともっていない。

坂道を上りきると、建物の全貌《ぜんぼう》が現れた。山林を切り開いた僅《わず》かばかりの平坦《へいたん》な土地に屋敷が立っている。遠目にも建物は傷んでいて、明らかに最近建てられたものではなかった。数十年は経過しているのだろう。屋敷を囲む鉄製の柵《さく》と黒い門扉も手入れがされていないらしく、ところどころ赤褐色に錆《さ》びている。

「熊でも出るのかね」と、紺野が鉄柵《てっさく》を見て呟いた。

さっきよりさらに風雨は強まっていた。屋敷の背後の木々は押し寄せる荒波のように激しくざわめく。森を打つ雨音がざらざらと鳴っていた。

「あそこにおんめんさまが立っていたんです」一郎が指さした。

屋敷の反対側、この場所から少し上った先の崖の一角が土肌を露出させていた。その部分が崩落したらしい。この屋敷を見下ろすようにしてあの道祖神は立っていたのだ。

一郎が門を開け、我々はそれに続いて敷地内に入る。

屋敷の庭は広いが、物が多い。古い農作業用具や建材か何かと思《おぼ》しきガラクタが、そこかしこに積まれていた。それらの一部にはブルーシートが掛けられているが、どれも所々が破けている。土が露出した地面には車の轍《わだち》と足跡が所狭しと刻まれていて、それらに溜《た》まった泥水に雨粒の波紋が散っている。庭の奥には屋根だけの車庫があり、その中にも物が一杯に積まれていた。埋もれるように白い軽トラックも停められているが、それもまた薄汚れていて所々錆びが浮いている。

金崎邸は古いながらも洒落た建物だった。白い枠の張り出し窓と、平板な石瓦《いしがわら》で葺《ふ》かれた三角屋根は、明らかに日本のものではなく洋風の建築様式だ。紺野はこの辺りは別荘地だと話していた。確かに建物自体は洒落ているが、この生活感は別荘の類《たぐい》ではないように見える。山吹が庭の有様を見回して、どこか呆れたように首をすくめた。

「ご家族でお住まいなのですか？」と、緋村が尋ねた。

「ええ。といっても弟と母の三人暮らしですがね」そう答えると、一郎は玄関ポーチに入って扉を開ける。「濡《ぬ》れてしまう。さ、ご遺体を中へ」と僕らを招いた。

屋根付きの玄関ポーチは、古びているせいかどこか陰鬱《いんうつ》としている。屋根を支える柱の根元が割れていて、そこに雨水が浸みて滲《にじ》んでいた。重厚な玄関扉はアンティークなデザインで、ブロンズ色のドアノッカーがしつらえられている。一郎が開いて支える扉の向こうは真っ暗だった。

灯りを持ってきてくれ、と命じられた二郎がゆらりと邸内に消えた。日没にはまだ時間がある筈《はず》だが、室内は既に真っ暗だった。

僕と紺野は、載せた時と同じように白石の死体を抱えると、邸内に運び入れる。泥に汚れた白石の死に顔に水滴がとろりと伝う。

音もたてずに戻ってきた二郎が、光を足元に向けてくれた。その手にあるのは古めかしいランタンだった。おそらくオイルランタンだろう。光量に乏しい小さな灯りが、痩《や》せた二郎の手元でひらひら揺れている。

「足元、気をつけてください」

一郎の言葉に応じて室内に入る。濡れた革靴のまま上がり、玄関を隔てる戸を抜けると、そこは広々としたホールになっていた。二階まで吹き抜けになっていて天井が高い。大きな照明が下がっているが点《つ》いていない。壁際に階上へと延びる階段があり、二階の廊下からは吹き抜けの一階を見下ろせるようになっている。

部屋の隅には薪《まき》ストーブがあった。ストーブの耐熱ガラスの向こう側で、薪にまとわりついた炎が赤々と揺らめき、黒い板張りの床を照らしている。そのお陰だろう。天井が高い割に室内は暖かだった。

ホールの床には準備よくブルーシートが敷かれている。僕と紺野はその上に白石の死体を寝かせた。シートは人間一人を安置するには十分な大きさだ。広々と敷かれた敷物の真ん中に、ぽつんと死体が寝ころんだ。頭は割れているものの、その体には傷も無く綺麗《きれい》だった。ちょっと見ただけでは、この男が息絶えているとは思わないかもしれない。人間の命というものは、儚《はかな》く呆気《あっけ》ないものだ。

ふと見ると、シートのそばで紫垣が茫然《ぼうぜん》と立ち尽くしている。考え事でもするように、ぼんやりとした視線を足元に向けていた。

「どうしたんです？」

僕が声をかけると、

「……死体か」と、紫垣はゆっくりと呟《つぶや》いた。

彼はどこか上の空だ。

「それが？」

僕は聞き返したが、紫垣はじっと死体に目を留めたままだ。

「紫垣さん？」もう一度問いかけると、紫垣はびくりと肩を震わせた。ぎょろりとこちらに目を向ける。その白目にどんよりとした黄土色が混じっていた。

「どうしました？」

「……いや」紫垣はのそりと大きな背中を向けた。

一郎が薄汚れた毛布を持ってきた。それを広げ、白石の全身を覆い隠す。一郎は遺体の前で手を合わせた。

雑然としていた屋敷の庭とは違って、室内は意外と片付いている。床板は艶々《つやつや》と黒光りしているし、物も整理されていた。中央に据えられたダイニングテーブルは大型で、自然木の形状をそのまま生かした一枚板のものだった。その両側に椅子が四つずつ、合計八脚で囲んでいた。金崎は三人暮らしだと話していたが、小さな家族には過分なサイズだ。卓上には古めかしい銀の燭台《しょくだい》に乗った太い蠟燭《ろうそく》がちろちろと頼りない炎を揺らしていた。僕たちは一郎から手渡されたタオルで濡れた髪を拭《ぬぐ》いながら薪ストーブの周囲に陣取った。

「大変なことになりましたね」と、一郎が眉《まゆ》を寄せた。「もう日が暮れます。明日《あした》になれば救助が来るでしょう」

一郎の言葉に、緋村と山吹は複雑そうな面持ちで視線を交わした。

「まだ、道路については知られていないんでしょうか?」と、緋村が尋ねる。土砂崩れが明らかならば、程なく警察が駆けつけそうだ。一郎は首を振る。

「崩れたのはついさっきですからね。誰かが見つけて通報したとしても、この台風が通過するまでは来られないと思いますよ」

立ち上がった一郎は壁際に向かって歩むと、棚の上に置かれている大きなラジオの電源を入れた。ノイズ交じりのくぐもった音色が台風情報を流し出す。

『……十六時までの一時間に百二十ミリ以上の猛烈な雨が降ったとみられるとして、記録的短時間大雨情報を発表しました。上陸した台風十五号は今後もゆっくりとした速度で北上し、関東、甲信越《こうしんえつ》を中心に記録的な暴風、高潮、大雨の恐れがあります。今夜から明け方にかけて土砂災害に厳重に警戒し、安全な場所に留《とど》まるようにしてください』

紺野が苦笑を漏らす。

「聞いたか？　土砂災害に警戒だってよ。ニュースを聞くのが少し遅かったよなあ」

窓の外には夜が迫っていた。風の音は再び増しており、強風に煽《あお》られた雨粒が窓ガラスを不規則に打ち続けていた。速度の遅い台風はまだ関東地方を抜けてはいないようだ。天候はこれからさらに悪化するのだろう。唸《うな》る風の音に交じり、カラスの鳴き声が聴こえた。

皆、黙ってラジオに耳を澄ましていた。この地域での土砂崩れのニュースはまだ報道されない。ひとしきり続いた台風情報が終わると、今日起こった事件事故の報道にうつる。老人から現金を騙《だま》し取った二人組の受け子が逮捕されたニュース。贈賄で逮捕された元議員の有罪判決。午後に貴金属店に押し入った五人組は雨の中を逃走中らしい。

一郎が窓の外を見てぼやいた。

「昔は無線機なんてのも使っていたんですがね。今は携帯電話の時代ですから。しかし、こういう緊急時にそれが繋《つな》がらないとなると、こんな山奥ではお手上げです」

「この近くに住んでいるのはお宅だけ？」紺野が尋ねると、一郎は首肯した。

「ええ。先ほどもお話しした通り、落ちた道の先を三キロほど下れば別荘が数軒ありますが、明るくなってからの方がいいでしょう」

「ここに警察が見回りに来るということは？」と、緋村が尋ねる。

どうでしょう、と一郎は首を傾げた。「そもそも交通量のまるで無い峠道ですからね」

僕たちが頷《うなず》くと、一郎はチェーンを外して山吹の足元に置かれたアタッシュケースに、ちらりと視線を走らせた。

「こちらへは、皆さんお仕事で？」

一郎の問いに、緋村がそうだと応じた。

「我々は仕事の都合でS市へ向かうところだったんです」

それを聞いた一郎は、怪訝《けげん》な表情を向けた。

「それならば高速道路を使った方が良かったのでは？　この峠を越えるのは相当回り道でしょう」

紫垣と紺野が緊張した視線を泳がせた。しかし、緋村はまるで言い淀《よど》むこともなく平然と答える。

「この台風で事故があったらしく、高速道路が全面通行止めになっていたんです。それでやむなく山越えを」

「ああ、それは災難でしたね」と、一郎は気の毒そうに眉を寄せ、毛布に覆われた白石の死体に目をやった。「……それで、ご同僚がこんなことに」

緋村は悲痛な面持ちで目を伏せ、礼を言う。

「本当に助かりました。我々も途方に暮れていたところです」

一郎はお気になさらず、と笑顔を見せた。「まあ、このボロ家も安全とは言い難いですがね」

「歴史のある建物のようですね」

「古いだけです。この家は戦前に建てられたものでね。何度か改装していますが、屋根は天然の粘板岩で建築当時のままなんですよ。この風で飛ばなければいいんですがね」

その言葉に応えるように、窓ガラスがガタガタと震えた。

さて、と一郎が立ち上がる。「温かいものをお持ちしますよ。珈琲《コーヒー》でよろしいですか？　紅茶もありますが。……少々お待ちくださいね」

一郎はホールを出て行った。

彼の背を見送ると僕たちは互いに顔を見合わせた。

紺野が椅子にどかりと腰かけて口を開く。

「母親もいると話していたよなあ。この家、三人きりか」

「ふむ……」山吹がどこか不審そうにホールを見回す。

「山吹さん、何か？」緋村が訊《き》くと、山吹は首を捻《ひね》る。

「いや……、室内は随分と綺麗《きれい》だね。床も磨かれているし梁《はり》にもホコリが積もっていない」

「それが？」

「三人じゃ手に余る広さの割には行き届いていると思ってね。大勢の使用人でも使っているわけじゃあるまいに」

「確かに……そうですね」緋村もホール内部を見回す。

「ただの綺麗《きれいず》好きなんだろうぜ」と、紺野が笑う。

「あの散らかった庭を見るとそうも思えないがね。……それにこの染みは、血か？」

山吹は卓上の黒い染みを指先で擦《こす》る。

「おっかねえ事言うなよな。まあ、気持ちは分かるけどさ。どことなく不気味なやつらだもんな。特に弟。ありゃ、まるで痩《や》せたフランケンシュタインだな」と、楽しげに笑った。

「フランケンシュタインって何？」僕が思わず尋ねると、

「お前、フランケン知らないの？　マジで言ってんの？」と、紺野は目を丸くした。

「……まあ、フランケンシュタインってのは正確には怪物を作り出した人物の名前だけどさ。今じゃあ怪物そのものがフランケンって呼称される事が一般的だろ。顔中に縫い目のある四角い頭の人造人間のイメージでさ。俺が喩《たと》えたのはそれだぜ。けど、それはユニバーサル製作の映画で描かれた造形が定着したもので、本来は……」

「うるせえ」と、うんざりと顔を顰《しか》めた紫垣が遮る。

緋村が一郎の立ち去った廊下に目をやった。

「とにかく住人が三人程度であれば問題は無いでしょう。通報される心配も無い。ただ、本来は今日中に関東を離れる予定でした。朝までにここから移動しなければ身動きがとりづらくなります」

「車なら、ここにもありましたよ。それで峠を越えればいいんじゃないですか」ぼろぼろの軽自動車が庭先に停めてあった筈《はず》だ。僕の言葉に紺野が呆《あき》れ声で返した。

「道路が落ちてるんだぜ。車があっても峠越えは無理だろ。埋まった道路を越えて元来た道を戻るしかねえよ」

山吹が思案顔の緋村に尋ねる。「誰か信頼の置ける助けのあては無いのかね？　街まで下りるのは難しいが、夜のうちに電波の通じる場所まで移動すれば連絡はつくだろう」

「貸しのある奴がいるにはいますが……」緋村は厳しい顔をして首をひねった。「ただ、ここは遠すぎます。それに、見返りも必要になるでしょう」

「気に入らん」黙っていた紫垣が、ぼそりと不満を漏らす。「……ただでさえ頭数が多いんだ」

「頭数って、紫垣。お前、分配の事を気にしているのかよ？」と、紺野が非難めいた口調を紫垣に向けた。

「悪いか」

「仲間が死んでいるんだぜ？　こんな時にビジネスの話なんかするなよな。ＴＰＯってのをわきまえろよ、ＴＰＯを」

喚《わめ》きたてる紺野を無視して、紫垣は緋村に話しかけた。

「確認したい」

「なんですか？」と、緋村が怪訝な顔をする。

「白石への分け前は不要になった。そうだな？」

「それはまあ……、亡くなってしまったのだから、当然そうなりますね」

「ならば収益は四等分だな」

それを聞いた紺野が軽蔑《けいべつ》するような表情を紫垣に向けた。「何でもカネ、カネかよ。みみっちいねえ……女にでも貢いでんのか？」

「俺は貢がれる側だ」紫垣がぶっきらぼうに答える。

「ああ、そうかよ。そりゃ恐れ入ったぜ」と、紺野が面白くなさそうに唇を尖《とが》らせた。

「今、四等分と言いましたか？」小首を傾げた緋村が紫垣に聞き返す。「五等分でしょう」

紫垣は僕たちの顔を見回し、少し妙な顔をして人数を訂正する。

「ああ、五人か。……であれば猶更《なおさら》人を増やすのは反対だ」

「状況を考えろよ、紫垣くん」と、山吹が言う。「実入りが減っても、この際、背に腹は代えられんだろう」

「……気に入らん」紫垣はぼそりと呟《つぶや》くが、すぐに何かを思いついたのかホールをゆっくりと見回して言葉を足した。「どこにも連絡がつかないのは幸いかも、な」

「ん？　どうしてかね？」山吹が訊き返す。

「……この家は結構貯め込んでるかもしれん」そう言って、紫垣は舌なめずりするように唇を舐《な》めた。

「君、冗談を言っているのか？」

「ものの、ついでだ」

山吹は心底から不快そうな表情で紫垣を窘《たしな》める。「馬鹿な事を言うもんじゃない。私たちはくだらんゴロツキとは違うんだぞ」

「どう違う」

「全く違う。予定通りに進めるのがプロの仕事だ。行きがけの駄賃みたいな、素人臭いみっともない真似は私が許さない」

「……お堅い野郎だ」紫垣はむっつりと口を噤《つぐ》んでそっぽを向いた。

「声を落としてください」緋村が鋭い声を飛ばした。「何事にも想定外のトラブルはつきものです。山吹さんの言う通り、小事に動揺して軽々しい真似をするべきではありません」

紺野は鼻を鳴らし、小事ねえ、と首を竦《すく》める。緋村は一同を見回した。

「仕事の山場は越えています。確かに望ましい状況じゃないが、決して八方塞《はっぽうふさ》がりではありません」

「そうかあ？　八方塞がりだろ、これ」紺野が口髭《くちひげ》を歪《ゆが》めて笑う。

緋村は首を振った。

「仕事でしくじるやつらは皆同じです。予想外のトラブルに遭うと動揺で自分自身を見失ってしまうんです。結局は己が原因で下手を打つ。しかし、ここにいる五人は違う。ここにそんな役立たずはいない。そうでしょう？」

紫垣が自嘲《じちょう》気味に笑って吐き捨てる。「そりゃ、死んだ奴よりは役に立つ」

「……ここまで来たんだ。何か手を考えましょう」

緋村はそう呟いて、床に置かれたアタッシュケースを見つめる。

薪《まき》ストーブの炎が、滑らかなケースの外装を不規則なリズムでオレンジ色に照らしていた。皆、一様に口を閉ざし、沈黙が訪れる。薪が燃焼する音だけが、ぱちぱちと鳴った。

考えていることはそれぞれだが、どいつもこいつも面白いやつらだな、と僕は思った。

「お待たせしました」と、金崎一郎が戻ってきた。その隣には小柄な一郎よりもさらに小さな女性が一緒だった。白髪をアップに結った老女だった。

一郎は懐中電灯を携え、その女性の足元を照らしながら歩いている。おそらく彼女が金崎兄弟の母親だろう。二人の後ろには二郎が続く。二郎はトレイを手にしていた。その上には湯気の立つマグカップが幾つか載っている。

「母です」一郎が女性を紹介すると、金崎夫人は顔中の皺《しわ》をにこにこと歪ませて、僕たちに会釈した。金崎兄弟の母親にしては、かなり老いてみえる。兄弟の母というよりも祖母とした方が自然な世代に思えた。

「ご迷惑をおかけして申し訳ありません。本当に助かりました」

緋村が重ねて礼を言うと、金崎夫人はゆるゆると左右に首を振り、答えた。

「いいえ、困ったとき、は、おたがい、さま、ですか、ら……」

一瞬、聞き取れなかった。夫人の声は途切れ途切れに掠《かす》れていて、しかも声量は蚊の鳴くほどに小さい。

一郎が補足する。

「母は喉《のど》を悪くしていましてね。お聞き苦しいかもしれませんが。失礼を」

僕は二郎のひょろ長い腕が差し出すトレイからマグカップを受け取った。カップは黒い液体でなみなみと満たされていた。

「これは？」僕が尋ねると、

「珈琲《コーヒー》です。インスタントですがね。砂糖とミルクはここに」と一郎が答えた。

独特の香りが鼻をつく。紫垣がそれを受け取ってストーブの前に戻る。喉が渇いていたのだろう。すぐに一口飲んで、ふうと息をついた。紺野はミルクと砂糖を入れると、しつこいまでに掻《か》き回し、その液体を口にした。

山吹は珈琲を一口啜《すす》ると妙な顔をした。一郎に背を向け、渋面をつくって見せると、さりげなく僕の耳元で「糞不味《くそまず》い」と、囁《ささや》いた。

「ミルク、入れた方がいいですか？　それともこのまま？」僕が訊《き》くと、山吹は苦笑した。

「知らないよ。君の好きに飲めばいい」

僕は珈琲を一口、二口と飲み下した。美味《うま》いのか不味いのか分からないが、とにかく液体の温度は高い。

金崎夫人が口を開いた。

「おいで、い、いただき、嬉《うれ》しいですよ。寂しい暮らし、ですから。ごゆっくりおやすみ、ください」

山吹が腰を屈《かが》め、重ねて礼を言う。

「我々は息子さんたちに助けられました。お母さんにもお礼を申し上げます。ありがとうございます」

金崎夫人は山吹の慇懃《いんぎん》な礼に笑顔で応えた。

「こちらこそ、たすかり、ます。寂しい、暮らしですし。あなたがた、し、しねば、わたくしども、も、助かります。珈琲、おかわり、いかがですか」

山吹の顔色がさっと変わった。紫垣と紺野も困惑した視線を交錯させる。

今、この女は何て言ったんだ？　何かと聞き違えたのだろうか。『あなた方が死ねば私共も助かります』と、話さなかったか？

金崎夫人は笑みを顔に張り付けたまま、くるりと体の向きを変えた。そのままよろよろと歩きだす。二郎が従者のように母の後ろを歩く。夫人は毛布が掛けられた白石の死体の前に立ち、微笑みを湛《たた》えたまま、その膨らみを見下ろした。

一郎が母の背に声をかける。

「母さん、それ、亡くなられた方のご遺体だよ。死んでしまったんだよ」

「し、死んで、いる？」

「そうだよ」

金崎夫人は無表情に振り返ると、息子に何事か告げた。二郎が頷《うなず》き、死体の前に跪《ひざまず》くや、いきなり、ばさりとかけられた毛布をめくる。白石の顔面が露《あら》わになる。

彼の顔面は血の気が失《う》せ、結ばれた唇は紫色に変じている。二郎は白石の頭を両手で摑《つか》むと、ぐいっと乱暴に顔の向きを変えた。母親に顔が見えるようにしたらしい。

紺野が飲みかけた珈琲に咽《む》せかえり、「……おい冗談だろ」と声を漏らした。

金崎夫人はしげしげと白石の死に顔を見つめていたが、やがて得心したように何度も頷いた。

「これ、し、死んで、死んでいる、のねえ」

金崎夫人はほとんど嬉しそうに呟くと、手を合わせて念仏らしきものをぶつぶつと口にした。僕たちは呆気《あっけ》に取られてその様子を見守った。

「さあもういいだろう。死体を弄《いじ》るのは止めろ」と、一郎が弟に命じた。

二郎が白石の顔から手を離すと、死体の後頭部が床に落ちてごとんと音を立てた。衝撃で白石の口が少し開き、唇が不気味に微笑むように歪む。二郎は元通りに毛布で死体を覆った。

緋村が怒気を発して金崎兄弟を睨《にら》む。

「丁重に扱ってくれ!」

一郎は慌てた様子で緋村に詫《わ》びた。

「いや、これは、申し訳ありません……」

突然、がらん、と音がした。琺瑯《ほうろう》のマグカップが床に転がり、中から黒い液体が床に散る。紺野の手にしたカップが落ちたのだ。紺野は数歩よろけると、体を壁に預けるようにしてずるずるとへたり込んだ。

「おい、どうしたんだ?」それを見た山吹が動揺した声を上げる。

紺野は荒く呼吸をすると、駆け寄った山吹に眼球だけぎょろりと向けた。

「紫垣さん?」今度は緋村が声を発した。当惑した緋村の視線を辿《たど》ると、椅子に座った紫垣がテーブルに伏している。緋村がもう一度呼びかけるが、紫垣は反応しない。

今度は紺野の傍らにしゃがみこんでいた山吹がふらりとよろめき、床に手をついた。僕は慌てて山吹に近づき、今にも倒れそうな山吹の背に手を回した。

「だ、大丈夫ですか?」僕が訊くと、
山吹は「珈琲……」とだけ答えて、ぎこちなく視線を床に彷徨《さまよ》わせる。

一郎が満足気な笑みを浮かべ、歌うように話した。

「珈琲もお口に合わなかったようで。『糞不味い』珈琲なんかお出ししてしまって、いや、なんとお詫びいたしましょう」

一郎は不揃《ふぞろ》いな黄色く汚れた歯列をぬらりと露出させると、僕たちをせせら笑うように見下ろす。さっきまでの温厚そうな色は完全に失せ、いやらしい悪意がその顔面に表れていた。こちらがこの男の本質なのだろう。上手《うま》く隠しおおせたものだ。僕は感心するような気持ちになった。

山吹の身体から力が抜けてずるずると体勢を崩す。僕は彼の身体を支えきれず、山吹はそのまま床に倒れ込んだ。

これは何が起きているんだ？　状況が理解できず、緋村を見ると、彼は鋭い視線を一郎に向けて言った。

「……何を飲ませた」

僕はハッとして湯気の立つマグカップを見る。

金崎夫人は穏やかな笑みを顔面に張り付けたまま、ゆるゆると歩くと、一郎の引いた椅子に腰かけた。

「ご、ごゆっくり、おやすみ、ください。うれしい、ですよ」金崎夫人はそう言って目じりの皺を歪《ゆが》ませた。

緋村が僕を見て、小声で訊いた。

「あなたは？」

僕の身体に変調はない。「大丈夫です」と、答える。緋村は目で頷いた。緋村にも異常は見られない。彼は僕が見ていた限り飲み物に口をつけていない筈《はず》だ。

「倒れたやつらを椅子に座らせろ。そうしたら手首にこれを繋《つな》げ。椅子の背もたれに通すんだ」

一郎はそう言ってダイニングテーブルの上に何かを放り投げた。蠟燭《ろうそく》の光を受けて金属製の輪がじゃらりと音を立てた。それは二つの手錠だった。

「どうして……？」僕の問いかけに、一郎は表情もなく答えた。

「質問はするな。今後お前らの行動の許可をするのは全て私だ。私の許可無く口を開くな」

いつの間にか二郎が紫垣の背後に回っていた。テーブルに伏した彼の髪の毛を摑んで引き起こし、頭を持ち上げる。どこに隠し持っていたのか、二郎の右手には長大な包丁が握られていた。いわゆる柳刃包丁と呼ばれる細身で先端が鋭い刃物だ。二郎は逆手に持ったそれの切っ先を紫垣の首筋に突きつけた。体は自由にならずとも意識はあるらしく、紫垣が恐怖に染まった目を僕に向けた。

緋村は落ち着き払った声で一郎に問う。

「何の真似だ？」

その声には静かな怒りが籠《こも》っていた。

一郎は緋村の視線を冷たく受け止めていたが、やがて、「質問するなと言った筈だ」と、弟に目配せした。

二郎が手にした包丁でいきなり紫垣の首を突いた。刃の切っ先が首の皮膚に埋まり、そこから湧いた血が、ぼたぼたと流れ落ちた。紫垣の口から、ぐうっと言葉にならない呻《うめ》き声が漏れる。

「やめろ！」緋村が声を上げた。「言う通りにする」

「二度はない。すぐに命じられたことをやれ」一郎は冷たく言い放った。

緋村と僕は、倒れた紺野を二人がかりで抱き起こすと、椅子に座らせた。山吹も同様にして椅子に載せる。二人とも糸の切れた人形のように力なく上半身を椅子に預けた。彼らに意識が残っているのか分からない。しかし、その眼球だけはぴくぴくと頼りなく動いていた。

一郎に促されてテーブルの手錠を手に取った。その輪の内側には黒い汚れがびっしりと付着していた。金属の臭いと共に魚が腐ったような悪臭がする。僕は一郎に指示されるがまま、椅子の背もたれの格子に手錠を通し、後ろ手にした紺野の両手にがちゃりと嵌《は》めた。緋村も僕と同様にして、意識の無い山吹を椅子に拘束する。一郎は片時も僕たちの手元から目を離さず、その様子を黙って見つめていた。

その間も二郎は、包丁の先を紫垣の首に突き立てたままだ。紫垣の首筋を流れる血液は、じわじわと彼のシャツを赤く染めていた。あのままでは命に関わるかもしれない。

作業を終えた緋村に一郎が命じた。「お前も座れ」

緋村が黙って椅子のひとつに腰かけると、一郎が僕に手錠を投げてよこした。「これでそいつも縛るんだ」

緋村の怒りに燃えた目が一郎を睨《ね》めつけていたが、僕に視線を移すと小さく頷いた。

僕はやむなく紺野と同じように、後ろに回した緋村の両手を手錠で椅子の背に繋いだ。

椅子の背もたれの格子は樹木の枝をそのまま生かしたものだった。椅子は大型で、かなりの重量がある。たとえ足が自由でも、この椅子に繋がれたら満足には動けないだろう。

一郎は僕にも椅子に座って手を後ろに回すように命じた。その通りにすると、金崎夫人がひょこひょこと背後に回り、慣れた手つきで手錠を扱い、僕の両手と椅子とを繋いだ。

全員拘束したのを確認すると、二郎が紫垣の首を突いていた包丁を引いた。刃先で堰《せ》き止められていた血液が、つうっと傷口から垂れる。紫垣はそのまま卓上に突っ伏すように倒れた。二郎は他の者と同様、昏倒《こんとう》した紫垣の両手を椅子の背に拘束した。

金崎夫人は、自分の誕生日会にはしゃぐ少女のような面持ちで、ダイニングテーブルを囲む席のひとつに腰かけた。その対面に二郎が座る。一郎は上座にあたる、いわゆる「お誕生日席」に椅子を移すと、悠然と腰を下ろした。

ダイニングテーブルを囲むのは、拘束された五人の男たちと金崎母子《おやこ》の八人。異様な光景だった。金崎母子は豪華な晩餐《ばんさん》を前にでもしたように、どこか期待に満ちた視線を僕たちに向けている。燭台《しょくだい》の灯《あか》りが映じて、三人の眼球がガラス玉のようにぎらぎらときらめく。

紺野と山吹は椅子に体を預けたまま微動だにせず、突っ伏した紫垣は首から出血している。僕の真後ろには白石の死体がある。

緋村に目をやると、彼も僕を見た。さすがに不安と緊張の色を隠せない。金崎母子の意図は緋村にも分からないだろう。彼らの行動には迷いも躊躇《ちゅうちょ》もなく、いつものお決まりの手順であるかのように手馴《てな》れていた。その異常性が緋村でさえも怯《おび》えさせていた。

「何事にも適量がある」

一郎が開会の挨拶《あいさつ》めいた、高らかで、どこかおごそかな口調で話し出す。

「飲料に混入する麻酔薬もしかりだ。過剰に混ぜれば一人目が口にした瞬間に昏倒《こんとう》し、他の者たちがそれを飲む前にことが露見してしまう。過剰摂取で死亡する恐れもある。臭いや味の異常に気付き、飲まないかもしれない。逆に少なすぎても駄目だ。薬剤が血中に回る前に異常に気付かれれば、それ以上は飲まず、自由を奪うに至らない。それに全員が同時にカップ一杯を飲み干すとは限らない。複数人に対して同時に薬を盛る際に、何よりも肝心なのは適量だ。経験に裏打ちされた適量を見極める能力が要求される。勿論《もちろん》、五人同時に麻痺《まひ》させるのが理想だが、それは求めすぎというものだろう。五人中三人を昏倒せしめただけでも、これは、上首尾と見なければならない」

得意げに語る一郎の目はぎらぎらと異様に輝いている。

一郎は言葉を続けた。

「適量とは、生きる上、万事について云《い》える事柄だ。それは身の丈と言葉を換えてもいい。世の中には、己を知らず身の丈を知らず、万事傲慢《ごうまん》で底知れぬ欲望を晒《さら》して恥じることもない輩《やから》が大勢いる。お前たちも強欲な人間だと聞いている。おんめんさまは決してお見逃しにならないぞ。私はそうした者たちへの報復をお許し頂いている」

一体、こいつは何を言っているのか？　緋村を見ると、彼は表情を変えず黙ったまま一郎の顔を睨《にら》んでいる。

一郎はにやりと口元を歪めると、動けなくなった紫垣たちに目を向ける。

「そっちの三名の麻痺は数分もすれば解ける。そうしたら改めて全員の話を聞いて判断しよう。とりあえず今は、そっちの二人……緋村と灰原だったか？　お前たちは口が利ける。発言の機会を与えてやろう。何か言いたいことはあるか？」

緋村は一言も発しない。僕は興味に駆られて尋ねた。

「僕たちが強欲？」

一郎は悠然と答えた。

「誤魔化しても無駄だ。地滑りがあったにもかかわらず、お前たちがここに来られたのは、まさにおんめんさまの思《おぼ》し召しだろう。強欲な街の人間は代償を払わねばならない」

兄が語っている間、二郎は全く表情を変えることなく、蠟燭の炎の向こうで白く痩《や》せこけた顔をこちらに向けていた。金崎夫人は最前からの穏やかな笑みを絶やさず、僕たちひとりひとりに愛《め》でるような視線を巡らせていた。細めた瞼《まぶた》の向こうには濁った白目が僅《わず》かに見えた。

外では風雨が悲鳴みたいな響きを上げていた。窓の外に灯りは無く、山深い闇が訪れている。いつの間にか雨音も激しくなっているのに気が付いた。天候の小康状態は終わり、嵐は勢いを再び増していたのだ。

一郎は立ち上がると、今のうちに作業を終えよう、と弟に告げた。二郎は無言で立ち上がり、包丁を兄に差し出す。刃先は紫垣の血で赤く汚れていた。一郎はそれを受け取ると金崎夫人の前に置いた。

「母さんはお茶を飲んで待っていてくれ。こいつらがおかしな動きをしたら、刺していいからね」

金崎夫人は掠《かす》れた声で「ありがとう、ね」と、息子に答えた。

二郎が床に転がったアタッシュケースを拾った。ひょろ長い腕で重さを確かめると、ケースを揺さぶる。

「札束でも入っていそうか?」と、一郎が弟に尋ねる。

二郎は首を振った。「いや、軽い」

「開けてみろ」

「ロックされてる」

「……おい」一郎が僕を見て尋ねる。「ケースの中身は？」

僕の口からは答えられない。助けを求めて緋村に目をやった。緋村は黙ったまま口を開かない。

一郎は僕と緋村の顔を交互に眺めていたが、やがて、ふんと鼻を鳴らした。

「……まあいい。それ、しまっとけ」と、ケースを持った弟に命じた。

二郎がぼそりと訊《き》き返す。「開けないのか？」

「いつでも開けられる」

「しかし」

「しかし、何だ？」

二郎は一瞬周囲に視線を走らせ、「見られていたら……」とだけ答え、怯えたように口を噤《つぐ》む。

一郎が不機嫌に言った。

「怯えるな。手に入れたなら仕事は終わりだ。中身なんて私にはどうでもいい。いいから下にしまっとけ。先に片づけを済ませねばならん」

二郎はそれでも黙っていたが、重ねて一郎に強く促されると不承不承といった体で頷《うなず》き、アタッシュケースを持って廊下に出て行った。緋村が唇を噛《か》んでその背中を見送る。紺野と山吹も酔眼のような定まらない視線を廊下に向けた。

しばらくして二郎が戻ると、兄弟は二人で連れ立ってホールを出て行った。エントランスから大きく雨音が聴こえ、すぐに静まった。外に出て行ったらしい。

金崎夫人は、にこやかな表情をこちらに向けた。彼女は微笑みを顔に貼り付けたまま、何も喋《しゃべ》らない。

僕は背中に回された両腕を引いた。手錠を結ぶ短い鎖が、ちゃりちゃりと音を立てる。手錠はずっしりと重く、おもちゃのような代物ではない。そう簡単に椅子から外れそうに思えない。緋村も僕と同じく両腕に力を籠《こ》めている。金属が背もたれに当たって木材のこすれる音が鳴る。

「やめなさい」と、金崎夫人が言った。「さ、刺しますよ」

お茶でも勧めるような、のどかな口ぶりだった。

緋村は金崎夫人に視線を向けた。

「私たちをどうするつもりだ？」

「ど、どうする、って？」

「何が望みだ」

「寂しい、暮らしですから」

話が通じない。

「……どうかしてる」と、緋村が小さく吐き捨てた。金崎夫人は、ほほ、と上品に笑って茶を啜《すす》った。

僕は緋村を窘《たしな》めた。

「刺激しないほうがいいんじゃ……」

そのどうかしてる女は刃物を持っているのだ。緋村は苛立《いらだ》ちまぎれに首を振った。

「せめて紫垣さんを止血してやってくれないか」と、金崎夫人に言った。

金崎夫人は初めて耳にする言葉みたいに首を傾げた。

「止血……って？」

「あなたの息子に刺された人だ。出血している。あのままでは死んでしまう」

「人は死にます。ふふ。みんな、死にます」

「いいから、手当をしてくれ！」

怒気を含んだ緋村の物言いに、金崎夫人は口元に運びかけた茶碗《ちゃわん》をぴたりと止めた。笑みの消えた目が、卓上の包丁を見る。重く垂れた瞼の隙間に淀《よど》んだ目玉がぎょろりと動いた。その視線が緋村と柳刃包丁を往復する。

「だから、よせって」

小声で僕が咎《とが》めると、緋村は諦《あきら》めて口を噤んだ。

金崎夫人は何事も無かったように再び茶を啜る。

紫垣は卓上に倒れたまま動かない。首の傷からの出血は治まっているようだ。僅かに喘鳴《ぜんめい》が聴こえるから生きてはいるのだろう。

吹きつける強風が窓をガタガタと揺らす。蠟燭《ろうそく》の炎に照らされ、オレンジに色づいた水滴がいく筋もガラス面を垂れていた。轟々《ごうごう》と風の唸《うな》る音がする。雨粒はさらに大きくなり、風の勢いはさらに増していた。

僕は指先で椅子の背もたれを探った。鎖を通している背もたれ、その棒状の木柱を握り、外れはしないかと揺さぶるが、まるでびくともしない。何度か繰り返し試したが、緩むことはなかった。指の腹でなぞると凸凹した感触がある。手錠の鎖が当たる部分に深い傷がついているのだ。傷はひとつやふたつではなく、多数の深い筋になっている。どうやら、この状況は初めてのことではないらしい。きっと、僕らの前にも、椅子に括《くく》り付けられ手錠を外そうともがいた人間がいたのだ。彼らはどうなったのだろうか。

その時、ぼおんと、低く鐘の音が響いた。

見ると、柱時計が五時を指していた。針が正確ならば、すでに日没時間は過ぎている。室内は夜も同然だった。

蠟燭の光量は僅かだが、薪《まき》ストーブの炎の灯《あか》りが助けになり、吹き抜けになった天井部分まで、どうにか全貌《ぜんぼう》が見て取れる。ホールの二階部分を巡る廊下にも人の姿は無い。天井の隅には蜘蛛《くも》の巣が張っていた。他に人間の気配は無かった。

「……灰原さん」緋村が囁《ささや》いた。

僕が緋村を見ると、彼は黙って顎《あご》をしゃくった。

「あっ……」

さっきまでにこやかに微笑んでいた金崎夫人が椅子に座った姿勢でこうべを垂れている。その両目は閉じていた。雑音混じりの規則正しい呼吸は鼾《いびき》だろう。眠ったふりをしているのではなさそうだ。

「静かに」緋村が小声で言う。

「眠った……？」僕も声を落とした。

「今のうちに手錠を外しましょう」

「こいつら、どうして僕たちを？」

「分からない。……手錠は外れそうですか？」

「無理ですよ」

「腕は動かせますか？」

「いや、鎖が短くて」背中に回された僕の両腕はほとんど動かすゆとりが無い。

「私の方は少し余裕があります……その包丁をこちらにください」

「手が使えないんですよ」

「口で咥《くわ》えてこっちに投げて」

刃物で拘束を解くつもりか。金崎夫人の目の前、茶碗の隣に包丁が置いてある。夫人は相変わらず舟を漕《こ》いでいた。金崎夫人は僕の側に近い、少し移動すれば包丁に届くかもしれない。

「早く」緋村が強い口調で囁く。

「無理言わないで下さいよ。この椅子、やたら重いんだ」

「いいから早く。そいつが目を覚ます」

仕方がない。僕は両足を踏ん張って力を込める。後ろ手に椅子を背負うようにして、よろよろと立ち上がった。椅子の重量が一度に手錠の鎖に流れ込み、金属の輪が手首に食い込んだ。僕は音を立てないように、テーブルに沿ってじわじわと移動する。

テーブルの上、目の前に長い包丁があった。刃先はところどころ欠けている。木製の柄は手垢《てあか》か何かでべっとりと黒く汚れていて酷《ひど》く不潔だった。

「これを口に入れるのかよ」思わず僕は顔をしかめた。

「早く」緋村が急《せ》かす。

「まったく……」

僕は包丁を咥えようと、ゆっくりと上半身をダイニングテーブルに預けた。背負った椅子がぐらりと傾《かし》いで上体を圧迫する。その拍子にバランスを崩した。慌てて踏ん張ると床板が、ぎい、と鳴った。

はっとして金崎夫人を見る。彼女は一瞬、呼吸を止めた。が、再び雑音混じりの寝息を立て始める。

僕は音をたてぬように、柳刃包丁に首を伸ばす。背中にのしかかる椅子が重い。そろそろと顎を突き出すと包丁の握りが唇に触れた。生臭い悪臭がぷんと漂う。包丁の柄は太く、それを咥えるには大きく口を開けねばならない。何度か顎先で包丁の位置を調整し、どうにか咥えることができた。

僕は包丁を口にしたまま、背負った椅子を床に下ろした。

「こっちに投げて。静かに」と、緋村が言う。難しい注文だ。

口で狙ったところに放れるのか。勿論《もちろん》こんな真似はやったことがない。緋村が座るのはテーブルの反対側だ。包丁を咥えたまま、重い椅子を背負って緋村のところまで移動できなくもない。しかし、時間はかかりそうだし、金崎夫人が目を覚ますかもしれない。

僕は上体をひねり、首をしならせる。勢いをつけて体を伸ばした。口から放たれた刃物が宙を飛ぶ。それはテーブルの中央に落ちると、そのまま卓上を滑った。上手《うま》い具合に緋村の前で止まる。幸い大きな音もしなかった。

「よし」緋村は腰を浮かせて椅子の向きを反対に変え、背中を見せた。手錠に繋《つな》がれた両手でよろよろと卓上を探り、どうにか包丁を摑《つか》んだ。緋村は腰を下ろし、手にした包丁の刃を背もたれにあてる。左右に動かすと、木材が擦れるごりごりとした音がした。手錠を通した椅子の柱を切断するつもりらしい。時間がかかりそうだ。

金崎夫人は相変わらず俯《うつむ》いたまま寝息を立てている。しかし、あの兄弟が今にも戻って来るかもしれない。

「急いだ方がいい」今度は僕が急かす番だった。

緋村は「樫《かし》だ。硬い」と呟《つぶや》きながら手を動かす。

その時、隣で呻《うめ》き声がした。見ると山吹が首を起こしている。どうやら麻痺《まひ》から戻りつつあるらしい。その隣では紺野ものろのろと体を揺すっている。二人は焦点の合わない視線を彷徨《さまよ》わせた。紺野が息を吐きながら言葉にならない唸りを漏らす。

僕は慌てて、「静かに」と紺野に言った。

山吹が覚束《おぼつか》ない視線をゆっくりと巡らせた。

「あ、あいつ、らは……？」珈琲《コーヒー》の影響が残っているのだろう。山吹の口は酩酊《めいてい》しているみたいに回らない。

「外に行きました」

金崎夫人に目をやるが、彼女に目覚める様子はない。

「ここ……、は」覚醒《かくせい》した紺野が卓上に倒れたままの紫垣を見て、のろのろと口を開いた。「死んだのか……そいつ？」

「静かに」と、僕は紺野に囁いた。

悪戦苦闘中の緋村の隣で、紫垣だけはテーブルに伏せたまま、さっきと変わらない姿勢だった。呼吸をしているのか分からない。流れた血液が卓上を濡《ぬ》らしている。死んだのかもしれない。

「緋村さん」僕が小声で呼びかけると、緋村は首を振った。

「まだだ」

緋村は背中に回した刃をごりごりと木材に押し付けているが、背もたれの木材に食い込んだ刃先はそれほど進んでいない。

玄関先から物音がした。騒々しい風雨の音が一段と高くなる。玄関扉が開いたらしい。振り向くと、エントランスへ続く扉の下に懐中電灯の灯りがよぎった。

「戻ってきた」

「畜生」緋村は慌てて椅子ごと腰を上げ、元通りに向きを変えた。僕も元の位置へ椅子を引きずった。

一郎を先頭にして金崎兄弟がホールに入ってきた。雨に濡れた雨合羽《あまガッパ》を脱いで壁に吊《つ》るし、僕たちを一瞥《いちべつ》した。

「皆、目が覚めたようだな」

一郎がテーブルに歩み寄って来る。「母さん」と、金崎夫人の肩に手を載せると、夫人はのろのろと目を覚まし、自分の手を息子の手に重ねて笑顔を見せた。

二郎は戸棚の上に置かれていた透明な瓶を手にすると、中身の液体をランタンの給油口に継ぎ足す。オイルランタンの燃料らしい。僅《わず》かに油の臭いがした。

「さて」と、一郎がさっきと同じ椅子に腰かけた。二郎も黙ったまま座る。卓上から消えた柳刃包丁には気付いていない様子だ。

山吹と紺野はまだ薬が残っているらしく、ぎこちなく周囲を見回している。

「外はまた酷い降りになっている」一郎が穏やかな声で告げた。「足の遅い台風だ。各地の被害は甚大だろう」

僕たちが黙っていると「おい、ニュースを」と、一郎は弟に命じた。

立ち上がった二郎がラジオのつまみをひねると、ざらざらとホワイトノイズが断続的に鳴る。やがてチューニングが合うと、スピーカーから妙に明るい女性アナウンサーの声が流れ出した。内容はさっき聴いたのとたいして変わらない。貴金属店に押し入った強盗の事件に、スリップした乗用車の死亡事故。続いて番組は天候についての報道に移った。台風による各地の被害状況のニュースだ。

この暴風雨によって各地で道路が寸断し、土砂崩れや洪水による被害が発生しているという。一郎の言うように、この台風の移動速度は遅く、そのために被害が拡大しているようだ。中部地方に上陸した台風は、今夜から明け方にかけて日本列島を縦断する進路をとるらしい。

僕は窓の外を見た。烈風に晒《さら》されて木々が大きく揺れている。そのうち、この周辺の土砂崩れも報道されるかもしれない。

「わくわくしないか？」一郎が歪《ゆが》んだ笑顔を向けた。

僕たちは口を閉ざしたまま、互いの視線を交錯させた。一郎は大仰に両手を広げた。

「天災というのは恐ろしいものだ。しかし、心のどこかで浮き立つ気持ちは否めないよな。台風とか地震とかさ」

「……何が言いたいんだ？」訊《き》くと、一郎は僕に顔を向けた。

「他人の不幸というのは、自らの幸福の甘さを再認識させるエッセンスだ。スイカに振った塩みたいなもの。災害だって娯楽になる。自分に累が及ばなければな」

僕は黙って一郎の視線を見返した。その瞳《ひとみ》は熱に浮かされたような興奮した光を帯び始めていた。一郎は悠然と話を続ける。

「お前たちにとって、私は理不尽に降りかかる天災の如くに思えるかもしれない。しかし、これから起きることは故無き無法ではないぞ。私は奪われたものを取り返しているだけだ」

緋村がぴくりと反応した。山吹と紺野も困惑の色を浮かべた。一郎は拘束された面々の反応を見て、楽しげに言葉を継ぐ。

「ふん……自分たちは何も奪った覚えは無いと言いたげだな。それは違う。街の人間は古来あらゆるものを山の人間から奪ってきたのだ。おんめんさまは全てをご覧になっている。峻厳《しゅんげん》な眼で高き場所から私たちを見守っていらっしゃるのだ」

山吹と紺野が複雑な視線を交錯させた。緋村も一瞬口元に苦いものを浮かべる。一郎の言葉は常軌を逸した神がかり的なものに聞こえるのだろう。まともに話が通じる相手なのか、不安を感じたのだ。

しばらく沈黙が続いたが、やがて緋村がゆっくりと問い返す。

「その……、私たちにそれが、何か、関係あるものなのか？」

刺激しないように言葉を選んでいるのか、緋村の口調はやけに穏やかだった。一郎は大きく頷《うなず》いて答える。

「おんめんさまは強欲な簒奪《さんだつ》者に抗《あらが》うことを望まれている。己の分際をわきまえぬ街の人間どもへの報復。その権利をこの家に与えられた。そしてその行為に楽しみを覚える事すらもお許しになられた」

緋村がおそるおそる口を開いた。

「おんめんさま……あの道祖神のことか？」

「お前たちは街の人間。過分に持つ者たちだ。お前たちが奪ったものを取り戻すのは正当な権利だ。災害ではない」

「私たちは何も持っていない」

緋村の言葉に、それまで黙っていた二郎が突然ぎょろりと目を剝《む》いた。

「お前たちの荷物……」と、言いかけた二郎を、

「やめろ！」と一郎が鋭く遮った。「勝手に喋《しゃべ》るな」

二郎はまごまごと目を伏せる。

一郎は憤然と弟を睨《にら》みつけた。「私が家長だ」

「で、でも、あれの言う通りにしないと」二郎は怯《おび》えた様子でちらちらと周囲を見回す。

一郎は溜息《ためいき》をつくと、穏やかな表情を弟に向けた。

「臆病《おくびょう》な奴だな二郎。落ち着け。今は楽しむ時だ。私が家長だぞ。あいつの話など後回しだ。いいな」

二郎は青白く痩《や》せた顔でこくりと頷いた。元の昆虫みたいな無表情に戻る。

一郎は満足気に微笑むと、僕たちを見回した。

「……お前たちはここに連れて来られた以上私のものだ。今後は私の言うことに従うんだ。私が床を舐《な》めろと言ったら舐めろ。這《は》えといったら這え。私があるじだ。反抗的な者に用は無い」

麻痺《まひ》から回復しつつある山吹が、もどかしそうに口を動かして一郎に問う。「私たちを……、知っているのか？」

「……どうしてそう思うんだ？」

「君は、車のナンバーを……確認していた」

ナンバーとは車両の下部についている番号のことだろう。確かに、事故現場で車両を確認した二郎が思わせぶりな目線を兄に向けていたことを思い出す。一郎も改めて車を見て、何事か驚いた様子を見せていた。

一郎は意外そうな面持ちで山吹を眺める。

「……山吹と言ったな。その洞察力を無駄に使うなよ。少しでも長くここで働きたいならば、逃げようとか反抗しようとか考えるな。何しろ男手は一人、二人で十分なのだからな」

一郎が冷たい視線を僕たちに巡らせた。無表情な二郎と、微笑みを湛《たた》えた金崎夫人の瞳が蠟燭《ろうそく》の炎を照り返して爛々《らんらん》と光る。

金崎一郎はこの状況を楽しんでいるようだ。この男の中身は嗜虐的《しぎゃくてき》な性向だけだ。他に何もない。

盛られた薬の影響なのか、紺野は口髭《くちひげ》をわななかせて動揺していた。山吹は拘束を解こうと僅かに体をよじっているが、金属の手錠は外れない。紫垣は卓上に伏せたまま動かない。ただひとり緋村だけは沈着な態度を崩していなかった。

ラジオから流れるニュースは次々と話題を変えている。明るい話題など無い。伝えるのは、この台風の被害状況に、どこかの誰かが出くわした不幸の報道ばかりだった。

「兄貴」ぽつりと二郎が口をきいた。

「なんだ」と、苛立《いらだ》った口調で一郎が返事する。

「ナイフが無い」

それを聞いた一郎がテーブルに目を落とし、顔色を変えた。慌てた様子で母親に言葉をかける。

「母さん、あの包丁はどうしたんだい？」

金崎夫人は笑顔を消して首を傾げた。「わ、わからない、わ」

まずい状況だ。僕は緋村に視線を走らせた。冷静を装った緋村の顔に一瞬、緊張の色がよぎる。

一郎が僕たちの顔を睨《ね》め回した。

「だから強欲だというのだ。あれは我が家のものだ。返してもらおう」

誰も答えない。一郎は血走った目を剝いた。

「誰も耳が聴こえないのか？　それとも喉《のど》が潰《つぶ》れているのか？」

一郎は弟を目で促した。

二郎が立ち上がり、一人一人の拘束を確認する。すぐに緋村の手に柳刃包丁が握られているのを見つけた。二郎は乱暴にその手から包丁を奪う。

二郎は黙ったまま刃の表裏をじっと眺めていたが、いきなり包丁の柄で緋村の顔面を殴りつけた。ごつっと嫌な音が響く。緋村はくぐもった呻《うめ》きを発した。鼻から血が噴き出し唇に垂れる。

「や、やめろ！」山吹が回らない口で叫んだ。

金崎夫人が、うふふ、と少女のような笑いをこぼして呟《つぶや》く。「し、死ぬのね」

緋村は滴る血にまみれた歯を剝いた。「後悔するぞ」

一郎は弟から柳刃包丁を受け取ると立ち上がった。蠟燭が、じじ、と音を立てて揺らめき、一郎の顔を照らす。

「お前たちは街の人間。私たちは山の人間」

一郎はダイニングテーブルの周りへゆっくりとした足取りを運ぶ。

「さっき適量の話をした。お前たち街のやつらは人としての分をわきまえず、多くを望み、奪い、独占する。過分に持つ者たちだ。己を知らず欲望に底が無い」

一郎は歩きながら僕の背後を通り過ぎ、山吹の後ろに歩を進める。床板がぎいと軋《きし》んだ。一郎は歌でも口ずさむように話を続けた。

「……私たち山の人間は持たざる者だ。何も持たない。当然得てしかるべき権利すら与えられていない」

一郎は緋村の後ろでぴたりと立ち止まる。緋村の耳に口を寄せた。

「ならば奪え。おんめんさまはそう仰《おつしや》った」

金崎夫人が再び押し殺すような声で笑う。激しい雨に打たれたガラス窓が、ばらばらと耳障りな音を立てる。緋村の額には汗が浮かび、鼻血が顎《あご》にしたたり落ちる。

「何か言ってみろ。私を後悔させるんだろう？」一郎は緋村の頭髪を摑《つか》むと、逆手に持った包丁の切っ先を緋村の眉間《みけん》に翳《かざ》した。緋村は何も言わない。

山吹が再び制止の声を上げるが、一郎はそれを遮るように緋村の耳元で怒鳴った。

「答えろ！　これ以上私たちから奪う気か！　まだ望むのか！　何故答えない？　お前は耳が聴こえないのか？　喉が潰れているのか！」

叫ぶと共に一郎の口から唾《つば》が飛び散る。粘着質の液体が緋村の横顔にべちゃべちゃとかかった。翳した刃の先端が眉間を抉《えぐ》り、緋村はたまらず悲鳴を上げた。

「わかった、やめてくれ、あんたの言う通りにする！」

「いいや、もう遅い。お前の耳も喉も、不相応にして過分なものだ」一郎は緋村を乱暴に引き起こすと、今度は包丁の刃を喉に押し当てた。「喉と耳どちらが不要だ？　選べ」

「やめてくれ！」緋村が口に流れた血を飛ばして、悲鳴混じりに懇願する。叫ぶその顔は恐怖に引きつっていた。

「そんなことは聞いていない！」一郎が怒鳴る。「喉を削《そ》ぐか！　耳を削ぐか！　選べと言っているんだ！」

紺野も山吹も言葉を失っていた。僕もまた動けない。

一郎は刃物を翳したまま、見開いた目を僕に向けた。

「お前が選べ」

僕は息を呑《の》んだ。「何？」

「聞こえただろう。こいつの喉か耳か、どちらを削ぐか選べ」

僕は首を振った。

「私は、え、ら、べ、と言ったんだ！」一郎は激高して叫ぶ。「お前はまだ天災を他《ひ》人事《とごと》だと思っているのか？　どこか上から物事を見つめているような目をしている。それが気に食わん。二秒以内だ。二秒以内に喉か耳か答えろ。それ以外の言葉を言いやがったら、お前を殺して鳥の餌にするからな！」

僕は黙るか答えるか逡巡《しゅんじゅん》し、次にどう答えるかを迷った。そして、声を絞り出す。

「……み、耳」

一郎の表情が瞬時に冷えた。緋村から離れるとテーブルをぐるりと巡って僕の視界から消える。全員の視線が僕に集まる。風雨の鳴らす雑音だけが空間を満たす。

背後から身を乗り出した一郎の顔が、ぬっと僕の顔の横に現れた。頬がつくほどの距離で、一郎の臭い吐息が鼻をつく。黒い目玉がぎょろりと僕を見つめる。そして言った。

「答えが遅い」

白刃《はくじん》が閃《ひらめ》いた。

僕の首から激しく噴出する血が、ダイニングテーブルにぼたぼたと落ちた。誰かの叫ぶ声がする。赤黒い液体がするするとテーブルに広がるのが視界に映った。

紫垣の章

だからツイてねえって言ったんだ。

刺された首がずきずきと痛む。いきなり刺しやがった。あの混ぜ物入りの珈琲《コーヒー》を飲んだためだろう。全身の感覚が消えて体は動かず、刺された瞬間は痛みを感じなかった。しかし、すぐに意識が遠のいた。どれくらいの時間、気絶していたのか分からないが、やがて傷口の痛みで意識を引き戻された。おそらく、それ程経ってはいまい。

次第に膨らむ痛覚と同時に体の麻痺は回復してきた。血の匂いがする。頬に生暖かい液体の触感があった。俺は自分自身の血だまりの中に伏せているのだと分かった。腕に力を籠《こ》めると、ぴくりと筋肉が反応した。指先も動く。手首に冷たい感触があった。そうだ。手錠をかけられたのだ。

「わかった、やめてくれ、あんたの言う通りにする！」

すぐ隣で悲鳴がした。緋村の声だ。あいつもこんな声を出すのか。

「いいや、もう遅い。お前の耳も喉も、不相応にして過分なものだ」

こっちはおそらく一郎とかいう奴の声だ。

俺は朧気《おぼろげ》ながらも自分の置かれた状況を理解した。今は動かない方が得策だ。飛び起きたところで何もできやしない。

本当にツイてない。

この三年ずっとこの調子だ。今回は上手《うま》くいきそうだと安心したところで、いつも歯車が狂う。水面に浮上するその瞬間、何かしらに引き戻されて水底に沈むのだ。毎回、毎回、その繰り返し。仕事もそうなら亜紀《あき》との関係も同じだ。夫婦になってからも安定するのは一時だけ。何かにつけてトラブルばかりだ。

俺は目を閉じ、伏せたまま耳を澄ました。

「喉を削ぐか！　耳を削ぐか！　選べと言っているんだ！」

一郎の怒号が耳に障る。動いていないのに天地がぐるぐると回る感覚がした。出血したせいかもしれない。この姿勢では呼吸が苦しいが、すぐそばに立っている一郎に意識が戻ったことを悟られたくはない。平気で人を刺せるいかれた野郎に目をつけられては敵《かな》わない。俺は息を殺して死んだふりを決め込んだ。

「私は、え、ら、べ、と言ったんだ！」

俺は確信した。どうやら、こいつは本気らしい。

常軌を逸した凶暴な性質の人間のことを、俺はよく知っている。そういう手合いも普段は普通の人間と変わらないのだ。世間に溶け込めるし、何なら他の奴より付き合いやすくていい奴だとも言われる。しかし、頭に血が昇ると抑えが利かない。女でも子供でも張り倒しちまう。そして自分の異常性を自覚するのは、決まってことが終わった後だ。その度にひとつ後悔して、ひとつ失う。その繰り返しだ。

俺は今度こそ、このサイクルを終わらせて全てをやり直す、筈《はず》だった。それなのに。

「――それ以外の言葉を言いやがったら、お前を殺して鳥の餌にするからな！」

今度は灰原が責められているらしい。

緋村の事もよく知らないが、灰原の身の上についても、俺は何も知らないことに今更ながら気が付いた。緋村が仲間同士で私的な会話の一切を禁じた為だ。まったく用心深い事だ。ひとつ確かなのは、灰原もまたツキに見放された男だという事だ。あの若さで俺たちの仕事仲間に入るなんざ、ろくな人生ではなかったに決まっている。

一郎が怒りに床を踏み鳴らす。歩き去る気配がした。向かいの席に回ったのか？

しばらく間があって、一郎の押し殺した声が聴こえた。

「答えが遅い」

ひゅうっ、という浮袋から空気が漏れるような音がした。次に誰かの声。それは苦痛の呻《うめ》きだった。びちゃびちゃと液体がテーブルに跳ねる。珈琲のカップを倒したのではない。それにしては量が多すぎる。次にぷんと鼻腔《びこう》を刺したのは、間違いなく血の匂いだった。

まさか。俺は全身の筋肉が強張《こわば》るのを自覚した。

「灰原！」

叫んだのは山吹だろう。

どかっと誰かがテーブルに倒れた振動が俺の頬に伝播《でんぱ》した。そいつは悶《もだ》えていたが、すぐに静かになった。

まさか、あの野郎。俺は奥歯を噛《か》んだ。


あの野郎、本当に灰原を殺《や》ったのか！


事態は俺の認識を超えていた。これはツイてないどころじゃない。想像以上の危険の只中《ただなか》にあるらしい。

俺はテーブルに伏せたまま様子を窺《うかが》う。

くすくすと笑う声がした。あのいかれた婆さんだ。

かちゃりと手錠の解かれる音がして、「そっちに寝かせておけ」と、一郎の命じる声が聴こえた。

テーブルの向こうで、どさりと床板が鳴った。ずるりずるりと濡《ぬ》れた衣擦れの音が遠ざかる。おそらく二郎が灰原の死体を引きずっているのだろう。

俺は白石の寝かされたブルーシートを思い出して慄然《りつぜん》とした。大判のシートは折り畳まれることもなく、不自然なまでに広く床一面に敷かれていた。こいつら、幾つ死体を並べるつもりだ？

俺は手錠の音をさせないように、背中に回された両手を動かした。ゆっくりと指先で腰を探る。まだ、それはあった。座したまま意識を失ったが、ボディチェックをされなかったらしい。

椅子を引く音がした。どうやら一郎が座席に腰かけたようだ。

俺は薄く目を開いたが、顔を動かすわけにもいかない。蠟燭《ろうそく》の炎がちらちらと卓上を照らすのが見えるだけだ。

この状況を打開できるとしたら俺だけだろう。しかし、伏せていては周囲の様子が分からない。

気絶したふりを止め、一旦《いったん》起き上がるべきか？　いや、駄目だ。この状況を一度手放したら、もうそれっきりだ。このまま機を窺うべきだろう。

「これでお前たちにも、自分の置かれた立場ってものがわかっただろう」一郎の余裕に満ちた声がした。「何か言うことはあるか？」

誰も答えなかった。

緋村も山吹も、あのよく喋《しゃべ》る紺野すら、今は一言も発しなかった。どうやってこの

場を切り抜けるか、賢《さか》しい緋村なら必死で何か策を考えているところかもしれない。

しかし理屈が通じない相手にまともな交渉などできまい。相手は迷いなく人を殺せる

異常者だ。

いつからか、ラジオからはヨハネス・ブラームスの『交響曲第一番』が流れていた。

死臭漂う室内に荘厳な響きが木霊《こだま》している。これは俺の好きな曲だった。

「皆、急に無口になったね、母さん」一郎が皮肉めいた口調で言う。金崎夫人が、ほ

ほ、と例の調子で笑った。

「死んだ若者は気の毒だ。あいつなら末長く働いてくれそうだと思ったんだがな」

一郎は己の優位を楽しんでいる。反撃しえない相手を見下し嬲《なぶ》る。さぞ気持ちのい

いことだろう。しかし俺がそれをやられるのは我慢がならない。

ラジオから流れる交響曲は鮮やかな弦楽器の音色を響かせている。それに応じて一

郎の鼻歌が耳に届いた。驚いたことに奴はブラームスを知っているらしい。俺と同じ

趣味だとしたら虫唾《むしず》が走る。人を殺しておいて至極ご満悦だ。一郎の鼻歌は音程もリ

ズムもずれていて完全に調子外れだ。苛《いら》つく野郎だ。俺は湧き上がる殺意を抑え、怒

鳴りたい衝動を必死に堪《こら》えた。

しかし相手が勝ち誇り、悦に入っているのだとすれば、それは反撃の好機には違い

ない。動くなら今か？　ただ、一郎はともかく、弟の二郎という奴の動向が分からない。この瞬間、俺に注意深く視線を向けているかもしれないのだ。ああいう何を考えているか読めない奴の方が厄介だ。

その時、「きっと償いをさせてやる」と、誰かが低く呟《つぶや》く。山吹の声だ。

一郎の鼻歌が止まった。

「……なんと言った？」

一郎の声は震えていた。自尊心を傷つけられた怒りが籠《こも》っている。当たり前だ。ご機嫌でふんぞり返っている最中に、鼻先に屁《へ》をひっかけられたら誰だって頭にくる。

抑え役の山吹にしては迂闊《うかつ》な一言だ。確かに山吹には、無駄に強直で真面目な一面がちらりと覗《のぞ》く時があった。あるいは歳が歳だけに、若い灰原を殺された怒りが先に立ったのかもしれない。まあ灰原の歳が幾つなのか知らないが。とにかく、抵抗する術《すべ》も無いままに相手を挑発しても自分の身が危うくなるばかりで意味がない。

「こいつを痛めつけろ」と、一郎の声が命じた。

すぐに鈍く肉を打たれる音がした。それと共に山吹の呻く声が響く。苦悶《くもん》の声は何度も繰り返される。二郎が山吹を殴りつけているらしい。金崎夫人の掠《かす》れた笑い声がする。

——今だ。

俺は注意深く両手を動かすと、背中のベルトに差してあった仕事道具をゆっくりと引き抜いた。これを使って拘束を解く。上手《うま》くいくか？　手錠でままならぬ両手に見えない手元。勝算は薄いが、やるしかない。

なおも殴打する音は続いている。ブラームスの旋律に合わせるように、山吹の苦痛の呻きがリズミカルに響いた。

もう少し殴ってろ。

俺は仕事道具の向きを反対に持ち直した。その拍子に握り部分が椅子に触れ、ごとりと音を立てる。しかし、ラジオから流れる弦楽器の音色にかき消されたのか、誰かが気付いた様子はない。

俺は逆さまにしたそれを椅子の座面に据え、両手の間に立てた。先端が手錠の輪を結ぶ短い鎖に当たるように位置を調節する。位置は合っているのか？　見えない以上、感触で狙いをつけるしかない。

おそらくチャンスは一度きり。仕損じたら俺は殺されるだろう。頭がくらくらする。

首の傷口が痛んだ。

外は嵐だ。耳に届くのは窓を叩《たた》きつける雨音と唸《うな》る暴風。それに人を殴る音。ブラームス。俺は鼓動が早まるのを自覚した。

やるしかない。俺は指先を伸ばした——

不意に一郎が言った。

「そっちのは動かないな」

心臓が跳ねた。俺の事か。

「死んでるなら、先にそっちを片付けろ。邪魔だ」

山吹を殴打する音が止まった。

まずい。二郎が来る。奴が近づいてきたら終わりだ。俺は手錠の位置を動かさぬように、指先でトリガーを探した。

「……そいつ、生きているのか？」俺の動きを見て、一郎が訝《いぶか》しげな声を上げた。

手錠をかけられた状態では、仕事道具を——拳銃《けんじゅう》をまともに構える事はできない。

俺は銃尻《じゅうじり》を座面に安定させると、左手に銃身を支え、右手の中指をトリガーに伸ばした。無理な姿勢だが銃口の狙いが逸《そ》れない事を祈るだけだ。手を火傷《やけど》するかもしれないと、つまらない心配が頭に浮かんだ。

「おい！」一郎の強張《こわば》った声が飛ぶ。二郎が俺に駆け寄ろうとする気配がした。

ラジオが響かせる交響曲第一番は佳境だ。ティンパニが打ち鳴らされた。

当たれよ、糞《くそ》ったれ。

俺はトリガーを指先で押し込んだ。

薬室内で炸裂《さくれつ》した火薬が爆発音を轟《とどろ》かせた。

俺は力を振り絞って跳ね起きる。急な動作に目眩《めまい》がした。まず目に入ったのは、金崎一郎とその母親だ。二人は銃声を雷鳴か何かと勘違いしたのか、あらぬ方向に戸惑った視線を走らせていた。俺は両腕に力を籠《こ》めた。金属の軋《きし》みが手首に伝わる。しかし、腕はそれ以上動かせない。

しくじった――!

手錠は千切れなかった。弾が当たった感触はあったものの、撃ち出した銃弾は手錠を結ぶ鎖を掠めただけで、切断には至らなかったのだ。拳銃が俺の手を滑り落ち、床にごとりと転がった。

糞！　糞！　糞が！

　俺はめちゃくちゃに腕を振ってもがくが、手錠は解けない。

　一郎が床に落ちた拳銃に目を見張る。蠟燭《ろうそく》の灯《あか》りに照らされた奴の顔色が、みるみるうちに怒りで朱に染まった。

「貴様」と、一郎は立ち上がり、テーブルの柳刃包丁を摑《つか》んだ。眼光に殺意を宿らせ、大股《おおまた》で俺に歩み寄る。

　俺は反射的に身を乗り出すと、燭台《しょくだい》に向かって息を吹いた。蠟燭の炎が身をよじらせ、ぼっと音を立てて消える。瞬間、闇が濃くなる。しかし完全な闇ではない。薪《まき》ストーブの光源がある。一郎は一瞬戸惑い足を止め、怒号を上げた。

　俺は歯を食いしばり両手を引き絞る。ぎりぎりと金属がこすれた。

　歩み寄る一郎のシルエットが大きくなる。奴は逆手に持った包丁を振り上げた。死の予感が脳裏をよぎる。

　その時、ぎん、と音がして突然両手が弾《はじ》けた。鎖が切れたのだ。

　自由になった腕を振り、俺は椅子から身を投げ出した。一郎の振り下ろす刃がびゅんと耳を掠める。

　俺は床を這《は》い拳銃を摑む。仰向《あおむ》けに転がり、トリガーを引いた。

マズルフラッシュが驚愕《きょうがく》に歪《ゆが》む一郎の顔を刹那《せつな》照らす。遅れて轟いた銃声と共に、悲鳴を上げた一郎が仰《の》け反った。俺はそれを追って立ち上がり、続けざまに二発撃った。銃弾の一発は一郎に命中し、奴は仰向けに吹っ飛ぶ。もう一発はラジオを弾き飛ばし、奏でる交響曲を中断させた。

二郎とその母が跳ぶように逃げる。

俺は二人の背中に銃口を向け迷わず撃った。二発の銃弾がエントランスへの扉を撃ち抜き、砕けた木片が散る。狙いは正確だったが、既に二人は扉の向こうに姿を消していた。二郎はともかく、あの小柄な婆《ばばあ》も異様に素早い。

逃げやがった。あの婆。

俺はテーブルに手をつき、ぜいぜいと息をついた。頭が鳴り、刺された首筋に鋭い痛みが走る。傷口に手をやると、手の平にべったりと血がついた。

倒れた一郎に目を向ける。奴の肩口から右胸にかけてが血に染まっていた。性懲りも無く、床の柳刃包丁に手を伸ばしている。

俺は首を押さえながらよろよろと歩を進め、一郎を見下ろした。薪ストーブの脆弱《ぜいじゃく》な灯りが奴の怯《おび》えた顔を照らす。

俺は拳銃を腰のベルトに突っ込み、奴の傍にゆっくりと膝《ひざ》を落とした。床に転がっている包丁を拾い、それを逆手に構える。一郎に見せつけるようにして、その顔に狙いを定めた。汗まみれの一郎の顔が恐怖に歪《ゆが》み、首をひねって逃れる素振りを見せる。

俺は振りかぶると、一気に刃を振り下ろした。

ずだん、と乾いた音がホールに響く。遅れて一郎の絶叫が木霊《こだま》した。

細い刃の先端が一郎の右耳を貫通し、床板に縫い付けていた。一郎の泣きわめく声が心地よかった。耳が千切れるかもしれないと、奴のもがく様子を眺めていたが、そうはならない。意外と人間の耳は丈夫らしい。

「黙れ」俺は奴の耳元に口を寄せた。「手錠の鍵《かぎ》を出せ」

一郎はズボンのポケットから鍵を取り出すと、がくがくと震える手を差し出した。

俺はそれを受け取り、自分の手首にかけられた手錠に差し込む。金属の輪はあっけなく外れた。

椅子にくくり付けられた緋村の手錠も解いてやり、「あとは頼む」と、奴に鍵を渡した。

俺は椅子に座り込んだ。疲労が押し寄せ、全身が脱力する。背筋に悪寒が走った。血が抜けた為だろう。

本当にツイてねえ。

俺はテーブルに転がっている蠟燭を手に取った。胸ポケットからオイルライターを取り出し、蠟燭に火を灯《とも》す。灯芯《とうしん》の放つ輝きに目が眩《くら》んだ。こんなちっぽけな炎でも、暗闇にあっては眩《まばゆ》いばかりの光になるらしい。

俺は蠟燭の炎を口に咥《くわ》えた煙草に移した。燭台に蠟燭を戻しながら、床に敷かれたブルーシートに目をやる。

毛布をかけられた白石の死体の隣に灰原が寝かされている。首が切り裂かれていた。灰原が引きずられた血の跡が、ずるずるとダイニングテーブルへと延びている。


……ツイてねえが、あの二人よりマシか。


鼻から煙を吐きながら、俺はぼんやりと二つの死体を見つめた。

死体が寝かされた何の変哲もない青いシート。この暗がりでも、目に染み入るような青だった。見たくもない光景だ。

思わず目を閉じるが、瞼《まぶた》の裏にもブルーシートに寝かされた死体が浮かぶ。俺を非難する、恨みがましいあの目つき。糞が。

「紫垣くん、傷口を見せてみなさい」緋村に手錠を外された山吹が俺のそばにきた。

そう話す山吹もだいぶ二郎に殴られたらしく、左目は腫《は》れあがり、口元は切れていた。

山吹が俺の首筋に触れる。

「触るな。いてえ」俺が顔をしかめると、山吹が眉《まゆ》を寄せた。

「こりゃ縫った方がいいね」

「あんた医者か」

「医者じゃないよ」

「医者じゃないなら、やめてくれ」

「私が縫ってあげると言ったかね？　私は傷を閉じた方が良いと勧めたまでだよ。とにかくこれで押さえといた方がいい」と、山吹がハンカチを差し出す。

「それ清潔か？」

「文句があるなら、お好きにどうぞ」

仕方がない。俺はハンカチを受け取ると、それで血を拭《ぬぐ》った。首に触れる度に痛みが増す。

玄関を確認した紺野が戻ってきた。両手に一つずつ大型の懐中電灯を持っている。

「婆と息子は外に逃げたみたいだぜ。灯りも持たずにな」

「ほお、そりゃ気の毒にね。この悪天候の中をかい」と、山吹が窓の外を見る。

「余程慌てていたらしい」紺野はへらりと笑い、懐中電灯を点《つ》けた。白色ＬＥＤの放つ光線を、扉に穿《うが》たれた銃弾の痕《あと》に向ける。「銃撃は初体験なんだろうよ」

俺はテーブルの周囲を見回した。あれが無い。肝心の荷物が無い。どこだ？

「緋村、ケースはどこだ？」と、俺は尋ねた。

あれの為にやったのだ。全てをやり直す為に。あれを失ったら話にならない。

「それを、今からこいつに訊《き》くところです」

緋村は鼻血を拭うと、倒れた一郎を見下ろす。一郎は耳を床板に縫い付けられたままだった。自分の耳を貫通する包丁の柄に手をかけているが、抜けないらしい。

「私もそいつには用がある」そう言って、山吹が緋村の隣に立つ。

俺も重い腰を上げ、二人の隣に並んで一郎を見下ろした。紺野が懐中電灯の光線を一郎の顔面に浴びせる。一郎は眩《まぶ》しそうに手を翳《かざ》し、指の間から不安げな眼差《まなざ》しを俺たち四人に向けた。

床に磔《はりつけ》にされた奴の姿を見て、餓鬼の頃やった昆虫採集を思い出した。蝶《ちょう》やら蜻蛉《とんぼ》やらを捕らえて殺し、虫ピンで刺して箱の中に並べる。昆虫に興味は無かったが針を突き刺すのは楽しかった。

一郎を見下ろす緋村が冷たく言い放った。

「あなたの言う通りだ。他人の不幸ってのは娯楽。今度は私たちが楽しむ番です」

緋村にしては品の悪い物言いだ。行儀の良いこいつにもこんな一面があるらしい。

一郎は黙ったまま、怯えの混じる不安げな目で俺たちを見上げる。肩口の黒い染みは徐々に広がっていた。銃弾は奴を即死には至らせなかったが、このまま出血が止まらなければ、やがて死ぬだろう。

「残酷過ぎるよ、紫垣くん」山吹が一郎の傍らに屈《かが》みこみ、奴の耳を指さして俺を振り返った。「こんな酷いやり方は、私の流儀ではない」

俺は首を竦《すく》めて答えた。「俺の、流儀だ」

山吹は渋い顔を見せると、一郎に目を落とし同情するような口ぶりで言った。「待ってなさい。抜いてあげよう」

山吹は一郎の耳を貫通する包丁に手をかけ、一気に引き抜いた。引っ張られた耳がぷるんと揺れる。山吹は包丁を投げ捨てた。

「良かったねえ。耳はまだついているようだ」

山吹がつまんだ耳をぐいぐい引っ張ると、一郎は痛みに泣き声を漏らした。確かに耳は繋《つな》がっていたが、刃が貫通した箇所に大穴が開いている。昆虫を刺すのも楽しかったが、人間も悪くはないと思った。

「荷物はどこですか」と、緋村が訊いた。「私たちのアタッシュケースです」

一郎は、ただぜいぜいと荒い呼吸に喘《あえ》ぎ、黙って緋村を見上げる。

「返答が遅い」緋村は血に染まった一郎の肩に片足を乗せた。「我々の荷物をどこにしまったんですか？　下とはどこです？」

緋村の体重を乗せた革靴が血に濡《ぬ》れたシャツに食い込む。一郎が苦痛の悲鳴を上げた。

「や、やめてくれ！」

「ケースはどこに？」

「ち、地下だ！　地下の倉庫だ！　鍵はかかっていない、頼む」

「この家に救急箱はありますか？」

「二階だ、二階の寝室に置いてある」

緋村は足を下ろすと、俺たちを見回した。

「山吹さん、ケースを探すから一緒に来てください。紺野さんは二階から救急箱を。紫垣さんはここで待っていてください」

冗談じゃねえ。俺は首を振って答えた。「俺も行く」

緋村は戸惑ったように俺を見る。

「その傷ですよ。休んでいた方がいい」

「いや、ケースを取りにいく」と、俺は重ねて言う。

「あなたがそう言うなら構いませんが」緋村は呆《あき》れた様子で首を竦めた。「倒れても知りませんよ」

俺は頷《うなず》いた。誰がケースから目を離すものか。

「このサイコ野郎はどうすんだ？　目を離したら逃げちまうぞ」紺野がつま先で一郎

の頭を小突く。

緋村がテーブルの上を指さした。そこには、俺たちを拘束していた手錠がある。

「手錠で繋いでおけばいい。その傷じゃ、どこへも行けやしないでしょうがね」

「椅子に座らせるのか？」

「いえ」緋村はブルーシートに顎《あご》をしゃくった。「お友達と繋いでおくんです」

「そりゃいい。そいつは面白いな」紺野がけらけらと笑った。

紺野と山吹が倒れた一郎を引きずると、乱暴にブルーシートに寝かせた。紺野が一郎の手首と死体となった灰原の手首とを手錠で繋いだ。一郎は諦《あきら》めたのか、寝そべったまま抵抗もしなかった。

「荷物を取りに行く前に、カタをつけなきゃならん事がある」と、山吹が俺に鋭い視線を向けた。「仕事道具の件だが」

拳銃《けんじゅう》のことか。俺は山吹から視線を逸《そ》らした。

「それを、いつから持っていたんだね？」

山吹の詰問するような口ぶりは気に入らないが、俺は正直に答えた。

「事故の後だ」

「どこで見つけたんだ？」

「車の外だ」

横になった車の中で、俺はぐらぐらと揺さぶられるような感覚に目が覚めた。たぶん頭を打っていたせいだろう。朦朧《もうろう》としながら頭上のドアを開けて後部座席から顔を出すと、それに気が付いた灰原が笑顔で俺を見上げていた。俺はあいつの手を借りて、どうにか車外に脱出した。続けて紺野も灰原の助けで車外に引っ張り出されていたが、その時、車の下に銃が転がっているのに気が付いた。皆が白石の死体に気を取られている間、俺はそれを拾って腰のベルトに差したのだ。

「何故、黙っていたんだね？　私が探していたのは知っているだろう」と、山吹が睨《にら》む。常に笑顔を絶やさないような男だが、今はその顔から穏やかさは消えていた。銃を俺が持っていたことが、余程お気に召さなかったらしい。

俺は「別に」とだけ答えて、窓の外に目を向けた。

俺自身、深く考えずに拾っただけで、最初は隠すつもりなどなかった。しかしその後、白石の死体を調べて気が変わったのだ。

山吹は厳しい声で言う。

「黙って懐に入れていたのは裏切りも同然だ。そいつは私の銃だよ」

「……あんたのじゃねえだろ」

「私が管理しているんだ」

こいつに責められる筋合いは無い。

俺はべっと唾《つば》を吐いた。唾液《だえき》に血が混じっている。

山吹は黙って歩み寄ると、俺の目の前に立った。息の届くくらいの距離に顔を寄せる。腫《は》れた瞼《まぶた》の下から怒りの混じった目を向けた。

「今のは大手柄だった紫垣くん。勿論《もちろん》、私は感謝している。ありがとう。だが、それはそれ。仕事の話は別だ」

「仕事は終わってる」

「いいや、まだ終わっちゃいない。私がガレージ付きの家とでかい車を買って、どこか海外のビーチでゆったりと寝そべるまではね。それまでは何も終わっちゃいないんだよ、紫垣くん」

普段の山吹とは違う。その喋《しゃべ》りには妙な威圧感があった。山吹は俺の胸を指で突《つ》いて言葉を続ける。

「君が銃を黙って懐に入れたのは、さっきの手柄に免じて不問にしてやってもいい。だがやはり仕事での裏切りは許せんのだ。銃を持つのも、それを撃つのも、その判断も、私の仕事だ。すぐにキレる奴に持たせるおもちゃではない」

この男に見下される覚えはない。じわりと腹に黒い怒りが湧き出す。俺は山吹を睨み返した。

「年寄りはすっこんでろ」

俺の言葉に山吹は顔色を変え、さらに一歩距離を詰めた。「……今、なんて言った？」

「耳が遠いのか？　爺《じじい》は引っ込めって言ったんだ」

山吹は眉《まゆ》を寄せ、俺の顔を覗《のぞ》き込む。腫れた瞼の下に殺意が光った。この男が少し分かった気がする。きっと、これが山吹の本来の姿なのだろう。山吹は場違いに落ち着いた声で話す。

「私はね、紫垣くん。これでも穏便にことを収めてやろうとしているんだ」

「穏便にしてくれって頼んだかよ」

「……私を舐《な》めているのか」

低い声で山吹が囁《ささや》く。俺は一瞬気圧《けお》されたが奴の鼻先に言い返す。

「だったらどうした？　穏便な方法以外を試してみるのか？」

山吹はしばらく怒りを湛《たた》えた目で俺を睨んでいたが、視線をふと外すと、冷笑を浮かべて再び俺に目を向ける。「……惨めな男だな」

「ああ？」

「仕事が済んだら元通りになるとでも思うのか？」

「……なんの話だ？」

「家族が戻って来ると思うのかね？　君のところになど」

どうしてこいつが知っている？　一瞬、不可解に思ったが、すぐに思い出した。あの内通者の女との打ち合わせの時だ。あの時、無駄な雑談の中で妻と娘の話を少しばかり漏らしてしまった。そういえば、あの時に一緒だったのは白石と山吹だ。

舐めやがって。

ゆっくりと息を整えるが、抑え難い怒りは消えることがない。俺は一歩引き、背中に差した銃を抜くと、山吹の胸に突きつけた。

山吹は向けられた拳銃に全く怖《お》じることもなく、俺を見据えたままにじり寄る。突きつけた銃口が奴の胸に当たった。

糞《くそ》が。俺はトリガーに指をかける。

「お前ら餓鬼かよ！」紺野が悲鳴のような声を上げた。「馬鹿じゃねえのか、いい歳しやがって。プロのやる事じゃねえぞ」

「紫垣さん、銃を下ろしてください」緋村が抑えた声で話す。「山吹さんも言い過ぎです」

俺は山吹から目を離さず、互いに睨みあっていた。

緋村が両手を広げ、俺と山吹を交互に見る。

「冷静になってください。紺野さんの言う通りです。こんな目に遭って気が立っているのか知らないが、二人とも大人なら、それらしい行動を見せて欲しい。揉《も》めている場合じゃないのは理解しているでしょう」

山吹が舌打ちをして身を引き、俺も銃を下げた。

緋村は頷いて俺に言う。

「銃はあなたが持っていてください」

「おい、緋村くん」不満の声を上げた山吹を緋村は手で制した。

「紫垣さんに預けておけばいい。もう銃が必要になる事はありません。だが、不安な人間には、お守り代わりにはなります」

そう言って緋村はちらりと俺を見た。山吹が悪態をついて背を向ける。

何とでも言いやがれ。俺は銃を元通りベルトに差した。

この連中は信用ならない。金を手にするまで油断できるものか。


紺野は二階の部屋を漁《あさ》りに、ホールから階上へ続く階段を上っていった。

俺は緋村、山吹と一緒にホールから廊下に出る。すぐ右手には台所があった。タイル張りの台所は綺麗《きれい》に清掃されている。そのまま進んで廊下を左に折れると突き当たりに外への戸があった。屋敷の裏口らしい。二郎とその母親がここから戻るかもしれない。緋村が確かめると戸は施錠されていなかった。しかし、床は乾いていて、今のところ外部から誰かが入った痕跡《こんせき》はない。

その裏口の手前の壁に青銅色の扉があった。

「これですね」緋村が扉を開くと、地下室へ延びる階段が現れた。懐中電灯で階下を照らすと、塗装の剝《は》げた、いかにも古そうな金属製の棚が並んでいるのが見える。

緋村が足元を照らしながら階段を下りる。山吹が続いた。俺はオイルライターに火を灯《とも》して最後尾を歩く。階段を下りると、頭が揺れて目が回る。

「転ばないでくれよ」と、山吹が振り返る。「巻き添えにされちゃ、かなわん」

地下室は湿っていて黴臭《かびくさ》かった。金属の棚が室内を囲むように四方に立っていて、中には物が溢《あふ》れている。床にもダンボール箱やら、旅行鞄《りょこうかばん》、大小のバッグや何かが詰まったゴミ袋といった物が雑然とひしめいていた。

一郎は地下倉庫と言っていたが、そんな良《い》いものじゃない。マンションのゴミ集積所がせいぜいだ。いや、それより遥《はる》かに酷《ひど》い。酸っぱい臭いが目に染みて、涙が滲《にじ》んだ。

「なんだね、ここは」と、山吹が鼻をつまんだ。

衣服を吊《つ》るすキャスター付きのラックが幾つか置いてあるが、そこにもぎっしりと上着やシャツやズボンが下がっている。奥には衣服が積まれた一画もある。それらの衣類はどれも薄汚れていて、破れていたり得体の知れない黒い染みがべっとりと付いているものもあった。少なくとも大切に保管されている訳ではないらしい。ラックには若者向けのデザインのスカートや細身のデニムパンツも見えた。

古着の山を奇妙に思った。このスカートをあの婆さんが着るわけじゃあるまい。あの三人の他に住人がいるようにも思えない。

俺たちのアタッシュケースは探すまでもなかった。階段を下りてすぐの床の上に落ちていたのだ。山吹がそれを掴《つか》んで立ち上がった。「戻ろう。ここは気分が悪くなるよ」

無造作に置かれているダンボール箱の一つが俺の目に入った。ライターを翳《かざ》すと箱の中身が見える。俺は懐中電灯を手にした緋村に声をかけた。

「こっちを照らしてくれ」

「どうしました？」と、緋村が懐中電灯を向けた。

光に照らされたダンボールの中にあったのは、数多くの財布だった。革製品やナイロン製、長財布や二つ折りなど種類は様々だ。ブランドもののハンドバッグもいくつか見えた。

俺はそのうちの一つを手にした。その黒革の財布の中には現金やカード類は無く、ガソリンスタンドのレシートと家電用品店のポイントカードだけだった。レシートの日付は二年も前のものだ。他の財布の中身を確かめるが、いずれも金目のものは入っていない。

「……これを見たまえ」と、山吹が手の中のものを差し出した。それは運転免許証だった。それも一枚ではない。トランプのように束ねられているカード全てが免許証だった。おそらく二十枚以上はあるだろう。免許証は性別年齢を問わず、それぞれ全て別人のものだ。すでに失効して数年経つものもある。

「偽造免許証ですか?」と、緋村がそのうちの一枚を手にした。写真は金崎母子《おやこ》のいずれでもない、若い男性のものだった。

山吹は免許証の一枚を光に照らし、その表面を指でなぞる。仔細《しさい》に眺めていたが、やがてかぶりを振った。

「本物だ。偽造は何度も見た経験があるから間違いない。これは棚の一番上に置いてあったが、探せばまだあるかもしれないね」

俺たちは顔を上げて室内を見回す。ごみごみと乱雑に物が放置された地下室だ。確かに他にもまだ何かありそうだった。緋村の懐中電灯の灯《あか》りが一瞬天井を走る。そこに何かが照らされたのが見えた。何だ?

「おい、天井」俺が言うと、緋村は光を頭上に向けた。

一瞬、懐中電灯のリフレクターがつくる影かと思った。しかし違う。白い天井に何かが黒々と大書されているのだ。それは円形や直線を組み合わせたような奇妙な図形の数々だった。どうやら文字のようだ。その文字列が天井を埋めるように、びっしりと書き連ねてある。それらは読めはしないが、どこかで見た覚えがある。

「これ、さっきの岩に書いてあった文字じゃないのか?」山吹が訝《いぶか》しげに呟《つぶや》いた。

そうだ思い出した。あの道祖神に彫り込んであった文字だ。確か紺野は阿比留文字だとか話していた。あそこで見たのと同じような文字が天井に書いてある。

緋村は電灯の光を天井の隅々まで巡らせた。文字は天井の端まで埋め尽くしている。

「あいつ『おんめんさま』がどうとか話していましたね。宗教か何かでしょうか？」

眉《まゆ》をひそめて話す緋村に山吹が首を傾げる。

「さあね……、もしかしたら土着の神なのかもしれないな」

「紺野さんなら知っているかもしれませんね」

「どうかな。この家の者だけが信じる神なのかもしれない。……あんな人間たちの考える事など分からんがね」

長いこと頭を傾けて天井を見上げていると、血の巡りのせいなのか眩暈《めまい》がした。とにかくアタッシュケースが戻ったのなら他はどうでもいい。この家の連中が何を信じようが知ったことか。


ホールに戻ると、既に紺野が二階から戻っていた。薪《まき》ストーブの前に椅子を据えて、片手に缶ビールを持っている。

「お、無事に見つかったんだな。俺たちの仕事の成果がよ」と、紺野は緋村の持っているアタッシュケースに目を向けた。

「君はこの状況でよく飲めるね」山吹が呆《あき》れた声を上げる。

ブルーシートの上にはさっきと変わらず白石と灰原の死体がある。灰原に繋《つな》がれた一郎は気でも失っているのか、俺たちに顔を向けることもなく力なく寝そべっていた。

紺野は缶ビールを呷《あお》った。口髭《くちひげ》に白い泡がつく。

「なに、白石と灰原の弔い酒だ。冷蔵庫に1パックあった。あんたたちの分もそこに置いてあるぜ。あと、救急箱も見つけた。中は見てねえけど。傷の手当てでもなんでもしろよ」

血で汚れたダイニングテーブルの上には缶ビールが数本と、白い救急箱が置いてあった。

傷が痛む。俺はどっかりと椅子に腰を下ろすと、缶ビールを開けた。一口飲もうとして、缶を持つ手を止めた。

紺野が俺を見て吹き出した。「トラウマになっちまうよなあ」

紺野を無視してビールを喉《のど》に流し込んだ。停電で冷蔵庫は死んでいる筈《はず》だが、まだ十分に冷たい。胃に落ちたアルコールが失った血へと変わっていく気がした。多少気分が良くなった。

山吹が免許証の束をばらばらとテーブルに放った。

「なんだよ、それ?」紺野が口をへの字に曲げる。

「ツイていない犠牲者たちだよ」山吹は缶ビールを一つ摑み「緋村くんも飲むかね?」と、緋村に尋ねる。緋村は、いりませんと首を振った。

「何のことだ犠牲者って?」と、紺野が訊《き》く。

「私たちみたいな被害者が他にもいたらしい。この家の連中は昔で言うところの山賊だ」

「山賊? 人を襲う、あの、山賊?」

山吹はビールをごくごくと呷り、息をついた。「……実益を兼ねた趣味だろうね。あるいは信仰心か」

「話が見えねえな。何だよ、山賊だの信仰だの」

「地下室の天井にあの道祖神に彫ってあったのと同じ文字が書いてあった。びっしりとね」

「阿比留文字が? 天井にかよ?」

「ああ。おんめんさまがどうとか演説していただろう。君はこの地域に詳しいんだったね。おんめんさまって何のことか知っているのかい?」

山吹の質問に紺野は首を傾げて考える。

「ああ、そこに寝てるサイコ野郎が言ってたよな。どこかで聞き覚えのある響きって気もするんだけどよ……思い出せねえな」

山吹はふむ、と頷《うなず》いた。「……まあとにかく、人を襲うにもあいつなりの理由があるのだろうね」と、床に寝そべった一郎を一瞥《いちべつ》する。一郎は気を失っているのか何の反応も見せなかった。

紺野はビール缶を片手に難しい顔をした。「まともじゃねえよ、まったく。……白石と一緒だな。変わっているんだよ、信心深い奴ってのは」

「それは偏見だよ。それに死んじまった奴を悪く言うのも良くないな。この家の連中がかなり変わっているのは否定できないがね」

変わっているだと？　この中に変わっていない奴がどれだけいるのか怪しいものだ。今、真人間みたいな顔で黙っている緋村にしたって、まともな人間なのか俺には疑わしい。

俺はビールを流し込むと、卓上の救急箱を開けた。意外にも中には医療用品がひと揃《そろ》い入っていた。俺は消毒液を白いガーゼに染み込ませ、首の傷口を軽く拭《ぬぐ》う。アルコールの刺激で裂けた傷の痛みがじんじんと増した。血は止まっているが、山吹が言ったように何針か縫うことになるだろう。大判の絆創膏《ばんそうこう》があったので、とりあえずそれを首の傷口に貼り付けた。

「あっ、そうか」紺野が何かに気付いたように、楽しげな声を上げた。「噂の通りだぜ。俺はこの辺りが地元だって話したろ？　だから聞いたことがあるんだ。この峠の怖い噂をよ」

「なんですか、それは」今度は緋村が訊いた。

そういえば紺野はさっき、ここが『魔の峠』だとか喚《わめ》いていた。

「この峠を通る車が煙みたいに消えちまうんだとよ」

「消える？」

紺野は頷いた。「たまにあるだろ、原因不明の失踪《しっそう》って話。この峠を最後に行方が分からなくなった奴が大勢いるんだと」

「事実なんですか？」

「どうだかな。本当に失踪者がいたのか、いたとしてもそれが何人くらいなのか、そこまでは知らねえよ。ただ噂話になるくらいだから、実際いくらかはそういう事件があったのかもな。……で、この辺りに異次元の入り口があるとか、宇宙人に攫《さら》われたとか、子供が好きな都市伝説みたいな噂になっていたんだ。でも、何のことはねえ、この家のやつらの仕業だったのかもしれないな」

「山賊に襲われたなんて想像もしないでしょうね」と、緋村が苦笑した。

紺野がへらりと笑い、俺たちを見回して言う。

「あの婆《ばばあ》、妙に足腰が達者だっただろ。山賊っていうよりも、ありゃ山姥《やまんば》だな。山姥の家に来ちまったんだぜ、俺たち」

「山姥？　妖怪《ようかい》かね？」と、山吹が訊いた。

「そう。俺は中学の時、郷土史クラブってのに所属していた話はしたよな」

「そうだったかな」と、山吹が首を傾げる。

「話したぞ。……話したよな？　紫垣」

確かに紺野が車中でそんな話をしていた気もするが、どういうわけか記憶が朧気《おぼろげ》だった。「知らん」と答えた。

紺野は舌打ちして話を続ける。

「……別に歴史に興味があった訳じゃねえ。ただそのクラブ、顧問の教師にやる気がなくて、ほとんど顔を見せないからさ。その時間は自由に煙草が吸えるって先輩に聞いたんだ。だから入ったまでだ。それでも活動実態が無いとうるさいだろう？　だから時々、地域の民話とか何かを適当に模造紙に書き写して、活動の体裁だけは整えてたんだ。まあでも、土地に伝わる妖怪話とか、その手の話は意外と面白かったんだぜ。山姥の話もあった」

「それじゃ彼は山姥の息子ってところか」山吹が缶を一郎に向けた。

紺野は首肯して愉快そうに笑う。「あいつ、しきりに山の人間だの街の人間だのって話していただろ。昔から山と街との間には精神的な断絶があるんだ。住む世界が違う。山に住む人々は街の人間を常に軽蔑《けいべつ》と羨望《せんぼう》が混じった目で見ている。あいつはそういう歪《ゆが》んだ敵意で俺たちを襲ったんだろうぜ」

「このネット時代にかね？　交通網だって発達している」

「距離の問題じゃねえんだ。古来山の人々は豊かさの生贄《いけにえ》にされてきた。故郷をダムの底に沈められたりだってそうさ。そうした深層心理の隔たりは世代を経ても簡単に消えやしない。世代を超えた隔絶だよ。だから街の者は潜在的に山の人々の報復を恐れているんだ。そういう関係性が、その昔は山姥みたいな山の怪異の概念を生んだんだろうな」

「山姥っていうのは老婆だろう。どうして爺《じじい》ではないんだね？　年寄りでも男の方が強いだろうに」

アルコールのせいなのか妙に興の乗ってきた山吹が笑顔で紺野に尋ねる。紺野は餌を前にした子犬みたいに、身を乗り出した。

「婆だからこそ怖い。いいか。昔、老婆は珍しかったんだ」

「ん？　どういうことかな」

「女は出産するだろ？　医療の発達する近代以前、人の分娩《ぶんべん》ってのは危険で、出産時の妊婦の死亡率は高かった。だから自然と老人ってのは男よりも女の割合がずっと少なくなる。女は歳を重ねる前に死ぬのが普通だ。だからこそ、老婆ってのは珍しくて気味の悪い存在だった。それもまた潜在的な脅威だ」

「婆さんは、せいぜい桃を拾うのが役目だろう。どうして脅威になるんだね？」

首を傾げた山吹に、紺野が話を続ける。

「古来、男は女を虐げてきた。女は弱く男にとっては踏みつけの対象だ。だが、女が力を得たらどうする？　世の中の男たちは復讐《ふくしゅう》される。長生きした女には、それを可能にする超常的な力が備わっているのかもしれない。罪悪感がもたらす恐怖から、山姥は生まれたんだ」

紺野の与太話を聞き流しながら、俺は亜紀の顔を思い浮かべていた。

俺は妻を踏みつけにしていたつもりはないが、あいつは似たような事を話して俺を責めた。カッとなって手を出してしまった事もある。それ自体は確かに褒められた事じゃないが、俺だけに非があるとも言えない。夫婦には互いに悪い部分がある。それを認め合い、許し合うべきじゃないのか。それなのに、あいつは俺だけが悪いような言い草で非難し、娘を連れて姿を消した。

紺野の長話に辟易《へきえき》したのだろう。緋村が横から口を挟んだ。

「それで二階は？　山姥の部屋に金目のものはあったんですか？」

紺野は渋い表情でぶんぶんと首を振る。

「上には何も無かったぜ。婆の寝室とそいつらの部屋だ。汚ねえだけ」

山姥の家、か。何故だか、ふと不安がよぎった。思わず向かいに座っている緋村に声をかける。

「……中身は確かめたか？」

緋村は不思議そうな面持ちを向けた。「中身？」

「アタッシュケースの中だ」

「いえ、開けていません。なぜ？」

「確認しろ」

俺の言葉に緋村は片方の眉尻《まゆじり》を上げ、

「そいつらが盗《と》ったとでも？」と、一郎に目をやった。

「念のためだ」

「ケースはロックされたままですよ」

「いいじゃないか」と、山吹が片手のビールを掲げて笑顔を見せた。「乾杯する気分じゃないがね。仕事の成果を眺めたら気持ちも落ち着く」

「そうだぜ、俺もじっくり現物を見ちゃいない。石を酒の肴《さかな》に飲もうぜ。名案も浮かぶかもしれねえ」と、紺野も笑った。

緋村はちらりと離れた場所に寝そべっている一郎を見た。諦《あきら》めたように肩をすくめると、テーブルの上のアタッシュケースを手元に寄せた。ストーブの前に座っていた紺野と山吹が立ち上がり、緋村の脇からケースを見下ろす。

俺は嫌な予感がしていた。絆創膏の下で刺し傷がじんじんと痛む。

ケースはダイヤルロックで施錠されている。緋村は指先を滑らせてダイヤルを一桁《ひとけた》ずつ回していく。

かちゃりと金属音がした。ロックが解かれた。

緋村がシルバーの蓋《ふた》を開く。ケースの中身が露《あら》わになり、それを目にした山吹と紺野が、立ったまま啞然《あぜん》と息を吞《の》むのが分かった。俺の側からは蓋で陰になってケースの中が見えない。

「どうした？」俺の問いかけに、三人とも凍り付いたままケースを見つめ、答えない。一体、何なんだ？　俺は手を伸ばし、ケースを摑《つか》んで強引に自分に向ける。そこに見たものに、俺は目を疑った。

ケースに石は無かった。その代わりにあったのは黄色い果実だった。

黒いウレタンの保護材に埋もれ、黄色い果実がぽつんとあった。檸檬《れもん》なのか柚子《ゆず》なのか、とにかくそれは子供の握《にぎ》り拳《こぶし》ほどの大きさの柑橘類《かんきつるい》だった。

緋村は黙ってそれを取り上げた。それはざらついた表皮に蠟燭《ろうそく》の炎を照り返し、緋村の手の中で黄金色にきらきらと輝いていた。

「お、おい……、石はどこだよ？」紺野が掠《かす》れた声を絞り出す。

緋村がケースの中を探るが他には何も無い。緋村は茫然《ぼうぜん》と呟《つぶや》いた。「どういうことだ」

俺は目を閉じた。やり場の無い怒りが発火し、はらわたに黒い炎が燃え広がっていく。この場の全員を撃ち殺したい衝動が背中を這《は》い上《のぼ》る。石が無ければ金は入らない。俺がやり直す為には金が必要なのだ。目が眩《くら》み、天井が旋回した。

落ち着くんだ。

俺は強引に怒りを抑えつけ、呼吸を整える。ゆっくりと目を開く。やはりその光景は変わらなかった。

血糊《ちのり》の散るダイニングテーブルに黄金色の果実が鎮座している。それを囲み黒スーツの男たちが馬鹿みたいな面を下げて茫然と途方に暮れていた。俺の後ろには死体が二つと死にかけた男。外は嵐。

「糞《くそ》が」俺は缶ビールを床に叩《たた》きつけた。缶は高い音を響かせ、飛沫《ひまつ》を散らして床に転がった。

俺は立ち上がり、シートに寝かされた一郎に近づくと、わき腹を靴先で突いた。

「起きろ！　石はどこだ？」

こいつが盗ったに違いない。

一郎は答えない。隣で首を切り裂かれている灰原の死体と同様に、薄く開いた目に何の意思も感じられなかった。呼吸は浅く、ほとんど胸は動いていない。指先はぴくぴくと痙攣《けいれん》している。血を吐いたらしく、口元が赤黒く染まっていた。

もう一度蹴《け》るが、一郎は何の反応も見せなかった。こいつは――

「……死にかけてる」

俺の言葉に、紺野が驚いた様子で立ち上がる。「死にかけてる？」

緋村と山吹もやってきて、瀕死《ひんし》の一郎を見下ろした。

「まだ死ぬな」俺はもう一度尋ねた。「石をどこにやった？」

何度か繰り返し訊《き》くが一郎は答えない。既に声が耳に届いていないのか、強く蹴り上げても呼びかけても、全く反応を見せなかった。

俺たちはしばらく一郎を見つめていた。やがて一郎は全身の空気が漏れ出すような深い息を吐き出すと、それっきり動かなくなった。

「……死んだな」と、紺野が言った。

「既に危篤状態だったようですね。こいつ、何か話していましたか？」と、緋村が紺野に尋ねる。

紺野は思い出すように首を傾げるが、何がおかしいのか口の端に笑みを浮かべた。

「いや、特に何も……シクシク泣いていたようだがな」

俺たちは一郎の死体を囲み互いに顔を見合わせた。

確かに俺たちは石を手に入れた筈《はず》だ。それは八十カラットのダイヤモンド。今まで見たこともない、大粒の獲物だ。

　昼間、俺たちは宝石店を襲った。あらかじめ得ていた情報通り、ダイヤはそこにあった。内通者の女の手引きもあり、仕事は順調に運んだ。予想外の悪天候を除けば、他にトラブルも無かった。俺たちは仲良しこよしじゃない。この仕事の為に集められ、これまで互いに面識は無かった。しかし仕事を進める上での支障にはならなかった。俺たちは無駄に時間を費やすこともなく、首尾よくダイヤを手に入れる事ができた。

　奪ったダイヤは全員が見ている前で山吹がアタッシュケースに入れた。俺たちは豪雨の中、準備していた車に乗り込み、そのまま峠へと走った。その間もケースは肌身離さず山吹が膝《ひざ》に置いていた。思いがけない事故に遭うまで一度も停車していない。ケースが俺たちの手を離れたのは、この屋敷に招かれ、金崎の手に渡った短い間だけだ。

　ダイヤはどこに消えやがったのか。

　死んだ一郎を見下ろして山吹が言う。「……こいつが、石を隠したのだろうか？」

　緋村が首を振って否定した。

「そうは思えません。そいつは、最初からケースの中身に興味が無さそうだった。開けたとも思えない」

　確かにこのケースはそう簡単に開かないし、強引にこじ開けられた形跡もない。それに、もしケースを開けたいのならば、一郎は俺たちを拷問にかけてでもロック番号を聞き出せばいい。それができる立場だったし、むしろ喜んで痛めつけそうだ。

　金崎一家の仕業で無ければ――

　俺は目を向けた。阿呆《あほ》ヅラで硬直している紺野と山吹。それに緋村。こいつらの誰かが盗ったに違いない。被害者ぶって動揺した素振りを見せているが、このうちの誰かは、あるいは何人かは演技なのかもしれない。こいつらは信用ができない。

「待ってくれよ、おい。石が蜜柑《みかん》に化けたってのかよ?」

　紺野が苛立《いらだ》ち紛れにテーブルの果実を指さした。

　そう。問題はこの果実だ。一体これはなんだ? 石が盗まれたにせよ、この果実はどこからやって来たのか。

　俺はテーブルの果実を摑んだ。

　灯《あか》りに翳《かざ》し、それを眺める。ごつごつした果皮は柚子にも見えるが、人に栽培された果物ではなく、どこか野生種の趣があった。

　石が蜜柑に化けただと?

　俺は紺野の言葉を反芻《はんすう》し、その実を両手に包んだ。柑橘類独特の酸味を帯びた鮮烈な芳香が鼻を刺す。

その時だった。

突然、脳髄に光が射した。果実の芳香が気付け薬のように閃光《せんこう》を放ち、霞《かす》んだ意識を白く照らしたのを感じた。しかしそれはすぐに闇に戻る。

両手に包んだ輝く果実に目を戻す。走り抜けた光の残滓《ざんし》は脆弱《ぜいじゃく》な灯りとなって、じわじわと胸の内に広がっていく。この瞬間まで自覚さえしていなかった霧の存在が露わになる。同時に得体のしれない違和感が急速に膨らんでいった。


何かが、何かが変だ——


俺は手の中にある果実を見つめる。いびつな実の中で、重要な何かの輪郭が像を結びそうになる。しかし、その寸前で誰かに邪魔されるようにピントがずれた。

俺の中で疑念が渦を巻く。

「……車。車種は何だった?」俺は、手元の果実を見つめたまま、誰に言うでもなく呟いていた。考えがまとまらず、口が上手《うま》く動かない。「俺たちが……、俺たちが使った、逃走車だ」

顔を上げると、緋村と山吹が怪訝《けげん》な眼差《まなざ》しを向けていた。俺の言葉が夢にまどろむような口調だったからだろう。

俺は重ねて訊いた。「目立たないように国産の大衆車にした。黒い小型車だ。そうだったな？」

「……それが、どうしたと言うんだ」山吹が気味の悪いものでも見るように眉《まゆ》をひそめる。「大丈夫かね」

「あれは五人乗りだった」俺は続けて言った。言葉にすることで、不可解な違和感の輪郭が、はっきりするかもしれないと思った。「……俺たちは今、何人だ？」

俺の言葉に、緋村が戸惑った表情を浮かべて答える。

「何が言いたいんですか？」

俺はブルーシートを振り返った。その上には死体が三つある。今息絶えたばかりの金崎一郎の死体。それから俺たちの仲間の死体が二つ。俺は目で追いながら、今や死体となった二人の仲間の名を呼んだ。

「白石、灰原……」テーブルに向き直ると、俺はアタッシュケースを囲む男たちを順に指さす。「紺野、山吹、緋村……俺。どうして、俺たちは、六人いる？」

俺は手の中の果実をテーブルに放る。それはごろごろと転がり、燭台《しょくだい》の隣で止まった。卓上の血糊が移り、黄色い果皮の一部を黒く染めた。

三人は呆気《あっけ》に取られたように果実を見つめていた。

やがて紺野が口髭《くちひげ》を歪《ゆが》め、取り繕うように笑う。

「六人だから、どうしたってんだ？」

物分かりの悪い野郎だ。俺は紺野に答える。

「あの車に六人は乗れない」

「覚えてないのかよ、紫垣。あの車は狭苦しかったぜ。みんなで詰めて乗っただろう。お前だって、そのでかい体を不機嫌な顔して車に押し込んでいただろうが」

「あの車に、男六人を積めると思うのか」

「血が抜けて頭がいかれちまったのか？　実際にここに六人いるだろ。だったら六人だろうが」

「どこに誰が座ってたか覚えているか？」

俺の問いに紺野は当たり前だと即答した。「運転は緋村。助手席は山吹だ。俺は後部座席の左の窓際だ。お前は……俺の隣だっけ？」

俺は首を振った。「俺は右の窓側だ」

「あ、そうだったかな。それじゃ、お前が後部の右端。で、俺たちの間に白石と灰原が……、いや、待てよ」

そこまで話して自分の記憶に自信が萎《しぼ》んだのか、紺野の言葉尻《ことばじり》が小さくなる。後部座席に四人並んで座っていた筈がないと、ようやく気が付いたのだろう。

山吹が口を挟んだ。

「後ろの真ん中には白石くんが座っていただろう。その左隣が灰原くんだ」

「いやあ、違う違う」と、紺野が目を剝《む》いた。「思い出したぜ、白石の左隣に座っていたのは俺だぜ……そうだよな緋村？」

同意を求められた緋村は眉を寄せて宙を見上げる。しばらく考えていたが、やがて絞り出すように言った。「……思い出せません」

そんな馬鹿な、と紺野が甲高い声を上げた。

緋村は記憶を辿《たど》るよう首を傾げ、言葉を続けた。「……だが、あの車に六人乗っていたとは思えません。それは確かです」

「どうしてかね？」山吹が尋ねる。

「あの車は五人が定員です。定員超過を警察に見つかったら問答無用で停められます。そんな間抜けな真似を私が許す筈がありません」

「おいおい、待ってくれよ」山吹が困ったような笑顔で皆を見回す。「何がなんだか分からん。分かるように言ってくれるかね。我々の人数と、石が消えた事と、何か関係があるのかい？」

俺は答えた。

「分からん。しかし俺たちは確かに五人だった。なのに、今は六人いる」

暴風の唸《うな》りが増した。ストーブの炎の中でぱちぱちと薪《まき》が爆《は》ぜる。

今は六人いる。そう口にした俺自身も戸惑っていた。山吹と同様に何が何だか分からない。思い出そうとして記憶の遡上《そじょう》を始めると、すぐに堰《せき》にぶち当たり、それより先を辿れない。枷《かせ》が掛けられたように思考が上手くいかなかった。それは俺だけではないらしい。緋村も紺野も山吹も、全員が口を噤《つぐ》んでいた。皆、必死に脳内の霧に目を凝らしている。

俺たちは何かに縋《すが》るように、血まみれの果実をじっと見つめたまま、しばらく言葉を発しなかった。

一人増えたのならば――

俺は三人の顔を見た。緋村、山吹、紺野。

そいつは誰で、いつから交じっているんだ？　この三人のうちの誰かなのか、それとも死んだ二人のどちらかなのか？　そもそも、それは人間なのか？

視界がぐらりと歪み、俺は血塗《ちまみ》れの果実に目を移す。アルコールと貧血で平衡感覚が狂ったのか、果実を中心に周囲が旋回を始めた錯覚に囚《とら》われた。頭が痛む。背中に冷えた汗が伝うのを感じた。

その時、誰かの手が果実に伸びる。

紺野が摑《つか》んだ果実を眼前に寄せ、まじまじと見つめていたが、やがて困惑したように口を動かした。

「おんめんさま……いや、偶然か。でもこれ……」

紺野は手にした果実を見つめたままぶつぶつ言っている。

「何の話ですか？」緋村が尋ねた。

紺野は果実に目を落としたまま、茫然《ぼうぜん》とした声で返事した。

「俺たちは……、化かされているのかも」

「化かされている？」緋村がおうむ返しに訊《き》く。

紺野はその果実をそっと卓上に置いた。

「これは、ザバラだ」

「その蜜柑《みかん》の名前ですか？」

「そうだ」

「初めて聞きましたが」と、緋村は首を傾げる。俺も初耳だった。

紺野は頷《うなず》くと、話を続けた。

「もともと自然交配で生まれたものらしい。この地方にしか自生していないんだ。俺が餓鬼の頃、農家でも栽培されるようになった。酸っぱすぎて生食には向かないらしいが、ゼリーとか、ポン酢とか、加工品にして地域の特産にしたんだ。村おこしってやつだ」

話の方向が分からない。

「化かされてると言いましたね」緋村が続きを促すと、紺野は自ら『ザバラ』と呼んだ果実に視線を落とす。そして静かに言った。

「やまのめ、って、知ってるか？」

誰も答えない。紺野は再び口を開いた。

「ほらあいつ、道祖神をおんめんさまとか呼んでいただろう。どこかで聞いた響きだと思っていたが、ザバラを見て思い出したんだ……」そう言いながら紺野は開いた指で自分の両目を指し示す。「やまのめ、ってのは『山の眼』と書く。山の御眼《おんめ》とか、単に御眼《おんめ》とも呼ぶらしい」

御眼……おんめんさま？

「一郎が崇《あが》めていた神のことですか？」緋村の問いに紺野は頷く。

「おんめんさまとやまのめが一緒のものかどうかは分からねえし、そいつが神様かどうかも知らねえ。やまのめの話は郷土史クラブで知ったんだ。俺が資料で読んだのは、地方に伝わる民話とか伝承だ」

「それが今の状況とどう関係するんです」

「関係してるのかも分からねえよ。けど、俺が読んだやまのめの話と妙に一致するからさ……それは、こんな話だ」
紺野は『やまのめ』について語り出した。

ある山奥に二人の男がいたんだ。二人は木こりだった。
あ、いや、猟師だったかな……？　それも忘れた。
まあ、とにかく、その二人の男たちは山での仕事が遅くなった。
日も暮れて天気は酷い雨降り。二人は下山を諦《あきら》め山小屋で一夜を明かすことにした。
腹が減っていたんで囲炉裏に火を起こして餅《もち》を焼いた。二人だから二つ焼いた。
外は真っ暗闇だ。……たぶんな。
餅が焼けるのを待っていると、突然、外から戸を叩《たた》く音がする。
人気のない山奥だ。人間が通りかかるような場所じゃない。
二人は怖くなって無視していたが、戸を叩く音は止まらないんだ。
やがて、すっと音もなく戸が開いた。
闇の中に目玉が浮かんでいた。
でかい目だけ。体がどうなってるのかは知らねえ。書いていなかったからな。
で、気が付くと三人は囲炉裏を囲んで座っていた。
……いや、言い間違いじゃない。二人じゃなくて三人だ。

焼いている餅は二つ。
いつの間にか、人ではないものが一人だけ交じっていたんだ。
皆、怯《おび》えて黙っていた。やがて、男の一人が言うんだ。

われらのうちに、やまのめがおる

他の二人は怖くて動けない。この中に、人に化けた物の怪《け》が交じっている。
男が続けて言った。

やまのめは、みずのおもという

二人は怯えてがたがたと震え出した。
さらに男が言う。

やまのめが、みているぞ

それからどうなったと思う？

震えていた二人が、その話していた男を殺したんだ。

やまのめってのは人に紛れて脅かし、怯えた人間を食っちまう物の怪だ。

殺された男は恐怖を煽《あお》っていた。

だから喋《しゃべ》っていたそいつこそが、やまのめに違いない。そういう理屈だ。

朝になり、二人は殺した男の亡骸《なきがら》を埋めた。

そして後日、知恵のある者によってその場所に一本の木が植えられた。

それは黄色い果実をつける木だった。

それきり、やまのめは出なくなったという話だ――

紺野は話し終えると、

「その植えられた木になる黄色い果実ってのが、それだ」とテーブルの果実を指さす。

「ザバラだ」

さっき俺の鼻をついた香りは鮮烈だった。その匂いが頭の中の靄《もや》を払うような気がした。「……邪を祓《はら》う。訛《なま》ってザバラか」俺が呟《つぶや》くと、紺野は口の端を上げた。

「お前にしちゃ察しがいいな紫垣。ザバラはやまのめを追い払う魔除《まよ》けのアイテムってわけだ。ドラキュラにはニンニク。端午の節句には邪気を祓う菖蒲《しょうぶ》。やまのめにとっちゃ、ザバラがそれだ。弱点って事だろうなきっと」

「ふうん……」山吹が腕を組んだまま首をひねる。「そのお化けを退治する為に、蜜柑の木を植えるのか？　手間がかかるんだね」

面倒くさそうに紺野は肩を竦《すく》める。「知らねえよ。直接ザバラを口ン中に突っ込んでやりゃいい」

「口があるのか？　目のお化けなんだろう」

「じゃあ目ン玉に突っ込めよ。俺は妖怪《ようかい》博士じゃねえんだぞ。いちいち聞くな。……それより、この話の本当に恐ろしいところは、めでたしめでたし、で終わっていないってところなんだ」

「どうしてかね？　化け物を退治したんだろう」山吹の言葉に紺野がにやりと笑う。

「いいか、この話の中で、『やまのめを退治した』なんて、一言も言ってないんだ」

「埋めたって話だろう」

「ああ、何かを埋めた。だけどよ、普通正体が見破られた妖怪は、煙のように消えるとか逃げ失《う》せるのが定番だろう。それなのにこの話じゃ、殺した何かを地面に埋めてるんだぜ。そこだけ妙に生々しいと思わないか？」

山吹は、「……そうかな？」と難しい顔をした。

紺野は話を続ける。

「二人が殺したのは本当に化け物だったのか？　いいや、俺の考えでは違う。殺された男は煽っていたわけじゃねえ。単に妖怪の正体を暴こうとしていただけなんだ」

「それじゃ犠牲になったのは人間かね？」

山吹の言葉に紺野は頷く。

「そういう話にもとれる。そこがこの話の面白いところだ」

「……人間の性《さが》、みたいなものですか」緋村が静かに言う。

紺野は満足そうに首肯する。

「殺した相手が人なのか妖怪なのかなんて、どうでもいいのさ。自分が生き残るのが全て。餅の分け前にありつけるかどうかが全て。正当化できるなら誰を犠牲にしたって構わない。それが人間だ。それがこの話の言わんとするところだ」

ちらちらと揺れる灯心の灯《あか》りが、紺野の表情を照らす。

「何だか私にはぴんと来ない話だ……それと途中の『やまのめは、みずのおもという』っていうのは何のことかね？」

「意味までは覚えてねえ。記憶じゃ、そう書いてあったんだ」

今度は黙っていた緋村が疑問を口にする。「その……やまのめ、ですか？　どうしてそんなものを金崎は信仰しているんでしょう」

紺野はしかめ面をした。「あんなサイコ野郎の考えることなんて分かるかよ。……けど、とにかくよ、これはまるっきり俺の知っている話と同じ状況だろ」

緋村が苦笑を浮かべた。「待ってください。ここにその、やまのめって物の怪が紛れていると、本気で思っているんですか？」

「俺だって信じられねえ。……でも、紫垣の言う通りだ」紺野はそう言いながら皆の顔を見ると、気味悪そうに声を落とした。「……俺たちは、一人、多い気がする」

紺野の言葉に静まり返った。

「……われらのうちにやまのめがおる、ってわけですか」と、緋村が気を取り直すように笑う。「その流れなら、お喋りなあなたが真っ先に疑われて殺される役どころですね」

紺野は緊張が解かれたように息をつき、言い返した。「発想が安易だな」

緋村が俺たちを見回してゆっくりと話す。

「話を整理しましょう……確かに我々の人数が合わない。私もそう感じます。紺野さんの話を信じるわけではありませんが、確かにそんな風に錯覚します」

「錯覚？」俺が目を向けると緋村は大きく頷《うなず》いた。

「私たちはあの土砂崩れ以来、現実離れした異常な状況に置かれています」

紺野が甲高い声を上げる。「だから全員集団ヒステリーでも起こしているってのかよ？」

「そうは言っていません。しかし、死人が出た上に薬を盛られて殺されかけた。全員普通の精神状態とは言えない」

「俺は正常だぜ。完全に正常だ」

「全員、自分ではそう思っています。それに皆の気が確かだとしても、やまのめの話が事実かどうかは別の話です」

山吹が一郎の死体に目を向け「この家の連中は妖怪じみているがね」と言った。

紺野が興奮したように手を叩《たた》く。

「確かにそうだ。おんめんさまがどうとか、縛り付けて刺したりとか、あいつら普通じゃねえもんな。この家のやつらが化け物かもしれねえぞ」

「それは違う」俺は否定した。「……やつらは異常だが人間だ」

全員の目が俺に向けられた。

「どうして言い切れるんだよ、お前」と、紺野が口をとがらせる。

「化け物が物盗《ものと》りなどするか」

紺野はあの婆《ばばあ》を山姥《やまんば》に喩《たと》えた。確かにいかれた家族だが、やつらは人間だと確信できる。化け物が人から物を巻き上げて生活する筈《はず》がないし、銃に怯《おび》えて逃げ出すわけもない。むしろ人間らしい振る舞いだ。あの連中はただの人間だ。化け物がいるとすれば、きっと俺たちの中だ。

同じように思ったのか全員口を閉ざした。

得体の知れない疑念は紺野と山吹だけではなく、緋村にさえも浮かんでいる。互いに交わす視線はこれまでと異なる色を帯び始めていた。それは疑いの色だ。怖れの色にも似ていて裏切りの色にも近い。微妙に異なってはいるが、それらは隣り合う同系色だ。そうだ。亜紀もそんな目をしていた。疑念の色。恐怖の色。後ろ暗い裏切りの色。短い付き合いのこの連中ですらその微妙な変化を感じ取れる。ましてや長い時間を共にしている夫婦なら猶更《なおさら》だ。だから俺は――

ごとり、と薪《まき》ストーブから音がした。燃え落ちた薪が崩れたのだろう。火勢は幾分か弱まっているようだ。寒さが増した気がした。

山吹が立ち上がり、ストーブの表扉を開く。火ばさみで傍らに積んである薪の一つを挟むと、中に放り込んだ。新しい食を得て、炎が舌なめずりをするように、ゆらりと蠢《うごめ》く。

俺は思考を現実に戻した。テーブルには変わらずザバラがあった。何度目を凝らしても、それはただの果実だった。化かされたのでも、幻でもない。現実にそこにある。それは確かだ。俺たちの石は消え、ザバラに入れ替えられたのだ。

「人数の話はひとまず横に置きましょう」緋村が話を再開した。「……今、確かなのは、ケースから石が消えたってことです。代わりに入っていたのはザバラだ」

「やまのめの仕業かもしれないぜ」紺野が真顔で呟く。

緋村は今俺が話したことをそのまま繰り返した。

「やまのめは物盗りをしますか？」

「それは……」紺野が口ごもる。

「だったら奪ったのは人間です」

その通りだ。今ここに化け物が、やまのめが、俺たちの中に紛れているとして、そいつにカネへの欲望があるとは思えない。仲間を裏切ってまでそれを欲するのは人間しかいないに決まっている。ここに裏切り者がいる。そいつは欲に駆られ、石を独り占めにするつもりだ。石を奪い返さなければならない。

「そんな目で見ないで欲しいね」山吹が不快そうに俺を睨《にら》む。

俺はいつのまにか自分の顔が強張《こわば》っていたことを自覚した。知らず知らずのうちに山吹に視線を向けていたらしい。

石を手に入れてから今まで、すり替えられるタイミングがあるとすれば、事故で意識を失っていた時しかない。そして常にケースを持っていたのは山吹だ。緋村も紺野も、それは分かっている筈だ。それを口にしないのは山吹を疑う確証がないからだ。

俺は疑念を隠さず、山吹に訊《き》いた。

「あんたが石を持っているんじゃないのか？」

「私が？」山吹の顔色が変わった。

「あんたはずっとケースを抱えていた」

「随分な言いがかりだね」山吹が嫌悪感を露《あら》わに言う。「だから君は私を疑うというのか。私が皆を裏切っていると？」

「その機会はあった」

「私は裏切りはやらない」

「証明できるのか？」

緋村と紺野は黙って俺たちのやり取りを聞いている。

山吹は怒りを抑えている様子だったが、ゆっくりと口を開いた。口元が震えている。

「……分かったよ。ああ、その通りだ紫垣くん。私が盗ったんだ。君たちが車の中でのびている間にケースから石を盗み、代わりにどこからか取り出した蜜柑《みかん》を詰めたんだ。そう言いたいのだろう、君は？」

「…………」

「盗んだ石を私がどこに隠しているか分かるかね？　八十カラットのでかいダイヤだ。どこに隠し持っているのか見当もつかないだろう。実はダイヤモンドは私の尻《しり》の穴に隠しているんだ。どうだ驚いたかい？……ほら、私を疑っているんだろう？　殺して奪い返してみればいい」

山吹は憤怒に見開いた目を俺に向けた。

俺は黙って山吹の目を見つめ返す。常に穏やかに微笑んでいるこいつが怒りを露わにしたのは初めてだ。それは疑いを向けられたことに対する心からの怒りに見えた。露見しかけた裏切りを誤魔化す態度には思えない。

「さあ、やればいい！」山吹は怒号を上げ、ビール缶を俺に投げつけた。「君の銃で私を撃ち殺してみろ！」

俺の胸に当たった缶が床にからからと音を立てて転がった。

山吹は顔を紅潮させ、歯を剝《む》いて叫んだ。

「いいか！　私は最後まで車に取り残されていたんだぞ。私が気を失っている間、君たちの誰もがケースに触れただろうが！」

緋村と紺野も口を噤《つぐ》んでいる。そうだ。その気になれば誰にでも石をすり替える機会があった。

最後に車から這《は》い出たのは山吹だった。もし石をすり替えたのが山吹なら呑気《のんき》に車内で寝ている筈がないとも思えた。そもそも、自分が持っているのにすり替える理由が無い。

「少なくともボディチェックはすべきだ」と、紺野が言った。

「何だと？」

怒りの形相を山吹に向けられ、紺野は取り繕うように言葉を足した。「いやいや、あんたに限らずだぜ。勿論《もちろん》、俺も含めて全員だ」

「私たちの誰かが盗ったと言うんですか？」緋村が咎《とが》めるように紺野に言う。

「そうじゃない事を確かめるんだ。事実、石が無いんだぜ。奪ったのは人間だと話したのはお前だろうがよ緋村」

「それなら、私から調べろ」と、山吹が立ち上がり、両手を上げて俺を見る。「疑われたまま じゃ気分が悪いからね」

紺野は山吹に歩み寄ると、上着に手を触れる。山吹は自身のズボンのポケットも引っ張り出して見せたが中には何も入っていなかった。

「尻の穴も調べるのか」

怒りの収まらない山吹の問いかけに「やめとくよ」と、紺野は苦々しく首を振った。続けて紺野は緋村の体も確かめる。しかし、緋村からも石は見つからない。紺野自身も上着をひっくり返し、石を持っていない事を示して見せた。山吹が紺野の体を確かめ、何も無いと首を振った。

「次はお前だよ、紫垣」と、紺野が寄って来る。

俺は立ち上がると、ポケットの中からライターと煙草の箱を取り出し、テーブルの上に投げた。

「銃には触るな」俺が釘《くぎ》を刺すと、

「ああ、わかったわかった」と、紺野は面倒くさそうに答えて俺の体に触れた。

勿論何も出てきやしなかった。

「どうやら誰も持ってないな」と、紺野はほっとした表情で両手を上げて見せた。

俺はブルーシートに目を向けた。

「あいつらも確かめるんだ」

そこには灰原と白石が死んでいる。紺野と山吹が顔を見合わせた。

「死人ですよ」と、緋村が眉《まゆ》をひそめた。

「さっきまで生きてた」と、俺はテーブルの前を離れ、並べられた死体の前に立った。

少し歩くだけで足元がふらつく。

「彼らまで疑うとはね……」

俺は非難めいた緋村の言葉を無視した。裏切ったのは生き残った奴とは限らない。

緋村は度し難いというように溜息《ためいき》をついた。

俺たちは死体を見下ろした。

首を切り裂かれ、一郎に繋《つな》がれた灰原の死体が、何か言いたげに見開いた目を我々に向けている。裂かれた首筋の皮膚の間から、白桃色の筋肉を外気に晒《さら》していた。

「誰か目を閉じてやれよ」ぼやきながら紺野が屈《かが》みこみ、灰原の衣服を確かめる。しかし、灰原の死体からも何も出てこなかった。

次に緋村が白石の死体を覆う毛布をめくる。死後何時間を経過しただろうか。最初に命を落とした白石は既に血色も無く腫《は》れ上がった顔で目を閉じている。緋村がその身体を検《あらた》めるが、こいつからも何も見つからなかった。

「誰も持ってないですね」と、緋村は元通りに薄汚い毛布を白石の顔に被《かぶ》せた。

「ご満足かな」と、山吹が冷ややかな視線を俺に向ける。

俺はテーブルの上のザバラを眺めた。

石が果実に化ける筈《はず》もなければ、煙のように消え失《う》せる筈もない。どこかに石はある。しかし一体どこにある？

俺は歩き出した。足の力が抜け一瞬よろめいた。

「どこへ行く気ですか」と、緋村が咎めた。

「車を調べる」と、俺は答えた。

石がここに無いのであれば、車内しか考えられない。あの中も調べる必要がある。

緋村は驚き、窓を見る。「外へ行くんですか？」

「そうだ」

「この天気ですよ」

外は風雨が唸《うな》りを上げている。まさに嵐だった。

「……だからどうした」と、俺は懐中電灯を手にした。

踏み出した足元がふらついた。しかしそんな事に構っていられない。石が無ければ全て無駄だ。車内であっさり石が見つかるだろうなどと甘い期待はできやしないが、黙って座ってはいられない。

壁に吊《つ》るしてあった雨合羽《あまガッパ》を羽織り、俺はブルーシートに目をやった。そこに寝かされた白石と灰原の死体。白石は元通り毛布を被せられて顔は見えない。灰原は瞼《まぶた》を開いたまま淀《よど》んだ目玉を宙に向けていた。薪《まき》ストーブの炎を受けて、死体の目玉が橙《だいだい》色に光った。

頭がふらつき、思わず目を閉じる。ブルーシートに寝かされた死体がゆらりと脳裏に浮かんだ。女の死体だ。俺を責める死体のあの目つき。

「待ってください。車は私が調べてきます」と、緋村が俺の背中に言った。

馬鹿を言いやがる。

俺は内心毒づいた。誰も信用できはしない。

頭が痛む。視界がぐらぐらと揺れた。歩く足がもつれ、俺は慌てて壁に手をついた。

「座っていて下さい。死にますよ」と、緋村が重ねて言った。

うるせえ。俺は振り返り、そこに見たものに凍り付いた。

緋村の後ろの窓。その窓の向こうに人が立っていたのだ。緋村の背中越しにこちらを見つめる女。それは亜紀だった。俺を見つめる亜紀の目。そこには嘲《あざけ》りの色が見える。

どうしてここに――？

愕然《がくぜん》と立ち尽くした俺の視線を追って、紺野が窓を見る。

亜紀の姿は消えていた。

俺は奥歯を噛《か》んだ。妻がここにいる筈もない。幻を見るとはよほど出血したらしい。

俺は死ぬのか。

次に考えたのは、やまのめだった。人に紛れ込む山の怪異。そいつが見せるまやかし。今の俺にあるのは怖れより焦りだ。奪われる側に回りたくはない。こいつらにも、亜紀にもだ。

俺は懐中電灯のスイッチを入れてホールを出る。結局、三人も俺の後を追ってきた。俺の身を案じているというよりも、石の行方を案じているのだ。

玄関ドアを開けると、ざあざあと喧《やかま》しい雨音が耳をつんざく。風に煽《あお》られた不規則な雨粒が身に着けた雨合羽を叩《たた》いた。懐中電灯を闇に照らすと、門扉の向こうで木々が波打っているのが見える。

紺野があっと声をあげた。「見ろよ、あれ！」

雑然とした庭の中ほどに、俺たちの乗っていた車が停められていた。その前には大型のトラクターがあった。トラクターの後部と車の前部とが綱で繫がれている。

「牽引《けんいん》してきたのか」と、山吹が呟《つぶや》いた。

俺たちを椅子に拘束した時、金崎兄弟はしばらく外に出ていた。嵐の中、連中はわざわざ事故車を引いて、ここまで移動させたらしい。

電灯の灯《あか》りを左右に振るが、二郎もその母親の姿も見えない。

勿論《もちろん》、亜紀の姿も無かった。

俺たちは車に近寄る。革靴が泥に沈み、ズボンのすそが濡《ぬ》れる。闇を切り裂く暴風が、怪鳥の叫びみたいな音を立てていた。

車は俺たちが離れた時のままだ。フロントガラスは砕け落ち、土砂を被った後部ドアは歪《ゆが》んでいた。後部のラゲッジには樹木が突き刺さっている。金崎兄弟は取り除く手間を惜しみ、木が刺さったまま引きずって運んできたのだろう。

俺は運転席に懐中電灯の光線を差し入れた。LEDライトの光を反射して、吹きつける雨粒の筋が闇に浮かぶ。雨は破れたフロントガラスから直接運転席に降り注いでいた。

山吹が助手席のドアに手をかけた。車体に歪みはないらしく、すんなりと開く。俺たちが見守る中、山吹は座席のシートを下げて前部座席を探る。グローブボックスの中を確かめるが、そこにも何もなかった。

後部座席は土で黒く汚れていた。崩れた土砂がサイドガラスを割って飛び込んだのか、あるいはラゲッジに刺さった樹木と一緒に入り込んだのだろう。俺が座っていたと記憶している後部右のシートも泥に塗《まみ》れていた。

改めて見てもこの車の後部座席に成人男性が四人並んで座っていたとは、とても思えない。俺の左隣には誰が座っていたのだろうか。白石だった気がするが、紺野だったような気もする。車内での光景を思い起こそうとしても、記憶はぼんやりとしたまま映像が定まらない。起きてから夢の内容を思い描くことができないように、朧《おぼろげ》気な記憶のままだった。

紺野が後部ドアを開き、車内に体を突っ込んだ。その後ろから、緋村の懐中電灯が内部を照らす。紺野はしばらく座席の周辺を調べていたが、やがて車の外に出て叫んだ。

「何もねえぞ!」

そう都合良く石が見つかるとは思ってはいなかった。俺自身、何を探すつもりだったのか明確ではない。ただ、石の行方について何かの手がかりが欲しかった。

緋村は車の後方に回り、ラゲッジを照らす。リアウインドウには例の樹木が突き刺さっていて、その為に跳ね上げ式のリアハッチを開くことはできない。たっぷりと葉をつけた枝がハッチ部分を覆い、ラゲッジスペースは良く見えなかった。横から山吹が手を伸ばし、ぐっしょりと雨に濡れた枝を押しのけた。

山吹が何かに気付き、手を止める。「おい、これは……」

そこに見たものに、俺は目を見張った。

光の中に浮かんでいたのは見覚えのある黄色い果実。ザバラだった。

ザバラは黒い葉の中に埋もれるように光っていた。よく見ると、それはひとつではない。その枝々の葉陰に隠れるように幾つものザバラが実をつけていたのだ。

山吹はそのひとつをぷつりと枝からもいだ。光線に翳《かざ》したそれは、まさしくアタッシュケースに入っていたものと全く同じものだった。

「これは、ザバラの木か」と、緋村がその枝に触れて呻《うめ》くように言う。

事故直後は俺自身車から脱出するのに精一杯で、車の後ろに刺さった木になど注意を向ける余裕はなかった。土砂に押し流され、俺たちの車のガラスを破って飛び込んできたのは、果実をたわわに実らせたザバラの木だったのだ。

俺たちは黙ったまま、黄色く光るザバラを見つめた。

紺野が訝《いぶか》しげに呟く。「これって、どういうことだ？」

「……確かなのは」緋村はためらうように口を開いた。「事故現場で石とザバラがすり替えられた可能性が高いということです」

「でも、誰がだよ？」

「それは分かりませんが……」と、緋村は口を噤《つぐ》む。

アタッシュケースの中に入れられていたザバラは、ここから得られたものと思って間違いないだろう。という事は、石がすり替えられたのは事故直後から今までのどこかという事になる。金崎一家がやったのでなければ、やはりこいつら三人の誰かが石を盗《と》ったのだ。

裏切り者は誰だ。俺は回らない頭で考える。この三人がやったとは限らない。既に死んでいる二人がすり替えた可能性もある。

ケースの解除番号を知っていたのは誰か？　殺された灰原は若く、存在感も薄いただの使いっ走りに過ぎない。計画を主導する緋村は、それぞれ役割に応じた情報しか与えない。それは安全を重視した緋村なりのやり方だ。だからこそ、緋村が最も信頼を寄せていた山吹にケースも銃の扱いも任せていたのだ。

白石はどうか。あいつならケースの番号を知っていたかもしれない。ただ、あいつは融通の利かない、妙に生真面目で先の見通せない奴だった。間抜けな善人だ。人を騙《だま》す側ではなく、騙されて裏切られる側の人間だろう。半信半疑ではあったが、この状況であれば確信できる。

俺はベルトに挟んだ銃を取り出して、銃口を向けた。

「誰がやった？」俺は左手の懐中電灯を添えて構え、狙う緋村の顔を照らした。

「おい……！」山吹が憤然と俺に一歩踏み出した。

俺はトリガーを引いた。風雨を切り裂き銃声が轟《とどろ》く。弾丸は山吹の頬を掠《かす》め、雨を縫って闇夜に飛んで行った。

「次は殺す」俺は山吹の顔に狙いを定めた。弾はまだ五発は残っている筈《はず》だ。次は迷わずに撃つ。山吹は足を止め、責めるような視線を緋村に向けた。

紺野は唖《あ》然《ぜん》としていたが、すぐに甲高い声を上げた。「何してんだ、紫垣、お前」

「誰が石を盗った？」俺が訊《き》くと、緋村が両手を掲げ、

「落ち着いてください」と、答えた。

俺は銃を構えたまま三人の顔に目をやった。全員に緊張の色が見えた。

「紫垣さん、やめてください」緋村がゆっくりと話す。「誰も持っていません」

「いや」俺は首を振って答える。「お前たちの誰かが奪った」

「どうして言い切れるんですか？」

尋ねる緋村に俺は答えた。「白石は殺された」

「何？」と、緋村が戸惑った表情を見せた。

俺は知っていた。白石は事故で死んだのではない。殺されたのだ。あいつを殺した奴。きっとそいつが裏切り者だ。

事故直後、灰原に助けられ、俺が車外に出た時には白石は死んでいた。車の下敷きになっていたという白石の死体は、既に車の下から引っ張り出され、その場に寝かさ

れていた。俺は白石の死体を見て、どこか不審を感じた。緋村と紺野が道路の先を見に行っている間、俺は死体を調べた。

白石の胸部は強く圧迫された形跡も無ければ傷も無い。車の下敷きになって圧死したようには見えなかった。後頭部から出血していたので、むしろそちらが死因だろうと思えた。車外に投げ出されて頭を強く打ったのだろう。最初はそう考えて、白石の頭部の傷を眺めた。しかし、すぐに違和感が膨らんだ。

奴の後頭部の傷は、鋭く深く陥没していて、地面に叩《たた》きつけられた傷には見えない。勿論俺は医者じゃないが、人が殴られた傷は何度も目にしている。白石の傷は明らかにそれだった。何か硬いもので殴りつけられたのだ。それも何度か殴られている。

「……白石は撲殺されたんだ。お前らの誰かにな」

俺はそう言って、三人の顔を見る。緋村は表情を変えないが、紺野は目を丸くして動揺している様子だった。

山吹が疑い交じりの視線を俺に向ける。「どうして白石くんを殺さなきゃならんのだ？」

「決まってる」俺は山吹に銃口を向ける。「人数が減れば分け前も増える」

「まだ誰かが裏切ったと考えているのかね？　我々は仲間だぞ」

何が、仲間だ。馬鹿め。

「やまのめの逸話の通りだ。生き残る為に、分け前の為に仲間も殺すのが人だ」俺はそう口にすると自然と引きつった笑いが漏れた。紺野が苦い顔をした。

背筋を寒気が走る。銃を持つ手が震え、抑えられなかった。

「とにかく銃を下げてください」緋村が言う。「……そのままじゃ、死にますよ」

「うるせえ！」俺は叫ぶと、緋村に銃を向けた。意識にじわじわと霧の帳《とばり》が立ち込めてくるのを感じる。俺はそれを払うように首を振った。「石はどこにある？」

俺の問いに三人は答えない。

山吹が隙を窺《うかが》うように、じわりと身を乗り出すのが分かった。

気に入らん。

俺の腹の中で激しい怒りが渦を巻きだした。いっそここで全員殺しちまうか。再び家族でやり直す為にはカネが要る。いくらあったって困ることはない。石が俺だけのものになれば、十分なカネを得る事ができる。問題はその石を一人で探し出せるかどうかだ。

その時だった。俺の背後で閃光《せんこう》が走った。

ストロボのような一瞬の閃《ひらめ》きが、車の折れかけたサイドミラーに反射する。目の端に捉《とら》えたミラーに映る光景。そこに立っていた人物の姿が俺の網膜に焼き付いた。

俺は反射的に振り返る。雷鳴が轟いた。

「亜紀！」俺は叫んだ。

妻の立っていた場所に光を照らす。誰もいない。いや、光の奥で亜紀が走り去る後ろ姿が見えた。

次の瞬間、衝撃が走り、俺は地面に倒れ込んだ。拳銃《けんじゅう》が手から離れ泥の中に落ちて滑る。

体をひねると俺の足元に山吹が組み付いていた。立ち上がろうともがくが、仰向《あおむ》けになった俺の上に山吹が馬乗りになる。奴は両手で俺の首を絞めつけた。刺された首の傷に激痛が走る。息が詰まる。同時に何故か亜紀の顔が浮かんだ。

「銃を拾え！」と紺野が叫ぶ。

俺は片手の懐中電灯を振り回した。それは山吹の鼻先に当たり、首を絞めつける手が一瞬緩んだ。

俺は銃が落ちた辺りに右手を伸ばした。何度か泥を掻《か》くと、指先に銃が触れた。俺は夢中でトリガーを引いた。銃声が響き、驚いた山吹が手を引いて飛び退いた。

俺は山吹に銃口を向け、体を起こした。緋村と紺野は固まったように立ち尽くしている。山吹は尻《しり》を地面に据えたまま悔しげな顔を俺に向けていた。

俺は立ち上がり、三人からじりじりと距離をとる。呼吸が苦しく頭が重かった。首の傷の痛みは増していた。また出血しているのかもしれない。

そうだ、亜紀は？

俺は三人に背を向けて走りだす。後ろから緋村の叫ぶ声がした。

亜紀が走り去ったのは屋敷の裏手だ。俺はそこを目指した。

屋敷の庭は広いが、古タイヤや木材、何に使われるか分からないガラクタ等が雑多に置かれていて走りにくい。俺はそれらを縫うように進んだ。ぬかるみに靴がとられ、足も思うままに動かなかった。行く手に懐中電灯の光線を照らすが、その光の円の中に人の姿は浮かばない。

「亜紀！」もう一度妻の名を呼ぶ。

普通なら亜紀がここにいる筈もない。しかし、亜紀は今度の仕事を知っている。俺が話したからだ。

今の俺には仲間の人数すら定かではない。怪異に化かされているのか、出血で意識が混濁を始めているのかも分からない。

俺は亜紀が向かったと思《おぼ》しき屋敷の裏手に回る。敷地の裏手を囲むように雑木林があった。立ち木の隙間を埋めるように熊笹が茂っていた。電灯の光を差し入れる。光線はすぐに闇に吞《の》まれ、木立の奥には届かない。

「そこにいるのか？」

俺は森の奥に呼びかけるが、答える者はいない。泣き叫ぶような風が吹きすさび、熊笹の茂みがざわざわと揺れた。光線の照らす雨粒のすだれの中、一瞬、白い女の影がよぎった。女の姿は木立に消える。

俺は熊笹の生えていない場所から森の中に足を踏み入れた。地面の凹凸に足をとられ靴が滑る。足元を照らした。地面には深く轍《わだち》が刻まれている。等間隔に刻まれた特徴的なタイヤ跡は、普通の乗用車のものではない。おそらくトラクターか何か、大型の農作業用車両のものかもしれない。

よく見ると周囲にはゴミが散乱しているのに気付いた。布切れや缶ビン類、食器類のようなものまでが、生い茂る下生えのそこかしこに落ちている。

ふうう

誰かの吐息が聴こえた気がした。

この嵐の中で？

俺は立ち止まり、ライトの光線を木の間に放つ。誰もいない。俺は体の向きを変え、四方を照らすが、どこにも人の気配はなかった。ただ雨が木々を打つ音だけが俺の周囲を取り巻いていた。

耳にした吐息にはどこか覚えがあった。いつ聴いた音だろう？　思い出せない。

いつの間にか雨合羽《あまガッパ》のフードは背中に垂れ、横殴りの雨が直接俺の髪を濡《ぬ》らしていた。首に貼っていた絆創膏《ばんそうこう》は水を吸い、半ば取れかかっている。俺は絆創膏を剝《は》がすとその場に捨てた。傷口への接触面が俺の血で黒く汚れている。

あの女が、亜紀が追ってきた理由は分かっている。やり直すのを邪魔するためだ。

あいつは俺を否定し、俺のもとから去った。俺はチャンスを求めたが、亜紀は決してそれを認めなかった。子供には親が必要だ。俺がいくら説得しても無駄だった。あの子を殴ったのは確かに俺の過ちだ。褒められた事じゃない。しかし、怒りを抑えられないのは、病気なのだ。俺の責任ではない。それに向き合い正しく対処していけば、きっと真人間になる。妻ならば夫と共に苦難を乗り越えるべきだ。家族でやり直すのだ。それなのに、亜紀は子供の安全を盾にして、あの子を連れ去った。俺の事を粗暴で経済力も無い、甲斐性《かいしょう》無しみたいな言い方をしやがって。

俺はふらふらと歩いていた。目が眩《くら》み、足もとがぐらぐら揺れる。雨音が喧《やかま》しく耳に障る。風に煽《あお》られた熊笹の葉擦れが笑い声みたいに聞こえた。

金回りが良いうちは亜紀だって俺の元を離れなかった。それが無くなると、あいつは俺を非難し始めた。俺が自分の過ちを顧みないとか、人として欠けているとか、子供を守るとか、そんなのは後付けのお為ごかしに過ぎない。

餓鬼の頃は裕福だった。今となれば笑えるが、この俺にヴァイオリンを習わせるくらいには金銭的に余裕のある家庭だった。しかし親父の事業が傾くと、たちまち状況が変わった。家族がバラバラになるのに時間はかからなかった。結局、やり直すのにいつも必要なのはカネだ。それがあれば家族は元通りになる。

ふうう

また音がした。深く吐き出した呼吸のような音。雑音混じりの吐息。それは、さっきよりも近くに聴こえた。

俺は懐中電灯を向けた。

いた。

闇を丸く切り抜く光の中。女の後ろ姿があった。亜紀だ。彼女はゆっくりした足取りで森の奥へと歩いていた。

「亜紀！」

俺が呼びかけるが、妻の歩みは止まらず、こちらを振り返ることもない。

「待て」俺は叫ぶ。「次は上手《うま》くいく。カネが入る。家族三人でやり直せる！」

強風が渦巻く。木々を駆け抜ける暴風、凄《すさ》まじいまでの雨音。それでも俺の声は届いた筈《はず》だ。それなのに、あの女は足を止めない。
俺は後を追う。足が重い。距離が思うように縮まらない。雫《しずく》が目に垂れて、前が見えない。俺は拳《こぶし》で目を拭《ぬぐ》いながら、胸にどす黒い何かが湧くのを感じた。

なぜ、この俺が惨めったらしく女の背を追わなきゃならねえんだ！

あの時もそうだ。俺は姿を消した亜紀の行方を追った。苦労して探し出した彼女を無理矢理に車の助手席に乗せ、俺は今度の仕事について話した。上手くやれば大金が入る。その金で家族をやり直そうと。それなのに亜紀は冷たく言い放った。

そんなことは望んでいない。子供にも会わせるつもりはない――

俺は木立を歩く彼女の背に「亜紀」と、小さく呼びかける。
すると、彼女は足をぴたりと止めた。
亜紀は振り返らなかった。俺のすぐ前で亜紀は背中を向けたまま、雨に打たれるままに立ちつくしている。

俺は歩みを進めた。右手の銃を握りしめる。

振り返った妻の目はどんな色を帯びているのだろう。怖れか怒りか、失望か。いつからか、あいつの色は常に同じになっていた。俺にとって好ましい色合いではなかった。それは大差のない同系色でいつも俺を——

ふううう

また吐息が聴こえた。俺の眼前に立つ亜紀から聞こえた。それは苦悶《くもん》の呼吸だ。聞き覚えがある。そうだ、つい最近聴いた。

その瞬間、記憶が弾《はじ》け、過去の出来事が溢《あふ》れ出す。

俺を見る亜紀の視線。俺の内に噴き上がる黒い怒り。首を締め上げる俺の両手。驚《きょう》愕《がく》に見開かれた妻の目。口の端から唾《つば》を吹き、苦しみに喘《あえ》ぐ彼女の喘鳴《ぜんめい》。その音。歪《ゆが》めた唇から吐き出した最後の呼気。

ブルーシートに寝かされた亜紀の身体。シャベルから落ちる土が、冷たくなったその身体と共に、人工的な青色を黒く塗り潰《つぶ》していく。

そうだ。亜紀がここにいる筈がない。俺がこの手で埋めたのだから。

いきなり地面が消えた。

立ち止まったつもりが、俺は無意識に踏み出していた。浮いた右足を落とすべき場所は、真っ暗な奈落《ならく》だった。咄嗟《とっさ》に体を反らすが間に合わない。落下する感覚と共に死の臭いがした。

落ちる——

俺は闇に手を伸ばし、空中を掻《か》く。何かに手が触れた。夢中でそれを摑《つか》む。胸に強い衝撃が走って、呼吸が止まった。

気が付くと、俺は腕に抱き込むようにして熊笹の茂みにしがみついていた。下半身は宙に浮き、足が地面についていない。奈落の際で宙ぶらりんにぶら下がっていた。俺の体重に耐えかねた笹の葉が、ぶちぶちと千切れる。

泥に顔を埋《うず》めながら、なんとか這《は》い上がった。俺は闇の中で喘《あえ》ぐ。呼吸をする度に全身が痛んだ。泥土に埋まった手は、枷《かせ》で繫《つな》がれたように重い。寒気が酷《ひど》く、歯ががちがちと音を立てた。

泥の中に電源が入ったままの懐中電灯が落ちていた。

「……糞《くそ》が」俺は這うようにしてそれを摑み、のろのろと立ち上がる。

懐中電灯を向けると、そこに亜紀の姿は消えていた。代わりに、地面に大きく穿《うが》たれた穴があった。横幅は十五メートル余り、ほぼ垂直に掘られた縦穴だった。亜紀の後ろ姿があったのは、その穴の真上。何もない空中に浮いていたことになる。

　俺は意識を覚醒《かくせい》させようと首を振った。

　今のは怪異が見せたまやかしなのか、幽霊なのか、それとも俺の罪悪感を反映した幻か。そんなものが俺にあったのか。いや、どうでもいい。今は石だ。俺は穴に目を向けた。

　その穴は相当深く掘られているらしく底が見えない。俺は穴の縁まで踏み出して、光線を下方に向けた。穴の内壁には所々に白い骨のような木の根がはみ出し、だらりと垂れていた。俺の立つ場所から、穴の底まで深さは三メートル以上あるだろう。ようやく光が穴の底を照らした。

「なんだこれは……」俺は穴の底を埋めるものに目を見張った。

　初めは不法投棄された家電か何かに見えた。しかしそうではない。それらは全て乗用車だった。多くの廃車がうずたかく積まれていたのだ。軽自動車もあればワゴン車やセダンなど、その形は様々だ。完全に朽ちて錆《さび》だらけの車体もあれば、遺棄されてそれ程時間が経っていないと見えるものもある。

　ここが廃車置き場の筈がない。民家の裏手だ。俺たちの車もわざわざ金崎邸の庭まで運ばれていた。きっとこれらは全て連中の犠牲者のものだろう。襲った被害者の車が消えれば、発覚しないというわけだ。山姥《やまんば》だと話していた紺野の話も、満更的外れな表現ではなかったらしい。いや、それ以上だ。

足元から泥水が穴の中へと流れ落ち、びしゃびしゃと音を立てている。もしここから転落していたら、この体で登ってこられたかどうか。いや、この高さだ。落ちていたら、ただじゃ済まない。きっと死んでいただろう。俺は穴の縁から身を退《ひ》いた。

緋村たちが追ってきている気配はない。しかしあいつらの誰かが石を持っているならば、どこかで奪い返せばいい。

母親が突然いなくなり、娘はきっと寂しがっているだろう。娘には俺が必要だ。俺が迎えに行けば、やがて母親の事も忘れるだろう。家族二人でやり直すのだ。全てを立て直す為には石が、カネが必要だ。

そういえば、銃はどこだ？　銃はまだ役に立つ。

俺はさっきまで自分が倒れていた辺りに光線を向けた。そこに銃は無い。

穴に落としたんじゃないだろうな。

俺は光の筋を穴の縁に這わせる。移動する光の輪にきらりと反射光が瞬いた。雨に濡《ぬ》れ、黒光りする拳銃《けんじゅう》が穴のすぐ手前、雑草のひと茎に引っかかるようにして落ちていた。

まだツキはあったな。

俺は歩み寄ると、落ちている拳銃に手を伸ばした。

何者かの気配がした。

振り返ろうとした時には全てが遅かった。

背中に衝撃が走り仰《の》け反るように体が飛ばされた。足元の地面が流れて消える。俺は漆黒の奈落へと投げ出されていた。

落下する一瞬、振り返る。俺の手元から走る光線が、突き飛ばした者の顔を闇に浮かばせた。それを見た瞬間、脳裏に浮かんだのはひとつの言葉だった。

やまのめ……！

赤く光る眼だけがそこに見えた。三白眼に散る赤い血管。それは暗闇に浮かぶ彼岸花を思わせた。その目は瞬時に闇に呑《の》まれて消える。

糞……こいつに殺されるのか。

いわゆる走馬灯という奴は脳裏に現れなかった。その代わりに俺の内側全てを満たしていたのは、単純な漆黒だ。それは真っ黒な絶望と後悔だった。

俺は死の臭いの立ち込める、闇の中へと落ちていく——

紺野の章

「……白石は撲殺されたんだ。お前らの誰かにな」銃を俺たちに向け、紫垣はそう言った。

紫垣は怪我と疲労でおかしくなったらしい。出血し過ぎだ。その顔は血の気が失《う》せ、目は暗く淀《よど》んでいた。大人しく休んでいればよかったものを、金のことになるとあいつは誰よりも必死だ。すぐに頭に血がのぼる阿呆《あほう》だ。こんな素人と一緒に仕事をしたのが、そもそもの間違いだった。

「どうして白石くんを殺さなきゃならんのだ？」山吹が問うと、紫垣は震える銃口を泳がせた。

「決まってる……人数が減れば分け前も増える」

「まだ誰かが裏切ったと考えているのかね？　我々は仲間だぞ」

「やまのめの逸話の通りだ。生き残る為に、分け前の為に仲間も殺すのが人だ」

やまのめ、やまのめか。俺は舌打ちした。

でかい図体《ずうたい》はしているが、こいつは所詮《しょせん》、臆病《おくびょう》な小物だ。ストレスに打ちひしがれ、正気を失った瀕死《ひんし》の大男。その手にはオートマチックの拳銃。俺があんな話を聞かせなきゃ良かった。

「とにかく銃を下げてください」緋村が言う。「……そのままじゃ、死にますよ」

「うるせえ！」紫垣はそう叫ぶと、銃口と懐中電灯の光を緋村に向けた。「石はどこにある？」

まったくだ紫垣。そいつは俺も知りてえよ。

紫垣の息は荒く、銃口も定まらない。

山吹が横目で俺を見た。俺は小さく頷《うなず》いて応《こた》える。緋村に注意が向いている隙にどうにか取り押さえるしかない。

素早く踏み出せるように体重を移動させ、足の位置を変える。山吹もゆっくりと身を乗り出した。飛び掛かるにも位置取りが良くない。俺たちと紫垣の間にある車が邪魔だ。もう少し近づければ……。

紫垣は正気を失った目を俺たち三人の間に泳がせた。

いきなり、取り巻く闇が白くフラッシュした。銃を構える紫垣の姿が黒く切り抜かれる。目が眩《くら》んだ。ほとんど間を置かず、雷鳴ががらがらと鳴った。

一瞬の後、視界が戻り、俺は唖然《あぜん》とした。紫垣は俺たちに無防備な背を晒《さら》し、後ろを振り返っていたのだ。

紫垣は後方に光を向けて叫んだ。

「亜紀！」

亜紀？　光線の照らす先を目で追った。しかし、そこには闇しかない。誰の姿も無い。一体こいつは何を見ているんだ？

山吹が猛然と紫垣に飛びかかる。背後からタックルを受けた紫垣の体が、泳ぐように地面に倒れた。泥水の飛沫《ひまつ》が上がる。奴の銃が手から離れ、宙に飛んだ。怒声を上げて立ち上がろうと体勢を立て直す紫垣に、すかさず山吹が馬乗りになる。

俺は傍らの緋村に叫んだ。

「銃を拾え！」

緋村の懐中電灯が地面を照らす。泥の中に落ちた銃はどこにも見えない。どこだ？　どこに飛んでいった？　俺は身を屈《かが》め、地面に目を落とす。

轟然《ごうぜん》と銃声が木霊《こだま》した。銃口から噴き出す炎が、一瞬辺りを明るく照らす。馬乗りになっていた山吹が退いて尻《しり》もちをついた。紫垣が手に握った銃を山吹に突きつけて立ち上がる。結局、銃は紫垣の手元に落ちていたらしい。

紫垣は銃口を緋村に移し、そして俺に向けた。奴の目は怯《おび》え切っていた。

馬鹿め。臆病者に銃を預けるからこうなるんだ。

燃焼した火薬の臭いが辺りに立ち込める。紫垣は銃を構えながら、後退《あとずさ》りしていたが、いきなり背を向けて走り出した。

「紫垣さん！」緋村がその背に呼びかけるが、紫垣は立ち止まることもなく、よろめくような足取りで屋敷に向かって駆けていく。奴の持つ電灯の光が闇に激しく揺れながら、建物の陰に消えた。

へたりこんでいた山吹が立ち上がる。

「あいつ、完全にいかれてしまったな……」と、非難めいた目を緋村に向けて言う。

「緋村くん、君が銃を取り上げなかったからだぞ」

「落ち着いたら取り上げるつもりでしたが……」と、緋村は唇を噛《か》む。

俺は紫垣の言葉を思い出す。やまのめ、か。

傍らにある車に目をやる。破れたリアウインドウの向こうに黄色いザバラが見えた。

確かに俺たちは、今はぶっ壊れたこの車に乗ってここまで逃走してきた。それは確
かだが、何故かその様子を鮮明に思い返すことができない。その上、紫垣が言うよう
に俺たちの人数が合わないように思えた。そしてこの果実。

俺がその話を知ったのは餓鬼の頃だ。たいして興味のないクラブ活動の時だった。

地域に伝わる民話や伝説の類《たぐい》をまとめ、挿絵を入れて文化祭で展示した。やまのめの
怪異はその中にあったものだ。展示物の中に顧問の教師が持ってきたザバラを参考資
料として一緒に置いた。だから余計に記憶に残っていた。

　俺はアタッシュケースから現れたザバラを見て、ふと思い出したから口にしただけだ。楽しい雑談に過ぎない。妖怪《ようかい》に化かされているなんて初めは本気で考えてはいなかった。しかしこりゃ何だ。まるっきり資料で読んだ展開と同じじゃねえか。人に紛れこむ山の化け物。疑い合う人間たち。本当にやまのめが存在するのか。

　こんな滅茶苦茶《めちゃくちゃ》な状況にありながらも、俺はどこか浮き立つ気持ちがした。

「紺野さん」

　緋村の声にはっとして顔を上げた。二人が俺を見ていた。

「何、笑っているんですか」

「……え、笑っていたか？　俺」

　いつの間にか頬が緩んでいたらしい。

　緋村は首を竦《すく》めた。

「紫垣さんを追いましょう」

　あいつの常軌を逸した目つきを思い出す。「マジかよ。あいつは放っておいて、石を探そうぜ」

　俺の言葉に緋村は首を振った。

「放ってはおけませんよ」

「あいつ、銃を持ってるんだぞ」

「だからこそです。彼にいつ後ろから襲われるか分かりません」

厄介そうに話す緋村に、山吹が苦り切った笑顔を見せた。「まったく困ったものだ。おもちゃを持ち出したのが、よりによって彼とはね」

俺は紫垣の走り去った先に目をやった。あいつは誰かを追いかけたような素振りだったが、俺たちの他に誰の姿もありはしない。そもそも灯《あか》りもない山中は真っ暗で何も見えはしないのだ。

他に人間がいるとすれば金崎二郎とその母親だろう。この周辺に人家はないし、あいつらの他に人間がいるとも思えない。

紫垣は建物の裏手に向かったようだ。ここを訪れた時はまだ明るかった。今は闇の中で何も見えないが、この屋敷の背後を囲むように山腹が見えていた。ここは峠のほぼ頂上付近ではあるが、屋敷裏手の山がおそらく最頂点部分だろう。

俺たちは二手に分かれ、屋敷の裏に回ることにした。建物の両側から後を追えば、紫垣がふらふら彷徨《さまよ》っていても、どこかで挟み撃ちになる筈《はず》だ。

「私は左手から回ります。山吹さんと紺野さんは反対に回ってください」と緋村はそう言って、紫垣の立ち去った後を追っていった。

山吹がため息をついて、ぼそりと言う。

「……彼、子供がいるらしいよ」

「誰？　紫垣のことか？」

「ああ。娘らしい」

「へえ」紫垣が家庭持ちとは意外だった。「逃げられたらしいがね。奥さんが娘を連れて逃げたそうだ。紫垣くんはカネが入ったら呼び戻すつもりらしい」

「そういや、さっき、そんなことを言ってたな。あいつが話したのか？」

「うん。例の手引き役と打ち合わせている時に彼が言っていたんだ」

「手引き役って、あの宝石店の女か？」変な女だったが、妙な色気のある女だった。

「あの女に色目を使われたんだよ。それで自分は妻子持ちだと匂わせたかったのだろうね。ほら、彼はモデルみたいだし、女にモテそうだろう」

「言い寄られないようにか？……そりゃまたご苦労なこったぜ」

紫垣の野郎、人にお喋《しゃべ》りだなんだ言っていたくせに、手前《てめえ》だって口が軽いじゃねえか。本人は愛妻家のつもりなのかもしれないが、妻に逃げられた原因は想像がつく。

ああいう臆病《おくびょう》者こそ自分より力の弱いものには抑えが利かない。宝石店での仕事中も嬉々《きき》として無意味な暴力を振るっていたし、拳銃《けんじゅう》もぶっ放したがっていた。あの粗暴な性質についてくる女もいないだろう。なのに、そういう奴に限って逃げられると女々しく縋《すが》りつく。カネに執着していたが、家族に帰って来て欲しいのが理由ならば、やっぱり間抜けな野郎だ。さっき紫垣が叫んでいた女の名前は妻か娘のものなのかもしれない。幻でも見たのか。

「……家庭は無いのかね？」山吹が目を屋敷に向けたまま、ぽつりと言った。

俺に質問しているのか？　少しばかり驚いた。山吹がプライベートに関わる事を訊《き》くとは思わなかったからだ。

「何だよいきなり。俺は独身だよ」

山吹はちらりと俺を見る。

「君は詐欺師だったんだよな？」

「その呼び方は好きじゃないな。けどまあ、一般的にはそう呼ばれるかもしれねえな。……っていうか、知ってるだろ？　今更、どうして素性の確認をするんだよ？」

「いや……、理由はないけどね」山吹は背を向けた。

歩き出した背を見て、ぞわりと皮膚が粟立《あわだ》つ気がした。やまのめが頭をよぎる。振り返った山吹の視線はどこか余所余所《よそよそ》しさがあった。自分が背中を見せている相手が人間なのかどうか怖れが湧いたのかもしれない。そうでなきゃ家族の事など訊きはしないだろう。

さっきの緋村の言葉を思い出す。

――お喋りなあなたが真っ先に疑われて殺される役どころですね
「それじゃ、玄関ポーチの脇から裏に回ろうか」山吹が背中を見せたまま俺に言った。

「……俺は屋敷の中を確認するよ」と答えた。

山吹が驚いた様子で振り返る。「え？　どうして？」

自分を疑う奴と一緒にいるのは不安だ。それに俺には邸内に戻りたい理由がある。

「紫垣は屋敷の中に入ったのかもしれねえだろう。俺が調べに行く」

山吹は屋敷を一瞥《いちべつ》し、また俺に目を戻した。

「君……」と、何か言いたげな視線を向けるが、すぐに小さく首を振った。「わかったよ。好きにするといい」

俺と山吹は連れ立って玄関ポーチまで歩いた。扉の前に残る俺を尻目《しりめ》に、山吹は建物の脇へと歩を進める。

「彼は銃を持っている。もし、中で見つけても刺激しないようにね」

山吹はそう言い残して建物の陰に消えていった。

奴が言うように俺の本業は一般的には詐欺と呼ばれるものだ。世間では投資詐欺とも言われる。基本、俺は誰ともつるまずにやっていた。その分野で単独で稼いでいるのは俺くらいのものだろう。能力さえあれば個人でもできるし、なにより後ろ暗い仕事であれば、一人でやるのが最も安全だ。出来る奴がパクられるのは、決まって間抜けな仲間がしくじって芋づる式にやられる時だ。

だから普通ならば集団で動く仕事などやりはしないし、ましてや強盗だなんて危ない橋を渡りはしない。しかし、今回ばかりは急ぎでカネが必要になり、気が進まないままに参加してしまった。それが案の定、このザマだ。今更後悔しても遅いが。

入口の扉を開ける。床は既に濡《ぬ》れていて、たった今紫垣が入ったかどうかは分からない。しかし、紫垣はどうでもよかった。俺の目的は別にある。

ホールからは蠟燭《ろうそく》の弱い灯りが漏れていた。俺はホールの中を抜けて階段を駆け上がる。懐中電灯の光を頼りに廊下を進み、さっき救急箱を手に入れた一室に入った。

そこはおそらく金崎の母親の部屋だろう。ベッドの上には薄汚れたハワイアンキルトがかけられていて、女物のカーディガンや下着らしきものがその上に散乱していた。救急箱を見つけたのはベッドの隣のタンスの上だった。

部屋の隅にはウォークインクローゼットがあった。俺はまっすぐにそこに向かう。クローゼットの戸は開けたままになっていた。

床に置かれている銀色の金庫。それなりに大型で持ち運ぶには苦労するサイズだ。金庫の扉には白いテンキーがあった。比較的新しい型のデジタルロック式の耐火金庫だ。それはクローゼットの中に隠すように置かれており、きっと金目のものが入っているに違いない。緋村たちが持ってきた多くの被害者たちの免許証を見て俺はそれを確信していた。

テンキーに触れると、その上の小窓に赤色のLEDが点灯する。横一列の小窓の中に赤いハイフンが七桁《けた》並んでいた。

一郎から聞き出した番号を入力する。

「み、み、に、し……」呟《つぶや》きながらテンキーを押し込む度に、左から7セグメント表示の数字が並んでいく。「く、し……、く」

画面上には『3324949』という数列が赤く並ぶ。

エンターキーを押し込んだ。数字は消え、代わりに『UNLOCKED』という7セグ英字が浮かぶ。錠が外れる音がした。一郎は暗証番号を正直に話していたのだ。

金庫の扉を開き、その内部を照らした。

「……マジかよ」思わず呟いた。

中身は期待していた通り、いや、それ以上のものがあった。

金庫の中には札束が幾つも詰まっていたのだ。

その束のうちの一つを取り出し、懐中電灯の光をあてる。札束は全て一万円札だった。輪ゴムで荒く束ねられたその厚みは、一つが百万ほどはあるだろう。その束がざっと見たところ、二十束以上は金庫の中に入っている。

見上げるとクローゼットの棚に女性ものらしい色合いの大きなリュックが置いてあった。丁度いい。俺はそれを摑《つか》んで中に片っ端から札束を詰めていった。

あの免許証の数。キャッシュカードやクレジットカードだってどこかにあるだろう。金崎一家の犠牲者が多くいたのであれば、そこからの収穫も数多くあったのだろうと考えたが、それは間違いではなかった。

この金庫を見つけたのは、緋村に二階から救急箱を探してくるよう言われ、この部屋に入った時だ。

あの時、俺は二階に上がり、まずこの部屋に入った。

すぐに救急箱を見つけたが、ふと見ると、開けたままのクローゼットの奥、そこに金庫が置かれているのに気が付いた。

あの婆さんのものと思《おぼ》しき部屋の中に、いかつい金庫が置いてあること自体が奇異に思えた。どうせ、ろくなものが入っていないだろうが、ちょっとした追加収入になるかもしれない。

金庫は電子キーロックタイプで、電池は切れていなかった。開けようとしたが、やはり施錠されている。解除番号を聞き出せば開けられるだろう。

俺は救急箱を持ってホールに戻ると、シートに倒れたままの一郎を見下ろし、尋ねた。

——金庫の番号は？

一郎は口を噤《つぐ》んだまま何も答えない。黙ったまま敵意を込めた視線で俺を見上げた。奴のシャツは紫垣に撃ち抜かれた傷から漏れる血液で、肩口から胸にかけてぐっしょりと赤く濡れている。そのうち死ぬかもしれない。

質問を変えた。

——冷蔵庫はあるか？

一郎は荒い呼吸のまま苦しそうに眉《まゆ》を寄せた。

俺は右足を上げると、その靴底を一郎の肩にめり込ませた。そのまま体重をかける。一郎が痛みに悲鳴を上げた。

——この家に冷蔵庫はあるか？

重ねて問うと、一郎は苦痛の呻《うめ》きを漏らしながら、ある、ある、と答えた。俺は体重を乗せ続けながら、冷蔵庫の中に飲み物があるかと訊《き》いた。一郎は水が入っていると答えた。

——飲み物ってのは酒の事だ。

俺はさらに体重を乗せた。一郎は、ビールならあると言って泣き声を上げた。やめてくれと懇願する一郎から足を引く。

しゃがみこんで一郎の顔を覗《のぞ》き込んだ。最初の質問を繰り返す。

――金庫の番号は？

一郎は、今度は抵抗することなく七桁の番号を答えた。

「3、3、2……、49……、49」

記憶しようとその番号を頭の中で反芻《はんすう》し、俺は吹き出した。一郎の耳を見る。紫垣に刺し貫かれた右耳は大穴が開けられている。

『耳にシクシク』か。

偶然にしては、まったくよくできた語呂合《ごろあ》わせだ。こいつの顔を見ていたら番号を忘れる事はない。一郎は目を閉じ、ぜいぜいと荒く息をついていた。この期に及んで嘘をつくとは思えない。これでいつでも金庫を開けられる。

ホールから廊下に出ると、すぐ右にキッチンがあった。三人暮らしの金崎家にしては大型の冷蔵庫を開くと、中には一郎が話した通り、缶ビールが6缶パックのまま冷やしてあった。停電の為に冷蔵庫の電源は落ちていたが、まだ十分に冷えている。

それを持ってホールに戻ると、寝そべっていた一郎が喉《のど》をごぼごぼと鳴らしていた。奴の口の端から血飛沫《ちしぶき》が噴いた。おい、と声をかけるが一郎は答えず、ぼんやりとした眼差《まなざ》しを宙に向けていた。歩み寄り、見つめていると、やがて動かなくなった。

一郎は呆気《あっけ》なく死んだ……ように見えた。

一郎の顔を見つめながら、こいつの話した暗証番号が間違っていたら金庫を開けるのに苦労するな、と俺は思った。とにかく、他の連中が戻ったら金庫の中身を確かめに行こう。

缶ビールを喉に流し込んでいるうちに、緋村と山吹、それに具合が悪そうな紫垣が戻ってきた。やつらは地下で金崎家の犠牲者たちの痕跡《こんせき》を見つけていた。俺は緋村たちの話を聞きながら、金庫の中から意外と少なくはない収穫が得られるかもしれないと思った。最初から金庫のことを秘密にしようと考えたわけではない。タイミングの良いところで、余興がてらに話そうと思っていたのだ。

しかし、アタッシュケースから石が消え失《う》せたところで気が変わった。もし石が戻らなければ、今回の仕事での成果は完全に無くなる。

一郎が『死にかけてる』という紫垣の言葉には驚いた。まだ一郎が生きているとは思わなかったからだ。しかし、一郎は一言も発することなく、そのまま死んでくれた。あれにはほっとした。

これで金庫の番号を知っているのは俺だけだ。黙っていて損はない。

そして、今、金庫を開けてみると予想以上のものが入っていた。石が失われた今、これを三人で分けるには惜しい。金庫の話をしなかったのは正解だった。

リュックの中に詰めた現金は、ざっと数えて二千万以上はあるだろう。ずっしりとした重さがあった。念のため金庫の中を照らすが、他に金目のものはない。勿論《もちろん》、ザバラとすり替えられた石も無かった。

金庫を閉じてテンキーの端にあるロックボタンを押すと、ピッという電子音がして、小窓に『LOCKED』という文字列表示が赤く灯《とも》った。

リュックを背負い、一階に下りる。邸内には誰もいないと思えたが、無意識のうちに足を忍ばせて歩いた。それでも階段がぎしぎしと音を立てる。屋敷の外では風雨の音が渦巻いていた。

ホールは、蠟燭《ろうそく》の灯《あか》りと薪《まき》ストーブの炎で、眩《まぶ》しいほどに明るく見えた。大きく広げられたブルーシートの上には三つの死体が、さっきと変わらずに転がっている。生きている人間の気配はない。ここには、俺と死体だけだ。

俺は死体を見下ろした。毛布が掛けられたままの白石の死体。その隣には首を掻っ切られた灰原と、それをやった一郎の死体が手首を繋《つな》がれたまま仰臥《ぎようが》している。二人とも目を見開いたまま、淀《よど》んだ眼球を天井に向けていた。

俺は思わず呟いた。

「……まともじゃねえな」

まったく、まともな状況とは言えない。

事故で立ち往生したと思ったら、山姥《やまんば》一家みたいな連中に捕らえられる羽目になった。その後は死体が次々に増え、奪った石までが消えた。さらに大怪我をした一人は錯乱し、銃を持ったまま姿を消している。暴風雨に孤立して移動もできない。朝になれば誰か来るかもしれないが、まさか警察に助けを請うわけにもいかない。夜が明けるまでに何とかしなければならない。

今、俺にあるのは偶然手に入れた札束だけ。しかし、これだけあれば十分だ。必要な金額を返済してもなお手元に残るだけのカネだ。この状況で欲はかけない。あの石は惜しいが、無駄に時間を費やして逃亡の機会を逃すのは愚かだ。このカネを持って、どうにか俺ひとりで下山できないだろうか。

もっともあの石を金に換えることができれば、五人で分けても相当な金額になっただろう。リュックの中の札束が、はした金に思えるほどの金額になった筈《はず》だ。

五人で分けても……？

考えた事に慄然《りつぜん》とした。そうだ。当初、確かに俺たちは五人だった。なのに、緋村、山吹、紫垣、そして灰原と白石。それに俺を加えて、今は六人。

やまのめが本当に実在するのか？

だとすれば、まるで漫画の主人公が現実世界に飛び出してきたようなものだ。怖いよりも先に心が躍る気持ちの方がずっと強い。

子供の頃、初めてやまのめの話を知った時にも、空想し、考えを巡らせたものだった。やまのめという物の怪《け》が俺の心をとらえたのは、その掴《つか》みどころの無さだ。

山に棲《す》む妖怪《ようかい》はいろいろあるが、それぞれ明確な目的や行動原理があった。

『山姥』は人間を欺き殺して食べる婆《ばばあ》。『玃《やまこ》』は女を攫《さら》う好色で邪悪な猿の妖怪だ。『山童《やまわろ》』などはちょっとした悪戯《いたずら》を働くだけで、時には仕事を手伝ってくれる子供みたいな存在。他の妖怪についても何かしら容易に想像できるそれぞれの輪郭がある。

それなのに、『やまのめ』については目玉が現れて人間に紛れるというだけで、どんな害悪を為《な》すのかもはっきり描かれていない。

当時も気になって、やまのめについて調べてみたが、『諸国百物語《しょこくひゃくものがたり》』にも記されていなければ『今昔百鬼拾遺《こんじゃくひゃっきしゅうい》』にも載っていなかった。果ては『和漢三才図会《わかんさんさいずえ》』まで当たってみたが見つからない。地元の民話を集めた古い書物にちょっぴり記載があるだけなのだ。やまのめは相当ローカルな妖怪らしい。

だが想像の余地があるというのは俺にとっては楽しいことだった。人間に化けて紛れ込むまでは分かる。その後、やまのめは何をするのだろうか。

俺の考えでは、やまのめは『今昔画図続百鬼《こんじゃくがずぞくひゃっき》』にも記されている有名な『覚《さとり》』と同種の妖怪だ。

覚は人間の心を読んで考えを言い当て、相手が怯《おび》えた隙をついて殺す。おそらく、やまのめも同様だ。人間に交じることで恐怖を掻《か》き立て、互いの疑心暗鬼を煽《あお》り、パニックに陥った人間たちの隙をついて襲うのだ。覚は偶然に爆《は》ぜた焚《た》き火が命中した事で逃げ去ったという話だが、そうした偶然に頼らないのであれば、やまのめはどうやって退治できるのか。

俺はテーブルの上に置かれたままのザバラに目を向けた。

きっとあれこそが、やまのめ退治の手段なのだろう。

ぎい、と木が軋《きし》む音がした。

紫垣か？　俺は咄嗟《とっさ》に白石の死体を覆う毛布を捲《まく》りあげる。革靴を履いた白石の足が見えた。その足元にリュックを置き、急いで毛布で覆い隠す。

紫垣は銃を持っている。慌てて見回すと、薪ストーブの柵《さく》にかけてあった火かき棒が目に入った。俺は足を忍ばせてストーブに近づくと、それを摑む。火かき棒は鋼鉄製で、ずっしりとした重量があった。その先端は薪を引っ掛ける為の鉤爪《かぎづめ》状だ。

火かき棒を両手に構え、音を立てないように窓際をそっと歩く。風がガタガタと窓ガラスを揺らした。

また、ぎい、と床板が鳴った。

上階から誰かが下りてくる様子はない。廊下へ続く扉は開け放たれていて、音はその先から聴こえたようだ。誰かが、ここにやってくる。

俺は静かに足を運ぶと、このホールと廊下を隔てる扉の陰に立った。

雨音に混じり、ぎしぎしと足音が響く。

両手に火かき棒を握り直し、胸に構えた。足音は次第に近づいてくる。

片手に銃をぶら下げ、困憊《こんぱい》し、飢えた梟《ふくろう》みたいな目玉をぎょろつかせた紫垣の顔が脳裏に浮かぶ。

殺されてたまるか——

俺は身を潜めたまま、火かき棒をじりじりと振り上げた。

ふっと、扉の陰から黒い人影が顔を出す。

俺はすかさず火かき棒を振り下ろした。鋼鉄の棒が、びゅっと重い風切り音を立てる。

人影は一瞬早く気が付いた。後方に飛び退き俺の一撃を躱《かわ》す。鋼鉄の鉤爪が空しく空を切った。そいつは身を引いた勢いで、そのまま後方に派手な音を立てて転ぶ。

泳いだ体勢を立て直し、俺はそいつに向けてもう一度火かき棒を振り上げた。

「やめろ!」そいつが叫んだ。

俺は鉤爪をそいつの脳天に叩《たた》きこむ寸前で手を止めた。床に転がっているのは山吹だった。

「何をするんだ！」床に尻《しり》をついたまま山吹が怒鳴った。

「あ、山吹か……」

どうやら裏口から入って来たらしい。

「山吹か、じゃあないぞ！」山吹は立ち上がると、俺の鼻先で吠《ほ》えた。「そんなもの振り回して、どういうつもりだ！」

「いや、悪かった。紫垣かと」

「誰かを殺すときは、せめて相手を選んでから殺してくれ！」喚《わめ》く山吹の口から泡が飛んだ。

「わかったわかった。唾《つば》が飛ぶから止めてくれ」

「まったく」山吹は俺の胸をげん骨で押しのける。「……それで、紫垣くんはいたのかね？」と、ホールに足を踏み入れた。

山吹の背中越しに白石の死体が見える。


——まずい。

白石の死体にかけた毛布の合間からリュックが見えている。現金がいっぱいに詰まった白桃色のリュックは、ブルーシートの上でやけに目立っていた。

　俺は足早に山吹の前に回り、視界を遮るように体を入れた。

「中にはいなかったぜ」

　山吹は、ふん、と鼻を鳴らした。「やはり、外か」

「あいつ屋敷の裏にいなかったのか？」俺は廊下に目配せした。

「ああ、だから中の様子を見に来たんだよ」

「緋村は？」

「まだ外で探している。彼とは屋敷の裏手で合流したが、紫垣くんには出会わなかった。どこに隠れているのか……」

　そう話しながら、山吹はすたすたと歩を進め、並んだ死体に近づいていく。リュックに気付かれたら面倒なことになる。

　俺は慌てて山吹の背に声をかけた。

「俺たちも外に行こうぜ。緋村ひとりじゃ心配だ」

　山吹は答えず、シートの前に立ち止まった。身を屈《かが》めると、いきなり白石に被《かぶ》せた毛布をばさりとめくる。その勢いでリュックが露出した。ぎくりとしたが、山吹の視線は白石の顔に向けられている。

　山吹は白石の胸に触れ、次にその頭部を持ち上げて、後頭部の傷をまじまじと見つめる。足元側に置かれたリュックに気付いた様子はない。山吹はしばらくの間、黙って白石の死体に触れていたが、やがて毛布を元通りにかけて言った。

「……紫垣くんはおかしくなっていたが、彼の言ったことは満更嘘でもない」

「どういうことだ？」

山吹はゆっくりと立ち上がり、俺を振り返った。

「この死体は圧死したようには見えない」

「車の下敷きになっていたんだろ？」

「そう聞いているがね。だが胸骨もあばらも異常はない」

「分かるのかよ。医者じゃねえだろ」

「医者じゃなくても胸が潰《つぶ》れているかどうかくらいは分かるさ。傷は後頭部だけ。他は綺麗《きれい》なものだよ」

「なら、頭を打って死んだのか」

「ふむ……、かもしれないが」

山吹は窓の外に視線を移し、何か考え込むように口を噤《つぐ》んだ。俺は気が気ではなかった。山吹の足元にまだリュックが見えている。少し目を落とせば山吹の視界にも入る筈《はず》だ。

「とにかく屋敷の中に紫垣はいないんだ。外に行こうぜ」

山吹は黙っていたが、ふと俺に目を向けた。「……白石くんの死体は車の下から出てきたんだね？」

なんだよいきなり。脈絡のない問いに戸惑った。

「そう聞いてる」と、答えた俺の言葉に被せるように山吹が言う。

「それを見たのかい？」

「いや、見たわけじゃない」と首を振った。「俺が車から出た時には白石は死んでいたからな」

「最初に車から出たのは、緋村くんと灰原くんだな。あの二人が白石くんを車の下から助け出したと言ったんだね？」

「え？　あいつらが嘘ついてるとでも言うのかよ」

「目を覚ました時の事、何か覚えているかい？」山吹は遮るように重ねて訊《き》く。

「覚えているかって言われてもよ……」そう返しながら、事故直後の車内の様子が蘇《よみがえ》る。

そういえばあの時、誰かに揺り起こされた覚えがあった。何かを思い出せそうな気がして、俺は床に目を落とす。

「何か思い出したのか？」山吹が俺を覗《のぞ》き込むように問う。

あの時、意識を取り戻した俺が最初に目にしたのは、砕けてそのほとんどが失われた後部座席のサイドガラスだった。窓枠の向こうには地面が見えた。そこで俺は車が横倒しになっている事にうっすらと気付いたのだ。泥水にぬかるんだ地面は左右に揺れていた。そうだ、俺自身が揺り起こされていたのではない。車体自体が外から動かされていたのだ。

俺は顔を上げて山吹に告げた。「……緋村たちが白石を車の下から出したのは、たぶん本当だぜ」

「どうしてそう言える？」

「あの二人が外から車を押していたんだ。その揺れで俺と紫垣は目を覚ました」

「確かかい？」

「確かだ。実際に二人が押してるところまでは見えていないがな」

「ふむ……」

何が気になるのか知らないが、山吹はまだ納得がいかない様子だった。再び考えこむように視線を落とす。何気なく足を引いた山吹の踵《かかと》にリュックがカサリと触れた。ぎくりとした。

「……そういえば」と、山吹が顔を上げた。

「な、なんだよ？」

「紺野くん、君は全然戻って来なかったな。屋敷の中で何をしていたんだ？」と、山吹はゆっくりと目を向けた。

俺は平静を装って答えた。「二階も確認していたんだ」

山吹はちらりと天井を見上げた。「ほう……、二階をね」

こいつ。何か感づいたのか。

「それが、どうかしたのかよ？」

俺の問いに山吹はにやりと口角を上げた。

「本当のことを言ったらどうかね」

「……本当のこと？」

「何をしていたのか、見当はついているよ」と、山吹は笑みを浮かべた。

まさか金庫の事を感づいているのか？

山吹は勘のいい男だ。だからこそ緋村も信頼しているのだろう。しかし、どんなに鋭い男でも、金庫の事を知りえた筈がない。どうして知っている？

現金の総額はおそらく二千万円余り。もし、山吹と山分けすることになれば二等分。一千万と少し。これじゃまるで物足りない。

山吹はダイニングテーブルに歩くと、「どうせ、これだろう？」と、缶ビールを手に取った。「君は余程アルコールが好きなんだな」

「あ、……いや」俺は少し呆気《あっけ》にとられたが、取り繕って言った。「飲まなきゃ、やってられねえ」

「はは、確かにそうだね」山吹は新しいビールをぷしゅりと開けると、一口呷《あお》った。

「さすがに、ぬるいな」

山吹は缶を片手にテーブルに寄りかかり、並べられた死体を振り返る。

俺は慌てて訊いた。

「顔は痛むか？」

え、と山吹は俺に目を向けた。二郎に殴られた山吹の顔は傷だらけだ。左目は腫《は》れている。

山吹は忌々しげに答えた。

「痛むに決まっている。あの二郎って奴、戻ったらただじゃおかない」

「もう戻らないだろ」

「どうかな」

「銃で撃たれたんだぜ。さぞかしビビッたろう。さすがに戻っちゃこないぜ」

「かもしれないが、この嵐じゃ逃げられまい。きっとあの婆さんと一緒に屋敷の近くに隠れていると思うがね」

山吹はそう言って、缶ビールを呷る。が、ふと手を止めた。缶をゆっくりとテーブルに置き、訝《いぶか》しげに窓を見る。

「どうした？」

相変わらず、雨が窓ガラスを激しく叩《たた》いている。

「いや……」と、山吹は視線を宙に彷徨《さまよ》わせた。「ここ、風が吹いていないかね？」

「風？」俺は何も感じなかった。蠟燭《ろうそく》に目をやるが、炎の揺らめきにも特別変わったところは無い。「何も感じないが……」

吊《つ》るされたカーテンも揺れてはいない。窓が開いているわけでもなさそうだ。とはいえ、古い屋敷だ。どこからか隙間風のひとつも吹くだろう。

「さっきと空気の流れが違う気がするが……」と、山吹は呟《つぶや》いて首を傾げた。

「ぼろい屋敷だ。建てつけに期待はできないだろ」

「……まあ、そうだな」と、山吹は納得したように頷《うなず》くと、再び缶を手にして死体に顔を向ける。俺はその横顔に提案した。

「なあ、もう石を諦《あきら》めて逃げた方がよくないか？　早く身を隠さないと――」

「諦めるわけにはいかない」遮るように山吹が言う。片手の缶を死体に向ける。「これだけ死人を出して、何も得られなかったじゃ収まりがつかない。それに、あのケースをずっと抱えていたのは私だぞ。それなのにこの有様だ。石は必ず取り戻す」

「けどよ、取り戻しても、警察に捕まったら終わりだぜ」

山吹が目を向けた。

「……君、変だぞ」

「何が？」

「あの石をそう簡単に諦められるのかね？　君は無駄仕事を嫌がるタチだと思っていたが。それにカネが必要なんだろう？」

「いや、俺だって諦めたつもりはねえよ」動揺を隠して答えたが、山吹は何を思ったのか、じっと俺を見つめて口を開く。

「……言っておくが、やまのめなんてものは存在しないぞ」

　そう話す山吹の口調はどこか自身に言い聞かせているようにも聞こえた。俺はどう返して良《い》いか、言葉に詰まった。そんな化け物など存在しない。少し前まで俺だってそう考えていた。しかし——

「とにかく」山吹はもう一口ビールを飲み下すと、缶をテーブルの上に置いた。「……紫垣くんがここにいないなら、緋村くんのところに戻ろう」

　俺は首肯した。

　山吹は足早にホールを出ていく。その後ろ姿を見送り、急いで毛布をリュックにかけなおす。リュックを持っていくわけにはいかないし、他に隠す場所も無い。俺は山吹の後を追った。

　廊下を抜けて、山吹と二人で裏口の戸から外に出た。

屋敷の裏手は闇がひしめくような森だった。電灯の光を木々の合間に射し入れるが、降りしきる雨粒を照らし出すばかりだ。木々の合間を埋めるように濡《ぬ》れた熊笹が茂っていた。人の姿はなかった。しかし光線の届く範囲外は真っ暗だ。どこからか銃を手にした紫垣が飛び出してくるかもしれない。

「緋村くん」山吹が小声で呼びかける。

俺は辺りに光を走らせるが緋村の姿は見えない。

「ここです」と、返事がした。見ると、少し離れた藪《やぶ》の中に電灯を持った緋村が身を屈《かが》めていた。

「見つかったかい？」山吹が尋ねると緋村は小さく首を振った。

「どこにもいません。屋敷の中にもいなかったんですね？」

「ああ」と、俺が答えた。

「これを見てください」緋村が手招きした。

俺と山吹が近づくと、緋村は腰を上げて足元を照らした。

「足跡……かね？」山吹が眉《まゆ》を寄せた。

光に照らされた土の上に、雨水の溜《た》まった深い轍《わだち》が森の奥へと続いているのが見えた。そこだけ熊笹が茂っておらず、剝《む》き出しの地面だった。車両が頻繁に行き来しているのだろう。その轍を中心に、右へ左へと千鳥足に辿《たど》るような足跡が点々と続いていた。轍と比べ、足跡を形づくる泥の縁は鋭角で、たった今刻まれたばかりにも見える。

俺たちは足跡の先を照らした。その先には風雨に葉を揺らす木々があるばかりだ。人の気配は感じられない。

「この奥へ行ったようですね」と緋村が言う。

屋敷の裏手は山が囲んでいた。この先に進んでも、すぐに急な上りになる筈《はず》だ。紫垣が何を求めて林の奥に歩いていったのか分からない。

「追うのかよ？」俺が訊《き》くと、緋村が頷いた。

泥の中を歩くのか。俺は内心溜息《ためいき》をついた。

俺たち三人は緋村を先頭に足跡を辿って森に足を踏み入れた。靴が泥に埋まり、雨水が靴の内部に流れ込んでくる。泥の道の両脇を埋める熊笹の茂みの中には、濡れたダンボールの束やペットボトル、陶器か何かの破片に、よく分からない金属片など、多くの瓦礫《がれき》やゴミが散乱していた。

しばらく進むと、足元の地面が突然切れた。行く手を阻むようにして、巨大な穴が左右に広がっていたのだ。穴の前の地面は荒れていて、柔らかい泥の上に多くの足跡が入り乱れるように刻まれていた。

俺たちはその穴の縁に立った。穴はほぼ垂直に掘られていた。明らかに自然の地形ではなく、人為的なものだ。

懐中電灯を穴の下方に向けると、縦穴の底にあるものが光の中に浮かび上がった。それは数多くのガラクタ、いや、それらは全て遺棄された車だった。数十台の車が眼下の穴に積もっていたのだ。

「あの免許証か」山吹が呻《うめ》いた。

金崎一家が通りがかりの車を襲っていて、これらが全てその犠牲者のものだとすれば、一体その数は何人になるのだろう。これじゃ本当に山姥《やまんば》の一族だ。

「畜生……魔の峠かよ」俺は吐き捨てた。「こんな山を通るんじゃなかったぜ」

「このルートが良いと言ったのは君だろう」山吹が責めるように目を向けた。

「馬鹿言え。俺はそのルートなら確かに人目にはつかねえって言っただけだ。峠越えを最初に勧めたのは白石だぜ。あの、手引き役の女から聞き出したとか何とか言ってよ……あんなおかしな女の言うことなんか真に受けたのが間違いだ」

「あれを！」緋村の張りつめた声が飛んだ。

緋村が穴の底に這《は》わせた光の輪の中に浮かび上がったものを見て息を呑《の》んだ。

妙な角度に首が捻《ね》じれたそれは人間の身体だった。紫垣だ。

紫垣は目を見開いたまま、穴の底から俺たちを見上げていた。吐血したらしく、口元は赤く染まっている。降りしきる雨が紫垣の顔をしとどに濡らし、血液を流し去ろうとしていた。

明らかに紫垣は死んでいた。

「ここから落ちたのか」緋村が呻くように言った。

山吹が両手で髪を掻《か》き上げ、「なんてことだ……」と呟く。

また死人か。

反吐《へど》が出そうだった。こんな悲惨な仕事の展開なんて聞いたこともない。

下は鉄くずの山。この高さから落ちたとすれば死ぬだろう。暗い森を彷徨った挙句、穴に落ちて死ぬ。くだらない死に方だ。紫垣はかなり混乱していたから、穴に気付かず、闇の中で足を踏み外しても不思議ではない。

突然、山吹が言った。

「彼は落とされたのかもしれない」そう話す山吹は足元に目を落としている。

「え？」俺も足元の泥を見た。

「足跡か……」と緋村が呟く。

途中まではひとつだった新しい足跡は、この穴の周囲では複数あるように見えた。泥が柔らかく、既に雨水が溜まり始めていて靴底の溝までは残っていないが、さっきの千鳥足が紫垣の足跡だとすれば、少なくとももう一つか二つ、別人の足跡が残っているように見えた。

その者が熊笹の茂みの中を歩いていれば、ここまでの足跡がひとつしか無かったのも不思議ではない。紫垣以外の人間が同時にここにいたのなら、そいつが紫垣を突き落としたのかもしれない。

緋村はじっと乱れた足跡を見つめていたが、「あの親子か」と、弾《はじ》かれたように振り返った。

俺と山吹も周囲に懐中電灯を向けた。誰もいない。轟々《ごうごう》と吹きつける横殴りの雨が木々を揺らすばかりだ。

この雨の中に誰かが潜んでいるとは思えなかった。しかしあの異常者一家だ。ずぶ濡れになりながらも、どこからか俺たちを見ているのかもしれない。あの婆《ばばあ》が紫垣の銃撃から逃れる身のこなしは、まるで猿みたいだった。

紫垣は金崎母子《おやこ》に殺されたのか？

俺たち三人は雨に打たれるままに穴の際に立ち尽くしていたが、やがて山吹が口を開いた。「彼の死体はどうする？」と、穴の底に光を向ける。

緋村が首を振る。「引き上げるのは無理でしょう。放置しておくしかない。……中に戻りましょう」

紫垣の死体が恨めしそうに俺たちを見上げていた。けど、どうすることもできやしない。

俺たちは紫垣の死体を穴の底に残して屋敷に引き返した。

裏口から建物の中に入り、重い体を引きずって死体の並べられたホールに戻る。ぐっしょりと濡《ぬ》れた雨合羽《あまガッパ》を脱ぎ捨て、俺たちはテーブルを囲む椅子に腰かけた。緋村も山吹も泥のように疲れた表情を見せている。きっと、俺も酷《ひど》い顔をしているのだろう。

俺たちはしばらく口もきかずに座っていた。

どうしてこんな事になっちまったのか。

もはや後悔しても遅いが、この件に関わったのが間違いだった。いや、そもそも本業でしくじったのがケチのつきはじめだ。疲れた頭でぼんやりと思い出す。

いつもの仕事は順調だった。いや順調すぎた。それで油断したのだ。

最後に投資を持ち掛けた年寄りは、俺が勧めるままに次々とカネを差し出した。刈り取りは終え、完全に潮時だったのにあと少し粘ろうと欲をかいた。詐欺損失の被害回復を装って追加で搾り取ろうとしたのだ。普段はじっくり時間をかけるが、あまりに順調にことが運んでいたので手を抜いた。そいつの身辺調査が不十分なままに継続したのだ。それが大きな誤りだった。その年寄りの素性が悪かったのだ。

そいつは引退した暴力団幹部だった。俺は詐欺に感づいた構成員にとっ捕まって痛めつけられ、返金と慰謝料込みで二千万余りを要求された。応じるにもそんなカネは無いが、身元も調べられていて逃げようがなかった。

人づてにこの仕事の話を受けたのは、手っ取り早くカネが入ると思ったからだ。そうでなきゃ、誰が強盗なんて馬鹿な仕事をやるものか。リスクは覚悟していたが、これは想像していたリスクとだいぶ違う。奪った筈のダイヤはいつの間にか消え失《う》せ、その代わりに手にしたのは死体の山だ。

しかも紫垣は誤って転落したのではなく、何者かに突き落とされ、殺されたのかもしれない。その紫垣自身もまた、白石は事故死ではなく誰かに殺されたのだと話していた。その言葉が真実なら二人とも何者かに殺されたことになる。

何よりも奇妙なのは、そもそも俺たちの人数が理屈に合わない事だ。そして現れた、やまのめの逸話で知られたザバラという名の果実。一体、何が起きているんだ？

強風のせいだろう。どこかでぎしぎしと建物の軋《きし》む音がした。喧《やかま》しい雨音に混じって届く風の響きは、得体の知れない獣の叫び声にも、女の泣き声にも聞こえた。

俺はテーブルの上に転がったザバラを見つめていた。血液で皮の一部を黒く染めた果実は、蠟燭《ろうそく》の揺らめく灯《あか》りを反射してじわりと輝いている。

「やまのめの仕業か……？」俺は思わず考えていた事を口にした。

緋村と山吹がぴくりと反応する。

窓の外に目を向けていた緋村がゆっくりと俺を見る。

「今、何と？」

「……きっと、やまのめだ」俺は自分の考えを踏み固めるように再び口にした。「やまのめの仕業なんだ、これは」

山吹が苛立《いらだ》ったように眉《まゆ》を寄せた。「酔っているのかね。こんな時に妖怪《ようかい》話はよしてくれ」

俺は二人の顔を交互に見た。まともに聞こえるように願って一呼吸置き、話を続ける。「紫垣を殺したのはやまのめだ。もしかしたら白石も……。きっと、やまのめが殺したんだ」

「君までどうかしちまったのか」山吹は苛立ちを通り越して怒っているようだ。

「俺は完全に正常だ。酔ってるわけでもねえ」

「いいや、完全にいかれてる。仲間が死んでいるんだぞ。与太話はやめろ」

「山吹さん落ち着いてください」緋村がそう言って今にもテーブルを蹴《け》り飛ばさんばかりの山吹を宥《なだ》める。「……どうしてそんな事を？」と、俺に目を向けて続きを促した。

俺は緋村に話す。

「いつの間にか俺たちの人数が増えてる。それはお前も認めていたよな？」

「そう錯覚しているように思える、と言ったんです」

「錯覚？　どう考えても今の俺たちの人数は理屈が通らねえ。それは錯覚じゃないだろ」

「…………」

「思い出してくれ」俺は苦虫を嚙《か》み潰《つぶ》したような顔をしている山吹に目を向けた。

「金崎一郎はあの道祖神が木の根元に立っていたと話していただろう？　状況を考えたら、その木ってのは俺たちの車に刺さっていたザバラの木に違いねえ」

「だとしたらなんだね」山吹は硬い表情のままだ。

「やまのめを退治するザバラだぞ。しかもその前に立つ道祖神が『おんめんさま』だ。こりゃ偶然じゃねえ。一郎は道祖神自体がそれだと思って拝んでいたようだが、実際は違う。おそらくあの道祖神はおんめんさま……いや、やまのめを封印していたんだ」

「君の想像だろう」

「けど、今起きてる事は現実だ。この嵐で道祖神が崩れ、ザバラも倒れた。やまのめの封印が解けたんだよ。俺たちはやまのめに取り憑《つ》かれているんだ」

「くだらん漫画の読み過ぎだ」

「俺は漫画は読まねえ」

「なら、くだらん映画だ」

「とにかく俺の解釈じゃ、やまのめってのは人の中に紛れ込み、怖がらせ、心の隙をついて襲ってくる妖怪だ。今、その俺の解釈通りのことが起きてる。紫垣は、やまのめに殺されたんだ」

二人は複雑な表情を向けたまま、何の反応も見せない。

俺は二人の顔を見つめて断言した。

「いいか？　現実に、今ここに、やまのめがいるんだよ」

山吹が不快そうに顔を背け真っ暗な窓の外に目を移す。

緋村は落ち着きはらった態度で静かに俺を見つめていた。

屋敷を撫《な》でる風雨が、耳障りな高い風切り音を奏でている。

俺たちは誰も言葉を発さずにしばらく黙っていたが、やがて緋村がぽつりと言った。

「……あなたは私と山吹さんのどちらかが、人間ではないと言うんですね」

「え？」

俺は絶句した。そうなるのか。紫垣や白石を殺したやまのめが人に紛れ込んでいて、それが俺じゃないなら、この二人のどちらかという事になる。しかし、そこまで考えが及んでいたわけではなかった。俺が答えるより先に緋村が口を開いた。

「気になるのが……」緋村が無表情に俺に言う。「あなたはどうしてそんなに楽しそうなんですか」

俺は慌てて答える。「楽しいわけじゃねえよ。ただ、俺の好きな話なんだ。やまのめは……」

「やまのめは人を怖がらせて襲うんでしょう？　今怖がらせているのは、むしろあなたですよね」

俺は首を振った。「そんなつもりはない……俺はただ、こんな所から早く逃げたいだけだ」

「逃げる？」窓の外を見ていた山吹が俺に視線を移す。「君はさっきもそう話していたね。どうしてそうも簡単にあの石を諦《あきら》められるんだ？」

「そりゃ……」返答に窮して口ごもってしまった。毛布に隠したリュックサックに目を向けたくなる衝動を必死にこらえた。

「そういえば、紫垣さんは言ってましたね」緋村が無表情に言う。「……化け物は物《もの》盗《と》りなどしないと」

ふむ、と山吹が息を漏らして呟《つぶや》く。「妖怪がカネを欲するわけがない、か」

なんだこりゃ。妙な雲行きになってきやがった。

二人の俺に向ける視線が、まるで深海魚でも眺めるようなものに変わった。

「ちょ、ちょっと待ってくれ」絞り出した声が自然と上擦る。「俺がやまのめだとでも言うのか？　この話を始めたのは俺だぞ」

二人は警戒した表情を崩さない。裏切り者を責めるような態度に思えた。

唾《つば》を吐きたい気分だ。

お喋《しゃべ》りな奴が真っ先に疑われて殺される。

きっと、こいつらは、俺を殺すつもりだ。

餓鬼の頃、俺は考えたものだ。やまのめに出会ったらどうするか。

互いに疑いを向け合う中で仲間に殺されるのだけは避けなければならない。得意げに怪異の意図を説明してみせるなど愚の骨頂だった。余計な疑いを向けられる原因になるだけで、人間かどうか疑われた奴から殺されるからだ。自らの安心を得る為に、常に生贄《いけにえ》を探すのが人間だ。俺はそれが分かっていたのに、結局は口が災いしてこうなっちまった。

しかし、もし最悪な展開になった時、自分が殺されるのを避けるにはどうすればいいのか。明らかなその答えは餓鬼の頃に既に導きだしていた。

殺されるより、殺す側に回るしかない——

既にここは死体の山だ。警察の手が及べば、事件は大々的に取り上げられ、すぐにでも大規模な捜査が始まる。しかし、ここで誰が誰を殺して何人が逃げたのか、それを把握するにも相当な時間がかかる筈《はず》だ。金崎一家の凶行と、俺たちの犯行が交じっていて混乱を極めているからだ。この上に死体が幾つか増えたところで、逃げ切る時間は十分にできる筈だ。いや、そもそも足がつく筈がない。この屋敷で起こったことは有耶無耶《うやむや》になるかもしれない。

俺は横目で白石の死体を覆う毛布を見た。あの下に隠したリュックサック。石は惜しいが、あれだけの札束があれば石に執着する必要はない。この二人を始末してしまえば、きっと誰にも真相は分からない。

「何を考えているんですか？」と、緋村が訊《き》いた。

こいつの言う通りだ。俺が人間である以上、緋村か山吹のどちらかがやまのめに違いない。

「……どっちが、やまのめだ？」と、俺は答えた。

緋村と山吹が緊張した顔を見合わせた。

俺は足元に視線を走らせる。少し離れた床に一郎の耳を貫いた柳刃包丁が落ちているのが見えた。俺は椅子を蹴って立ち上がると、素早く刃物を拾い上げた。

驚いた二人が腰を上げた。

「待ってください」緋村が俺を押しとどめるように両手を翳《かざ》す。「誰もあなたが化け物だと言っているわけじゃない」

「うるせえ、近づくな！」

俺は刃物を突きつけると、ダイニングテーブルから距離をとる。大人しく殺される役回りになるつもりはない。

「紺野くん」と、山吹が一歩踏み出した。

「来るな！」俺が叫ぶと、山吹は足を止めた。

畜生。これじゃ、まるでさっきの紫垣と同じ流れだ。ただ、哀れな紫垣と大きく違うのは、俺は正気であって怪我もしていないという点だ。しかも確かな成果を得ている。あのリュックを持って逃げればいい。

「落ち着いてくれ」と、山吹が穏やかに言った。「包丁はそのまま握っていていい。不安ならお守り代わりにはなるだろう」

隣の緋村が怪訝《けげん》な顔をした。

紫垣の時のように山吹が飛び掛かって来る気配は無かった。

場違いな笑顔を見せると、山吹は続けて言った。

「君の態度は少し気になるし、妖怪《ようかい》退治も面白いかもしれない。けど、その前に現実的な話だ。私は事実を整理したいんだよ」

「整理？」問い返す俺に答えず、山吹はくるりと緋村に顔を向けた。

「外にいる間、物音を聞かなかったかね？」

「物音……ですか？」突然自分に向けられた質問に緋村は戸惑った様子だった。

「争う声とかさ。君はずっと外で紫垣くんを探していたんだろう。もし彼があの二郎とかいう奴に襲われたのなら……、あるいは、まあ……やまのめに襲われたにせよだ。

悲鳴くらいあげたんじゃないのかね」

　緋村は首を振った。「いえ、何も聞いていません。仮に争っていても、あの天気では聞こえたかどうか……」

　確かにこの雨では悲鳴など聞こえなかったかもしれない。熊笹を叩《たた》く雨音は喧《やかま》しく、大声を上げてもろくに屋敷には届かないだろう。

　山吹は紫垣が金崎二郎に襲われたと考えているのか？　それじゃ白石は？　やまめの仕業でなく、人間がやったことだと考えたら、金崎だけじゃなく別の奴の可能性だってある。しかし――

　山吹は落ち着いた口調で緋村に話す。

「さっき紺野くんと一緒の時、白石くんの身体を調べたんだよ」

「はい」と、緋村は不思議そうに目を瞬《しばたた》かせた。

「君は彼が車の下敷きになっていたと言ったよね？」

「ええ」

「白石くんの頭には大きな傷があったが、体は潰《つぶ》れちゃいなかった」

「車から投げ出された時に頭を打ったんでしょう。体が潰れてないのはたまたまだ」

「紫垣くんは、白石くんが何者かに殺されたと言っていた」

「そう話していましたね。だが彼はかなり混乱していた」

「車から最初に脱出したのは君か？」

「……何が言いたいんですか？」緋村は穏やかに反問するが、その目に怒りの色が走るのが見えた。

責めるような緋村の視線に怯《ひる》むこともなく、山吹は答える。

「話を整理したいだけだよ」

「私が白石さんを殺したとでも言うんですか？」

「疑っているわけじゃない。何度も言うように、私は状況を整理したいだけだ」

緋村は白石の死体をちらりと見て、溜息《ためいき》をついた。

「……事故の後、最初に外に出たのは私です。そこで車の下敷きになっていた白石さんを見つけました。次に脱出したのは灰原さんです。私は彼と一緒に白石さんを車の下から引っ張り出しました。白石さんは既に死んでいた。その直後に紫垣さん、それに続いて紺野さんが車外に出てきた」

揺れる後部座席で目を覚ました時、ほぼ同時に紫垣も気が付いたところだった。紫垣が先に車外に出て、俺もその後に続き灰原の手を借りて車から脱出した。外では緋村が死んだ白石の前に屈《かが》みこんでいた。

「そして、車から最後に出たのは私だな」と、山吹が言う。

アタッシュケースと共に最後まで車内に残されていたのは山吹だった。奴の救出を紫垣と灰原に任せ、俺と緋村は二人で道路の先を見に行った。この屋敷を見つけたのもその時だ。

緋村は怒りを抑えている様子だった。

「灰原さんも死んでいるんです。あなたたちが意識を失っている間に私が何をしてい
たのか証明のしようがない。でも、私が白石さんを殺す理由がありますか？」

俺は包丁を固く握ったまま、テーブルの上のアタッシュケースに目をやった。「…

…理由をつけようと思えば、あるだろうよ」

紫垣みたいに儲《もう》けの配分ばかり気にしている奴だっているのだ。欲に駆られて仲間
を裏切る奴がいてもおかしくない。ましてや、今回みたいに大きな獲物なら猶更《なおさら》だ。

あの事故がきっかけで魔が差すなんてありそうなことだ。

緋村が冷ややかな目を俺に向ける。

「……私が石を独占する為に白石さんを殺したと？」

「そういう理由付けだってできるってことだ」

緋村は苛立《いらだ》ち混じりの笑みを浮かべて首を振る。

「石を独占したいのなら、真っ先に山吹さんを殺してケースを奪うと思いますがね。

どうして白石さんを殺すんですか。それに何よりも――」と、緋村は窓の外に視線を
走らせた。「仲間を殺してまで奪った石はどこにあるんです？　事故現場に隠して置

いてきたとでも言うんですか？　途方に暮れているのは私も一緒なんですよ」

そうなのだ。確かにその通りだ。俺は目を覚ました後は、ずっと緋村と行動を共にしていた。緋村に不自然なところは無かった。隠し持っていた石をどこかに移した素振りも無い。

この場にダイヤが無いのは確かだ。俺たちは皆、アタッシュケースを別にすれば着の身着のままだし、さっき全員のボディチェックもした。車も調べた。密《ひそ》かにそれを奪った奴が、いつまた崩れるとも知れない地盤の緩んだ事故現場に置いてきたとも思えない。

山吹の話からは、石の独占を企《たくら》んだ裏切り者が白石ばかりか紫垣をも殺したという絵図が薄《う》っすらと浮かぶ。俺と山吹がホールにいた時、緋村は外で紫垣を捜索していた。しかし石が失われているのであれば、紫垣を殺しても得るものは無い。

何が起こっているのか分からなかった。

ひとつだけ確かなのは、こんな場所からは早く逃れた方が良いという事だ。それは疑いようのない事実だ。やまのめとの遭遇を喜んでいる場合じゃない。

「もう沢山だ」俺は目の前に包丁を翳《かざ》し、ゆっくりと後退《あとずさ》りした。

「……紺野さん」と、緋村がどこか心配そうな顔を俺に向けた。

俺は退きながら膨らんだ毛布に目をやった。その下には死体と札束の詰まったリュックがある。俺はそれを持って逃げる。急げば朝までには下山できるかもしれないし、単独なら人目につかないだろう。

二人に告げた。

「あんたらが人かやまのめか知らないが、石はくれてやる。……俺は降りる」

緋村と山吹は緊張した面持ちで立ち尽くしていた。俺は白石の死体にかけられた毛布を靴の先でめくる。

そこに見たものに愕然《がくぜん》とした。

無い。そこにあった筈《はず》の現金の詰まったリュックが消えていた。

馬鹿な！

俺は毛布を蹴《け》り上げた。汚い毛布がめくれあがり、死体の下肢が露出した。黒いズボンと濡《ぬ》れた長靴が目に入る。死体の足元に隠した筈のリュックは影も形も無い。

盗まれた？　俺は緋村と山吹に視線を戻した。

「どこへやった？」

「……何を？」山吹が訝《いぶか》しげに反問する。

「俺のリュックだ」

「リュック？」緋村が眉根《まゆね》を寄せた。

本当に知らないのか？

二人の戸惑った様子は演技には見えない。それにリュックを手放してから、この二人はずっと一緒だった。しかし、リュックサックが勝手に走って消えるわけもない。

「嘘をつくな！」俺は怒りに任せて叫んだ。「お前らの他に、ここに誰がいるってんだよ！」

死体を背にして刃物を構える。俺は緋村と山吹の顔を見比べた。どっちが裏切り者だ？　それとも両方なのか？　俺のカネをどこにやった？

緋村が冷ややかに俺を見つめ、呟《つぶや》くように言う。

「ここにやまのめがいる。そう言ったのはあなただ」

やまのめ

茫然《ぼうぜん》とした。やまのめ。実際にやまのめは存在する。俺にはその確信があった。そうだ、ここに、やまのめがいる。そいつは俺たちの三人の中に交じっているのか。それとも——

突然、俺を見る二人の視線が驚愕《きょうがく》に固まった。

なんだ？

視線は俺の背後に向けられている。

俺は振り返り、息を呑《の》んだ。

白石が立ち上がっていた。上半身は毛布に覆われて顔は見えないが、垂れた毛布の下に二本の足が屹立《きつりつ》している。

毛布の裂け目に目玉がひとつ覗《のぞ》いている。それはくるりと動くと、俺をじっと見つめた。

俺は何かを言おうとしたが、言葉にならない。

雷鳴の様な爆発音が轟《とどろ》く。

ぼろぼろの毛布に新しく穴が開き、そこから一条の白煙が立ち上った。

胸に鋭い痛みを感じた。力が抜け、右手に握っていた包丁が滑り落ちる。それはがらんと音を立てて床に落ちた。

前のめりに崩れ落ちながら、視界の端に俺を撃った白石の足が動くのが見えた。濡れたブルーシートを踏んで黒い長靴が歩き去っていく。

薄れゆく意識の中で思った。


——長靴？

白石の章

――八時間前――


「おい白石」

と、隣のカエルが私の名を呼ぶ。「そろそろ時間だろ」

「……まだだ。時間になったらタイマーが鳴る」私は横目にカエルを見て答える。

「それに、名前で呼ばないでくれ」

黒スーツのカエルが訝しそうに声を返す。

「どうして？」

「そういうルールだ」

「ああ、このマスクを被《かぶ》ってるからか」と、カエルは自分の顔を覆うラテックス製の覆面をつるりと撫《な》でた。覆面は妙にリアルな青色をしたカエルのデザインだった。気の利いた表面加工が施されていて、両生類のヌメヌメとした質感が再現されている。

「そういうルールだ」と、私はもう一度言った。「マスクを被ったら、互いにそのデザインで呼び合う。安全の為だ」

「生真面目だな」

「どこから名前が漏れるか分からない」

「生真面目だ」

「……それは批判しているのか？」

「感心しているんだよ、白石……じゃなくて、トランプさんよ。あんたも感心だし、それからあいつ、ええと……、あいつのマスクは何だっけ？」

「ピエロ」

「そうそう！　我らのピエロ様だ。あんたたち徹底しているよ、まったく」

私が被っているのはアメリカ合衆国元大統領を模した覆面だった。そして仕事のルールを決めたのは『ピエロ』だ。

「取り決めに合意しただろう」私が言うと、カエルは呆《あき》れた声を上げた。

「馬鹿げてるだろ。ここには俺たちしかいないぜ」

「それでも決め事だ」

「救いがたいね」と、カエルは両手を上げて見せた。「……確かにプロとしては正しい姿勢だけどな。少し、四角四面に過ぎないか？　規則に縛られる傾向にあるよな、あんた。やっぱり、教師だな」

「教師ではない」

「ああ、牧師だっけ。似たようなもんだ」

「全然違う。それに元、だ。……いや、その前に、牧師というのはキリスト教プロテスタントの教職者の事だ。私の信仰していた宗教に、そういう呼び名は無い」

「あ、そう」

「プライベートな話もしない約束だ」

私は厳しい顔を向けたが、この覆面をしていては表情が見える筈もない。カエルは無視して話を続けた。

「決まりに縛られる人生なんて楽しいか？　ルールは多少曲げるくらいが丁度良《い》いんだぜ。世の中のルールってのはな、守らない奴が一定数いることを見越した上で作られているんだ。法律だってなんだってそうだ。許容される幅を持ってんだよ。なのに、生真面目に守る奴は一生損するだけだぜ」

私は大統領の覆面の下で溜息《ためいき》をついた。

カエルの話す事には概《おおむ》ね同意だ。私自身、自分が信じるところのルール、信条に従って生きてきた。しかし、私の考えでは曲げる必要があるルールとはそもそも間違った不完全なものを意味する。ルールを曲げるのではなく、従うルールそのものを鞍替《くらが》えするべきだ。その事実に気が付くまで、実に多くの時間を私は無駄にした。だからこそ、私は生き方を変え、従うべきものを変えた。

「しかし、このマスク臭うぜ。ゴム臭え」と、カエルが不平を漏らした。

私は呆れて言った。

「マスクを用意したのは君だろう。どうしてこんなふざけた覆面にした？　目出し帽か何かでよかっただろうに」

「牧師様はお堅いよな。遊び心ってのは教義に無いのかよ」

「牧師ではない」

腕時計が、ピピッと電子音を鳴らした。私は左手のデジタル表示を確認する。

「十五時だ」

カエルは頷《うなず》いて、操作盤の『閉』ボタンを押した。

両側からするすると音もなくドアが滑り、地下駐車場の暗がりを締め出した。ドアが閉じられると、我々の乗る業務用の大型エレベーターは、低い駆動音を立てて上昇を始める。

『B2』を示していた表示灯が『B1』に移り変わり、すぐに停止した。

ドアが開くと、我々と同じ黒いスーツ姿の男が三人立っていた。首から下の恰好《かっこう》こそは同じだが、それぞれがラテックス製の覆面を被っている。『虎』に『髑髏《どくろ》』、それから『ピエロ』の三人だ。

「カメラは？」私が尋ねると、ピエロが赤い鼻を揺らして答えた。

「切りました」

ピエロを先頭に、髑髏と虎の三人がエレベーターに乗り込む。ドアが閉じると再びエレベーターは上昇を始めた。私たち五人は広い籠《かご》の中に立って、数字の遷移する表示灯を黙然と見上げる。

「……馬鹿みたいだね。この恰好」虎が苦笑混じりに言った。

「あんたも遊び心に乏しいらしいな、タイガーマスク」カエルが表示灯を見つめたまま答えた。

「仕事に遊び心など必要ないと思うがね」

「そういう考えが間違ってるんだ。成功する奴は皆、心にイイ感じの緩みがあるもんだぜ」

「気に入らん。何がイイ感じだ」今度は反対側に立っている背の高い髑髏が太い声で不満を漏らす。

カエルは甲高い声で言い返す。

「心の余裕が仕事を円滑に進めるんだ。プロであればこそユーモアは不可欠だ。大体だな、お前は余裕がないんだよ髑髏野郎。そのマスクと同じでげっそりしてやがる」

「黙れ」

「もういい」と、ピエロが言った。「停まりますよ」

エレベーターがスローダウンして停止する。階数表示灯は『7F』を示していた。

ドアが開く。エレベーターホールは白色の光で満たされていて明るかった。外の悪天候とは大違いだ。隅に置かれた観葉植物が瑞々《みずみず》しく照らされている。

私たちはエレベーターを降りると、私を先頭に廊下を進んだ。フロアの見取り図はあらかじめ頭に入っている。いくつか角を折れると突き当たりにドアがあった。見るからに分厚いそのドアは電気錠になっており、横にはタッチ式のカードリーダーが備わっていた。

ピエロが腕時計を確認して言った。「……少し早いですね」

私たちは黙ってドアの前に立つ。天井にはドーム型の監視カメラが設置されている。録画は止めている筈《はず》だが、いい気はしない。

私たちはじりじりとドアが開くのを待った。

空調の音なのか、ビルの外で吹きすさぶ風の音なのか、低音のノイズが廊下にごんごんと響いている。

沈黙に耐えかねたカエルが話しだす。

「そうだ、心の余裕って言えばさ、俺の餓鬼の頃に――」

「少しは黙ってろ」と、髑髏が遮った。

その時、目前のドアが重い音を立ててスライドした。

開かれたドアの向こうには、白いブラウスにタイトスカートの女性が立っていた。翠々花《すずか》だ。人形の様な白い肌に、赤い口紅がやけに目立つ。翠々花は黒縁眼鏡の下で眠そうな瞼《まぶた》を細めると、覆面姿の我々を見回し、気怠《けだる》そうにロングヘアをかき上げた。

「馬鹿みたい」

その点については、彼女の言葉に同意だ。

「警報は？」と、私は尋ねた。

翠々花はぷっと吹き出した。「あなたが大統領？　そんな柄じゃないでしょう」

歯並びの良い彼女の笑顔に、私は一瞬目を奪われた。彼女は美しい。

私は改めて同じ事を尋ねる。「警報は止めましたか？」

「ええ、止めたわ」

「中の人数は？」

「四人」

「内訳は？」

「男が二人。女が一人」

「……あと一人は？」

翠々花は微笑み、唇をちろりと舐《な》めた。「可愛いおじいちゃん」

「男三人、女一人。一か所に集まっているんですね？」

「ええ」翠々花は頷いた。

「誰か抵抗しますか？」

「護衛みたいな奴はいないわ」

「石は？」

「今は金庫の中」

「開けられるのは？」

「その、おじいちゃんに頼めば開けてくれる」

「宝石商ですね。名前は？」

「青木《あおき》」

私が隣のピエロに目を向けると彼はこくりと頷いた。

私は上着の内ポケットから分厚い茶封筒を取り出し、黙って翠々花の胸元に押し付けた。

翠々花は封筒を受け取ると、白い指先でつまんで中を確認する。うっとりと封筒の中身を見つめる彼女に私は告げた。

「それを持って今すぐ姿を隠してください。知人に連絡もしないように」

翠々花は私を見上げ、赤い唇を歪《ゆが》ませて媚《こ》びるような笑みを浮かべた。

「……ねえ」

「何ですか？」

「これから殺すの？　人を」

「…………」

「殺すなら、あたしも殺すとこ、見たい」

翠々花は恍惚《こうこつ》とした潤んだ瞳《ひとみ》を向けた。

彼女の情緒は一風変わっている。私のような常人とは違ったところに美を見出《みいだ》すのだろう。それもまた彼女の美点のひとつかもしれない。

私の隣に立つピエロが冷たく言う。「失《う》せろ」

彼女は表情を消し不満気に首を傾げた。「……つまんないのね。道化師のくせに」

茶封筒をハンドバッグに捻《ね》じ込むと、翠々花は我々の間を縫って足早に歩き去る。

ちらりと私を振り返った。

「さようなら大統領……道中気をつけてね」

そう言い残し、彼女はヒールの音を響かせて廊下の先に消えた。私は靡《なび》かせた黒髪の余韻をぼんやりと見つめた。ああいう女性は稀《まれ》だろう。出会えた幸運に感謝すべきかもしれない。彼女を見送る私の背をピエロがつついた。

私たちは室内に入った。その先でもう一つ、小さなガラス窓のある扉に阻まれたが、翠々花の手筈《てはず》通りロックはされていない。我々はそのまま扉を抜け、その中に躍り込んだ。

我々を見て、小太りの中年女性が悲鳴を上げた。それぞれ小さなデスクに座った若い男が二人、驚いた表情を向けた。彼らのデスクには小粒のダイヤが並んでいる。

「全員、隅に並ぶんだ！」と、虎が叫んだ。その手には銃が握られている。

小太りの女性が、もう一度耳障りな金切声を上げた。

髑髏《どくろ》が女の胸ぐらを摑《つか》み、低い声で脅す。

「黙れ。手間を取らせると力ずくで黙らせる」

女は悲鳴を押し殺し、わなわなと震える唇を結んだ。

壁際には大型の耐火金庫が置かれている。さっきの翠々花の話によると石はこの中だろう。で、これを開ける年寄りはどこにいる？　その年寄りの姿が見えない。

「一人足りない」私が言うと、ピエロが頷《うなず》き鋭く指示を飛ばした。

「カエルは警備システムの確認。虎と髑髏はその三人を。トランプと私は残りの男を探す」

私とピエロは連れ立って室内の奥へ歩く。部屋の最奥は磨《す》りガラスのブースで仕切られていて、ソファセットが置かれている。その反対側には木製の大型デスクが置かれていた。そこに備えられた革張りの黒いチェアには誰も座っていない。

私は屈《かが》みこみ、デスクの下を覗《のぞ》いた。そこには禿《は》げ上がった小男が怯《おび》えた顔で這《は》いつくばっていた。

「いた」と片手を上げてピエロに告げる。小男は片手のスマートフォンを耳に押し付けていた。私は男からそれを奪い取り卓上に放った。

「青木だな？」私が訊《き》くと、その男は机の下でがくがくと頷いた。

こいつが宝石商らしい。出てこいと命じると、青木は膝《ひざ》を震えさせながら机の下から這い出てきた。引きずるようにして、部屋の中央に立たせる。

他の三人は壁際に並ばされている。傍では虎がそいつらの一人に銃口を向けていた。

ピエロが三人から携帯電話を取り上げ、デスクの上に放り投げる。

デスクの上には子供の握《にぎ》り拳《こぶし》程の大きさの、ガラス製のペーパーウェイトがあった。髑髏はそれを摑むと、それぞれのスマートフォンに勢いよく叩《たた》きつけた。次々と液晶が砕け、内部の基板が露出した。青木が怯えた目でその様子を見つめている。

私は青木の前に立った。その目を覗き込み、嚙《か》んで含めるようにゆっくりと話す。

「私たちが求めているのは小石ではない。その金庫に入っている上物が欲しい。中にあるのは知っている。金庫を開け、今すぐそれを我々に渡してもらいたい」

青木の後ろには、私の背丈ほど巨大な金庫が鎮座している。

「従えよ。大統領の命令だぜ」と、カエルが愉快そうに笑った。

青木は黙ったまま唇を震わせている。

髑髏が壁際に立つ若い男の一人の胸ぐらを摑む。「石を出せ」とそいつに低く囁《ささや》くと、手にしたペーパーウェイトをやにわに振り上げた。それを迷いなく男の顔面に叩きつける。鈍い破砕音と共に男が吹っ飛び、呻《うめ》き声を上げて床に倒れ込んだ。彼の口からぼたぼたと血液が流れ落ち、それと一緒に欠けた歯が一つ床を跳ねた。

中年女性が泣き声を漏らす。

カエルが「おいおい」と、呆《あき》れたような声を出した。

突然始まった暴力に、青木は顔面を蒼白《そうはく》にして凍りついている。

髑髏は倒れた男を強引に立たせると、耳元でもう一度同じことを囁いた。「石を出せ」

再びガラスの塊が唸《うな》りを上げ、若い男は床に叩きつけられるように転がった。青木はびくっと肩を震わせて目を閉じる。殴られた男は気絶したのか、ぴくりとも動かない。

「その金庫を開けてもらいたい」もう一度、私が穏やかに話しかけると、涙目の青木は激しく頷いた。

「よし」と、満足そうにピエロが言った。


六分後。

私たちは地下駐車場に停めた黒い逃走車に乗り込んでいた。

「後ろ、狭えな、この車」

身体を座席に押し込みながら、カエルが不満を漏らす。

私がマスクを脱ごうとすると、待て、とピエロの赤鼻がこちらを振り向いた。

「念のため、地下駐車場を出るまでは脱がないでください」

私は首肯した。

「ゴム臭えんだよな、これ」私の隣でぼやくカエルに、

「お前が持ってきたマスクだろうが」と、髑髏が非難する。

「見てくれ。仕事の成果だよ」

虎が手の中のダイヤモンドを宙に翳《かざ》した。それはさっきのペーパーウェイトと同じくらい、子供の拳ほどの大きさがあった。

「でけえなあ」と、カエルが感嘆の声を漏らす。

虎はつまんだダイヤモンドを揺らして満足気に言う。

「こりゃ七十五、……いや八十カラットはあるね」

運転席のピエロが感心したように訊く。

「持っただけで重さが分かるんですか？」

「ああ、勿論《もちろん》分かるさ。職業柄ね」と、虎が答えた。

八十カラット。ダイヤの複雑なカット面に、虎やピエロや髑髏の顔が、狂った万華鏡のようにくるくると反射しきらめいた。

カエルが楽しげな笑い声を上げる。「へへ、全て上手《うま》くいったな」

虎はダイヤを黒い袋に入れると、銀色のアタッシュケースに納めて蓋《ふた》をロックした。

急発進した車は、タイヤを擦《こす》りつける耳障りな騒音を響かせて、地下駐車場から土砂降りの路上に飛び出す。ワイパーが勢いよく仕事を始めた。それを機に、私たちは全員覆面を取った。

車は途中で停められることもなく走り続けることができた。強まる風雨がフロントガラスを滝の様な有様に変えている。カーラジオからは台風情報がひっきりなしに流れていた。

峠道に差し掛かる。山を越えて県境を抜けた後、この車を捨てて、あらかじめ準備していた別の車両に乗り換える手筈だ。通報されていたとしても、すぐに警察の手配は及ばない。もっとも、あの宝石商も脛《すね》に傷がある。まだ通報されていない可能性もあった。

この山道は私の提案した逃走経路だったが、降りしきる雨で路面は予想外の悪路になっていた。ただ、走行に支障が生じる程ではなく予定通りの行程だ。そのせいか、車内には弛緩《しかん》した空気が流れていた。寸刻も絶えることのない雨音に対抗するように、紺野がずっと口を動かしていた。もはや誰も相手にせず、ほとんどラジオ代わりに聞き流している。

「——昔、この辺りの冷え込みってのは、今とは比較にならねえくらい酷《ひど》いもんだったんだ。十月を過ぎれば雨も冷たい。冬の雪なんかより、むしろ秋口の雨の方が冷たいんだよ。こりゃマジだぜ。餓鬼の頃、目的も無く馬鹿みたいにチャリで遠出をした帰り道、こんな豪雨に見舞われたことがあった。ハンドルを握る手がかじかんで感覚が無くなったのを覚えているよ。遭難するかと思ったくらいだ。それが十月だったんだぜ？　今じゃ、この辺りの気候も暖かくなって、俺に言わせりゃ都内と大差無い印象だよ。地球温暖化がこのまま進めば、生きているうちに四季なんて言葉は死語になるんだぜ」

「……温暖化なんて嘘っぱちだろ」と、誰かが口を挟む。

紺野は一際高い声で応じた。

「呆れたね。お前がトランプの覆面を被《かぶ》りゃ良かったんだ。……いいか、俺は印象や体感の話をしているんじゃねえ。客観的な事実を話してる。観測によれば事実、世界中の気温は毎年急激に上昇しているんだ。人が体感できるほどのスピードで気候が変化しているなんて、地球誕生からこっち、無かったことだぞ」

誰も反応しないが、それを意に介することもなく紺野は演説を続けた。

「一つ事実を裏付ける例をあげるとだな。……諏訪湖《すわこ》って湖を知ってるよな？」

「……知っています」と、運転席で気の無い返事が応じた。紺野は頷《うなず》いて続けた。

「湖面は冬場になると凍りつく。そのまま厳しい寒さが続けば全面結氷して、氷の厚みは日ごとに増していくんだ。それが限度を超えるとだな。氷は割れて、その断面が湖面の上に盛り上がるんだ。それは湖岸から湖岸へとまるで氷の道みたいに線状に連なる。その長さは何キロも続き、高さは一メートルにもなる」

「日中との気温差かな」私が言うと、紺野は隣で唾《つば》を飛ばす。

「そういう事だ。昼間との寒暖差で氷が膨張と収縮を繰り返すことで起きるらしい。それは、まるで神様が湖を渡った跡みたいに見えることから『御神渡り《おみわたり》』と呼ばれている。……で、だな。この現象は五百年以上前から文献に記録されていて、それによると五百年間ほとんど毎年起きていたんだ」

「詳しいな」私が言うと、紺野は気を良くしたらしい。

「餓鬼の頃、郷土史クラブで知った」と、笑顔を見せた。

神様が渡る、か。人が何でも神に結び付けて答えを求めるのは、いつの時代も変わらない。

紺野は身振り手振りを加えて熱っぽく語る。

「しかし、御神渡りが見られるのは、今じゃいいとこ三年に一度だ。冬場も気温が下がらず氷が十分に厚くならないからだ。分かるか？　五百年続いていた自然現象が、ぴたりと止んだんだぞ。こんな恐ろしいことはないぜ。だから、地球温暖化ってのは事実で、それは急速に進んでいるんだ」

もしくは、神様が地上に降りるのを渋るようになったのかもしれない、と私は思った。フロントガラスに次々落ちる雨粒を、ワイパーが無残に塗り潰《つぶ》していく。反復するその光景を眺めながら、私はぼんやりと神について思いを巡らせていた。

人は誰しも神について考えるものだ。

単なる体積変化が原因の自然現象にしてもそう。自らが理不尽な苦難に遭遇した時もそう。人間は理解の及ばぬものに出会うと、誰しもが人知を超えた存在に答えと救いを求める。そのほとんどは信仰とは呼ばれえぬものだ。しかし神への愛へと育ちえる萌芽《ほうが》は、生まれ落ちた全ての人間に備わっている。私はそう考えていた。しかしそれは間違っていた。どんな苦難に遭っても、信仰が人の助けになり支えてくれるとも私は信じて疑わなかった。しかし、それさえも間違っていた。

私はある時から信仰を捨て生き方を変えた。誰かが定めた倫理ではなく、人間たるものの本能が告げるまま、欲望のままに生きることにしたのだ。他人に期待することも自分に期待することもやめた。考えることすらもやめた。そうしなければ、心に深く負った傷の痛みから逃れることができなかったのだ。期待通りに苦しみは感じなくなった。しかし、感じなくなったのは苦しみだけではなかった。痛みだけではなく、喜びも怒りも何も感じなくなった。自分が心の底から望むものが何なのか、生きる意味すらも見えなくなった。

私はぼんやりしたまま歩き続け、そしてここに繋《つな》がった。今、私はろくでもない人間たちに囲まれて、窮屈な棺桶《かんおけ》みたいな車の後部座席でこうして身を縮めて座っている。しかし、救いはある。この仕事で見出《みいだ》した救いの光は私の人生を照らす灯《あか》りになるかもしれない。この先を共に歩む事ができたなら、どんなに良いだろうか。

車窓には暗く木々が立ち並んでいた。急勾配《きゅうこうばい》のアスファルトには川のように雨水が流れ落ちている。タイヤが水たまりを蹴《け》散《ち》らす音を立てながら泥水の流れる山道を登っていた。

風は相変わらず唸《うな》りを上げているが、気が付くと雨脚はだいぶ弱まっていた。台風の中心部分に差し掛かっているのかもしれない。

「何の音だ？」前部座席から誰かの声がした。

私は窓の外を見た。狭い道路を覆うように樹枝が強風に大きく揺れている。聴こえるのは風の唸りだけだが……。そう思った途端、私の耳にもその音が聴こえた。地鳴りのような低い響きだ。大きなブルドーザーが疾駆する様を連想したが、行く手に対向車も無く、背後に後続車も見えない。

地鳴りは大きくなる。その響きは頭上から聴こえた。道路の左手は壁のような急斜面が上方に延びている。その山腹は所々地面が剝《む》き出しだが、崩壊土砂対策の予防ネットや防護柵《ぼうごさく》は無い。窓から斜面を見上げると、驚くべき光景が視界に入った。

頭上から黒い波が落ちてくる。崖《がけ》が崩れ出しているのだ。

誰かが叫んだ。

「スピード！」

直ちにアクセルが踏み込まれ、エンジンが唸りを上げた。

我々の車を飲み込むように、頭上から黒い土砂の大波が迫るのが見えた。大波の第一陣は既に路上に及んだらしく、ルーフに石か何かが次々と衝突する音がした。大きな岩がボンネットに跳ね、フロントガラスに衝突した。強い衝撃と共に、ガラスがめくれるように砕け、大きな穴が開いた。誰かが悲鳴を上げ、車体が激しく左右にぶれる。落下した土塊が次々と路上を弾み、水飛沫《みずしぶき》と爆発音のような響きを残して横切っていく。

坂を上り切った先に、右手側の木立が切れ、明るく景色が開けているのが見えた。そこまで上れば車の速度はさらに上がる筈《はず》だ。

車は加速を続けるが、それを阻むように左手から土砂が迫るのが見えた。

崩落した地盤が樹木を次々と薙《な》ぎ倒しながら落ちて来る。前方のアスファルトを黒い泥が塗り潰していくのが視界に入った。先着した泥土はタイヤを飲み込みつつあった。

その時、がらがらと凄《すさ》まじい音を立て、土砂が車体の左後部に激突した。再び激しい衝撃が走った。土砂に押し流された車の後輪が横に滑り、車体の尻《しり》が右に振られる。しかし、グリップは失われなかった。車は体勢を立て直し、そのまま加速を続ける。

私の目に開けた山並みが映った。後方を振り返ると、黒い土砂の大波が道路を埋めていくのが見えた。

逃げ切った——

そう思った瞬間だった。サイドガラスの向こう側、崖の上から一本の倒木が空中を飛ぶように落下してくるのが見えた。

咄嗟《とっさ》に座席に摑《つか》まる。リアウインドウのガラスが派手な音を立てて砕けた。それと同時に、車はふわりと浮かんだように跳ね、フロントガラスの向こうに見える道路がぐるりと回転した。

そのまま、私は意識を失った。

どれくらい経ったのだろうか。

目を開くと、半分以上が砕けてなくなったフロントガラスの向こうで地面が横倒しになっていた。いや、横倒しになっているのはこの車だ。転倒したらしい。車の左側を地面に向けて横転している。

右のサイドガラスを見上げると、白い靄《もや》みたいな雲が空を勢いよく流れていくのが見えた。体が重い。右隣に座っていた紫垣の上体が私の上にのしかかっていた。紫垣はシートベルトをしていたらしく、それに体を預けるような姿勢で紫垣の頭が垂れていた。

「おい」紫垣の頭を押しのけるが、ぐったりしていて返事がない。

両隣の二人だけではなく、前部座席の二人も気を失っているらしい。二人とも座席に体を縛り付けたまま脱力している。運転席と助手席双方で、作動済みの白いエアバッグが萎《しぼ》んでいた。

私はシートベルトをしていなかったが、幸いにして頭も打たなかったようだ。どこにも傷はない。

ちろちろと水の流れる音が聴こえた。雨水の流れだろう。そう思う一方で、何かのアクション映画でのワンシーンが目に浮かんだ。クラッシュした車から漏れたガソリンに引火する場面だ。

私は慌てて助手席のシートをよじ登るようにして前部座席に身を乗り出す。助手席に倒れたままの山吹の上に体重を乗せるが、彼は何の反応も示さない。私は破れたフロントガラスの大穴をくぐるようにして車外にまろび出た。

そこは景色が開けていた。連なる山々がパノラマに見える。天気が良ければさぞや絶景だろう。しかし今は黒々とした曇天の下、小動物の群体のような白い霧がねろねろと山腹を這《は》っていて、どこか不気味だった。

目の前にガードレールは無く、地面も無い。眼下を覗《のぞ》き込むと、道路がすっぱりと切れて急角度に遥《はる》か下方へと落ちている。踏み出す私の足元から、砕けたアスファルトがずるりと崩れ、スローモーションのように落ちていった。私は慌てて足を引いた。

横倒しになった車を見て、ぞっとした。それはまさに崖っぷちに停まっていた。もう少し地面を滑っていたら、谷底に真っ逆さまに落ちていただろう。後部に突き刺さっている倒木がもう少しだけ車体を押していたら、私は目覚めることなく死んでいたに違いない。

車の向こうでは今まで我々が走行していた道路が、崩落した土砂に完全に埋まっているのが見える。

車内を見ると、四人の姿が見えた。全員気を失っているようだが、大怪我をしているようには見えない。生きているかもしれない。

助け出さなくては。そう考えた途端、突風が吹いた。風の中に混じる雨粒が刺すように瞼《まぶた》を打った。

私は風に煽《あお》られてよろめいた。風速は依然として強いままだ。強風に車が飛ばされる気がして、それを支えるようにボンネットに手をやった。だが、さすがにこれくらいの風速で車が吹き飛びはしない。

私ははっと思い出した。

そうだ、石はどこだ？

あれが崖下《がけした》に失われてしまえば取り返しがつかない。助手席を覗くと、ダッシュボードの上にアタッシュケースが転がっているのが見えた。私は外から手を伸ばしてケースを摑んだ。引っ張り出そうとすると、ケースとワイヤーで繫がれた山吹の左手がついてきた。

「山吹」呼びかけるが、返事をしない。

再び突風が吹きつけた。轟々《ごうごう》という風を切る音色に混じり、幾枚かの千切れた葉が鼻先を掠《かす》めて背後に飛んでいく。地面に軋《きし》むような振動を感じた。車の奥に目をやると、崩れた土砂の上を、泥水の流れに押されるように、いくつかの瓦礫《がれき》が転がり落ちていくのが見えた。まだ崩れるかもしれない。

私は急いで泥水に膝《ひざ》をつくと、ダッシュボードに顔を突っ込む。ケースの持ち手部分の隣には四桁《けた》のダイヤルロックがあった。山吹の手首と繋《つな》がっているワイヤーが邪魔で、ケースの向きを変えられず、ダイヤル部分が見づらいが、なんとか数字の並びは視認できた。解除番号なら知っている。私はダイヤルに乗せた指を急いで滑らす。四桁のダイヤルを回転させ、正しい番号に合わせると、がちりと音を立ててロックが外れた。

ケースの蓋《ふた》を開くと、保護材に埋まるようにして黒い小袋があった。私はケースからそれを取り出す。八十カラットのダイヤモンド。危ない橋を渡って得た成果だ。兎《と》にも角にも、石は無事に確保できたのだ。私は安堵《あんど》の溜息《ためいき》をつき、それを上着のポケットに入れた。

さて、この後はどうするか。どこかで足を手に入れて山を下りなければならない。乗ってきた車はこの通り完全に駄目になった。車内の四人はまだ目覚めないが、急いで彼らと善後策を協議しなければならない——

そこまで考えて思考が止まった。

空を見上げ、辺りを見回した。付近に人家は無い。飛ぶ鳥も見えなければ、獣の息づかいも無い。ただひゅうひゅうと風が鳴っていた。この山中で息をしているのは私だけに思えた。

立ち上がり、車に背を向ける。深呼吸して上着のポケットに手を突っ込むと、ごつごつとした感触が指先に触れた。今しまったばかりのそれを取り出す。小袋から手の平にごろりと転がした。

白く輝く石をつまみ上げ、ゆっくりと空に翳《かざ》す。私の濡《ぬ》れた手から移った水気が宝石の表面に薄い水の膜を作った。厚い雲間を透過して滲《にじ》む僅《わず》かな日光が、ダイヤモンドを濡らす水分に屈折して複雑な彩りを見せる。

人生を操る神がいるとすれば、気まぐれで冗談が好きらしい。

ついさっき、ほんの五分前、私は死を覚悟させられた。滑る土砂に呑《の》まれて車体が大きく傾き、天地が逆さまに転がった。頭によぎったのは、土砂に生き埋めになるのはどれくらい苦しむだろうかということだ。これが最後の思考だと思った。

それが今はどうだ。

私の鼻先にまで訪れた死が、触れる寸前に消失した。その代わりに手中に転がり込んだのは、巨大な宝石だ。

八十カラットのダイヤモンドがもたらす富は、五人で分配してもかなりの取り分になる。これを独り占めにするのなら得られるものは五倍。このまま立ち去ってしまえばその全てが私のもの。これほどの石を扱ってくれる故買屋のあてはないが、それは追々考えれば良いことだろう。

私は欲望に忠実に生きると決めている。欲望のままに生きる者は、後悔の念に襲われることもなく、苦痛に苛《さいな》まれることもない。車に残った四人だって私の立場になれば同じことをする筈《はず》だ。それが神を愛する事を知らぬ、本能のままに生きる人間の生き方なのだ。

そう、これさえあれば――

そこまで考えて思考が停まった。私は改めて手中の石を見つめる。これさえあれば？　使い切れないほどの大金を持ってどうするというのか。この石は本当に私の欲するものなのか？　これが私の望みなのか？

私は強く首を振り、疑念を追い払う。生真面目だと嘲《あざけ》るカエルの口ぶりが蘇《よみがえ》った。今更何を思うのか。これでいいんだ。私は自分に言い聞かせて石を握りしめた。

さて、ここはどこだ？

四方を見渡すが、視界に開けた景色は山並みばかりで人家はない。おそらく峠の頂上に近い場所まで登ってきた筈だ。ここから徒歩で街まで向かうのは相当時間がかかりそうだ。もう一時間もしないうちに暗くなるだろうし、風雨も増すだろう。その前に下山できるだろうか？

私は背広の内ポケットからスマートフォンを取り出した。ＧＰＳが動作していれば正確な位置が分かる。液晶画面をタップすると、画面上部に通信不可であることを示すアイコンが表示された。電波が繋がらないらしい。

山奥とはいえ、まともに舗装された道沿いだ。基地局に繋がらないような秘境ではあるまい。位置が悪いのか？

私は液晶画面を睨《にら》みながら、ゆっくりと歩いた。しかし場所を変えてもアイコンに変化は見られない。

土砂崩れの影響かもしれない。私は諦《あきら》めてスマートフォンを内ポケットに戻す。峠を越えるより、元来た道を戻った方が早いか？　とにかく下山すれば足は見つかるだろう。

私は手の中のダイヤをつまむと、再び空に翳した。複雑なカット面の向こうに、屈折した山並みが幾つにも分かれて輝いていた。

これが私のものなのだ。私は幸福なのだ。そう自分に言い聞かせた。

その時、石の表面に黒い何かが映じた。それは小さな人影に見えた。影はすっとよぎって消える。私は背後を振り返る。しかし、そこに誰もいない。

足元でぴしゃりと泥水が跳ねた。目をやると地面に黄色い毬《まり》が弾んでいる。

それは私の目前、泥の中にごろりと止まった。毬に見えたそれは、柑橘《かんきつ》の丸い実だった。たった今、木から落ちてきたかのようだった。反射的に頭上を見上げるが、オレンジの木など立ってはいない。灰褐色の雲がうねっているだけだった。

周囲を見回しながらダイヤをポケットにねじ込む。

「誰だ」と、口にした。

止まない風の音がするばかりで応《こた》える者は誰もいない。周囲に動く影は何も無かった。私は泥を踏んで歩み寄り、落ちているその果実を拾った。どうやらオレンジではない。果物屋で見かけるようなポピュラーな種とは違って見えた。その果皮は黒い泥水を弾《はじ》き返し、艶《つや》やかで静かな光を放っていた。

ふと、人の気配がした。

「誰だ！」私は周囲に視線を走らせた。

横転した逃走車。背後の木立の中。崩れた土砂の上。どこにも人の姿は見えない。自然と私の手は上着のポケットに伸びていた。布地の上から確かめると、指先に八十カラットの確かな感触があった。誰かがこれを狙っているのかもしれないと思った。早くここを立ち去ろう。私は踵《きびす》を返した。歩き始めたその時だった。

いきなり脳天に衝撃が走った。瞬間的に意識が白く飛ぶ。

気が付くと、自分の頬が泥に埋まっていた。私はうつ伏せに倒れていたのだ。背後から殴られたらしい。目の前には例の柑橘の実が、私の顔を覗《のぞ》き見るように転がっていた。

頭上から荒い息づかいがする。

逃げなくては――

しかし、立ち上がろうにも自分の身体が一向に言う事をきかない。目が回り、指先が震える。下肢に力が入らなかった。私はじりじりと泥を這《は》うしかない。動くたびに後頭部に強い痛みが走る。私の這いつくばった背中に、何者かの強い殺意が向けられるのを感じた。

ついさっき鼻先を掠めて消えた筈の死が、舞い戻ってきたのだ。

運命というのは本当に悪戯《いたずら》が好きらしい。

僅かな時間に考えた事。それはたった今私を殴った人間の事ではなく、石の事でもなかった。意外にも私の思考を埋めたのは、神だった。唾棄《だき》して遠ざけた筈の信仰だった。死を考える事と信仰を思う事は私にとって同一線上にあったのだ。

今から私は殺されるだろう。だが私の心を満たしているのは恐怖でも悔しさでもなく、悲しみや怒りでもなかった。不思議なことにそれは暖かな安らぎだった。

私は生き方を変え、苛む苦しみから逃れられたと思っていたが、それは錯覚に過ぎなかった。苦しみの種別が異なるだけで、私は何も癒《いや》されてはいなかった。ずっともがき苦しんできたのだ。

命を奪われようとする瞬間になって初めて自らを縛る枷《かせ》に気が付いた。いや違う。

前から気付いていた。それなのに自分自身で目を背けていたのだ。死は終焉《しゅうえん》ではない。過程に過ぎないことを信仰は教えてくれていた。死の扉を抜ければ私はひとつ苦しみから解放されるだろう。私は不思議な解放感に満たされていた。

ぐじゅり、と泥を踏む音がして、頭上の息づかいが近くなった。誰かが私にとどめの一撃を加えようとしている。私は僅かに首をねじり、横目でその者を見上げた。黒く影が落ちた顔に白い目玉がぎょろりと光を放つ。

緋村だ。彼は血走った目を見開き、手にした岩を振り上げた。

この者に神の赦《ゆる》しがあらんことを。

それが私の最後の思考だった。

緋村の章

視界を覆う濃霧が風に散じていくように、次第に意識が覚醒《かくせい》していく。

薄く瞼《まぶた》をこじ開けると、目の前に白く萎《しな》びたエアバッグとハンドルが見えた。ここは乗用車の中らしい。運転席は真横に傾いていて、フロントガラスは砕けて剝《は》がれ大きな穴を開けている。

濡《ぬ》れた地面の向こうに見えるのは黒い山々ばかりだ。風が強いらしく、山肌を埋める木々がそれぞれ意思を持った繊毛のようにうねうねと揺れていた。

隣を見ると、助手席の男がだらりと力なく頭を垂れている。死んでいるのだろうか。そいつの左手はダッシュボードの上に伸びていた。その手首に結ばれたチェーンの先に、繫《つな》がれたアタッシュケースがあった。ケースの蓋《ふた》は開いていて中身は空だ。その様子に、心がざわりと逆巻いた。後部座席を振り返ると、男が二人、折り重なるようにして倒れている。彼らにも意識が無いようだ。

一体、私はどれくらいの時間を眠っていたのだろう。一瞬だけのような気がするし、百年眠っていたようにも思える。たった今産まれたばかりのようにさえも思えた。

私はここで何をしていたんだ？

身体を起こそうとすると、頭がずきりと痛んだ。耳の奥では高音のノイズがわんわんと耳障りに響いている。視界は水の底から水面を見上げるように、ふわふわと歪《ゆが》んでいた。何かを思い出そうとするが上手《うま》くいかない。歪んだ建物の扉が開かないように、記憶の扉は僅《わず》かに動くばかりで開くことができなかった。

私はシートベルトを外すと、穴の開いたフロントガラスから車外の泥の上に這い出した。目が回り足元が覚束《おぼつか》ない。

顔を上げると、少し離れた泥の上に人間が立っているのが見えた。その男はこちらに背中を向けている。考え事に夢中で私には気付いていないようだ。

声をかけようとして、吞《の》み込んだ。

男は片手に持った何かを空中に翳《かざ》している。それは透明に輝く石だった。それを眺めながら男はじっと立っている。

何をしているんだ？

そいつはスマートフォンを取り出すと画面に目を落としながら歩き出した。

突然、怒りがふつふつと湧き上がるのを感じた。それは私自身にも理由の分からない怒りだった。

そいつの後を追おうと、一歩踏み出したところで足がもつれた。その拍子に何かをつま先で蹴《け》とばす。黄色い実が泥に跳ねて転がった。

——まずい。

私は反射的に車の後ろに身を隠した。男が振り返る気配がした。

「誰だ」

緊張した声がした。私は車の陰からそっと覗き見た。男は私が蹴とばした実を拾い、それを不思議そうに眺めている。やがて顔を上げ、きょろきょろと周囲を見る。視線がこちらに向けられる寸前に身を引いた。

「誰だ！」もう一度、男が叫ぶ。

足元にソフトボールくらいの大きさの岩が落ちている。音をたてぬよう静かに腰を下ろし、それを拾った。もう一度様子を窺《うかが》うと、そいつは背を向けて歩き始めたところだった。

私は車の陰から飛び出し、一直線に駆けた。みるみるうちに男の背が大きくなる。私は片手に摑《つか》んだ岩を、思い切り奴の後頭部に打ち付けた。

骨を砕く感触が右手に伝わった。

男は数歩体を泳がせると、その場にうつ伏せに倒れた。泥水がびしゃりと跳ねる。黄色い果実がその手からこぼれ、泥の中にころころと転がった。

そいつは震えながら身を起こし、ずるずると泥を這う。私はその傍に腰を落とした。

男は這うのをやめ、這いつくばった姿勢のまま苦しそうに首だけひねる。男の横目が私を見上げた。その目に懇願するような、憐《あわ》れむような色が走った。何か話したいのか、痙攣《けいれん》する唇がぎこちなく開く。

私は右手に持った岩を振り上げ、奴の脳天に力いっぱい叩《たた》きつけた。がちゃりと頭《ず》蓋骨《がいこつ》が割れた音がした。

荒い息をつきながら、そのまましばらく背中を見つめていたが、それっきり男が動くことはなかった。髪の毛の間から黒く血液が湧いてくるのが見えた。

その身体を仰向《あおむ》けにひっくり返す。やたら重い。男はごろりと地面に転がり、力なく泥に汚れた顔を向けた。上着を探るとポケットの中に石があった。私は立ち上がり、取り戻した石と男の顔を交互に見る。

男は目を見開いたままだ。死んでいる。

頭が痛む。金属を打ち鳴らした残響のような不快音が、ずっと脳内で鳴り続けている。なぜ、私はこの男を殺したのだろう。ここまでする必要は無かったかもしれないと考えた。しかし、もう遅い。やってしまったことは仕方がない。私たちを裏切ろうとした、こいつが悪いのだ。そう、この男は石を持ち去ろうとしていた。だから怒りが湧いたのだ。だから殺した。

手の上に載せた宝石をじっと見つめた。それはぎらぎらと白く輝いていた。

後ろから声がした。

「何やっているんだ？」

振り返ると、人間がひとり立っていた。その男はじっと私を見つめている。

この若い男は誰なのだろう。私はのろのろと考えた。若者は緊張した面持ちで再び口を開く。

「あんた、一体、何をしている？」

そう私に問いかける男の目をじっと覗《のぞ》き込む。男は吸い込まれるように、私の目を見つめ、その視線を外さない。ひゅうひゅうと水気を帯びた不快な風が頬を撫《な》でる。若者の目の底に暗く醜いものが映るのが見えた。冷酷で自己本位、他人を踏みにじる事を厭《いと》わない邪悪な本性。温和で知的に見えても、それは外装だけ。本質でない。彼は真の姿を取り繕い誤魔化して生きているのだ。私にはそれが分かった。

私はゆっくりと男に話しかけた。

「あなたは……、そう、灰原さんですね」

この若者の名前だ。灰原は私に名を呼ばれたことに驚きもせず、無感情に二つの目を見開いている。

ひっくり返った車の中の男たちも、たった今私が殺した白石も、そしてこの灰原もまた強盗の一味だ。この五人はダイヤモンドを強奪し、ここまで逃げてきたのだ。私の意識が明瞭《めいりょう》に覚醒していくのを感じた。自分自身が何者であるのかを思い出す。

茫然《ぼうぜん》と固まっている灰原に、私は再び話しかける。

「灰原さん……私たちは仲間でしょう?」

「僕たちは……、仲間だ」と、灰原は夢うつつに繰り返した。

「そう、我々は仲間です」

言い聞かせながら、じっと灰原を見る。何かが見えそうだ。私は黙って彼の心の奥底に目を凝らした。彼の瞳《ひとみ》の中に何かがゆらりと揺らめき映った。それは醜悪な黒い影だった。それは欲望の影だ。

私はその影に問いかけた。

「欲しいでしょう……?」

灰原は黙っている。私は言葉を重ねた。

「……カネを私たちのものにするんです。他のやつらを殺せばいい」

そう言って微笑むと、灰原は私の言葉を繰り返した。

「殺せば……、いい」

私は頷《うなず》いた。「簡単なことです。他のやつらを全員殺せばいい……我々ならそれができます」

湿った風が耳元で喧《やかま》しく唸《うな》る。灰原は玩具《がんぐ》を見つけた子供のように顔をほころばせた。

「そりゃ、……面白いね」

私も笑みを返した。

「石は私が持っています。車を谷底に落とせば強盗は全員事故死したと思われるでしょう。そうすれば、もう誰も追ってこない」

「ですね」と灰原は笑顔で頷いた。

「手を貸してください」

私は灰原を手招きし、彼と一緒に横転した車に肩を押し付ける。

「一、二の三で押すんです」

こくりと灰原が頷いた。

私の合図でタイミングを合わせて車を押す。横倒しになった車体はぎしぎしと音を立てる。崖《がけ》に向けて大きく傾いだが倒れない。何度か試すが結果は同じだった。車は大きく揺れるばかりで、向こう側に押し倒す事ができない。どうやら車体が泥に沈んでいるらしい。

いきなり、後部座席のドアが空に向けて開いた。開いたドアから誰かの手がにゅっと突き出す。紫垣だ。紫垣は車から這《は》い出ようとしていた。

私は舌打ちした。目を覚ましてしまったのなら仕方がない。車を谷底に落とすのは諦《あきら》めよう。灰原に小声で言った。

「ひとまず今は諦めましょう。紫垣に手を貸してあげてください」

灰原は頷いて車から体を退くと、後部座席からよじ登って出ようとしている紫垣に手を差し伸べた。紫垣は、不思議そうに灰原を見つめた。

この分なら、山吹と紺野も生きているだろう。しかし、石を彼らと山分けする気持ちはすっかり失《う》せていた。どうにかして、こいつらを出し抜くしかない。

私はフロントに回って、ぎくりとした。白石によって開けられたアタッシュケースはそのままになっている。中身が空っぽのケースがダッシュボードの上に晒《さら》されていた。山吹はまだ目が覚めていない。

慌てて跪《ひざまず》き、ケースの蓋《ふた》を閉じようとして手を止めた。

山吹は町工場を経営する熟練の作業工だった。一時はロケットの部品やら繊細な加工を要する部品を手作業で作っていたらしい。重量の変化には敏感だ。ケースの中身が消えた事に気が付くかもしれない。

石の代わりになるものは無いか、周囲に目を向けた。

すぐ後ろにさっきの黄色い果実が落ちている。どこから来たものか分からないが、この柑橘《かんきつ》とあの石と重さは似たようなものだろう。私はそれを拾って素早くアタッシュケースに入れた。ケースの蓋を閉めてダイヤルロックを適当に回し、その場を離れる。山吹が目覚めた様子はない。

待てよ。

自分の上着のポケットに触れる。そこには硬い石の感触があった。

もしケースの中に石が無いことがバレたらどうする？　きっと私が疑われるだろう。体を調べられれば、私が盗んだことはすぐに露見してしまう。今のうちに石をどこかに隠しておかねばならない。でも、どこに？　私は石を取り出し辺りを見回す。

横倒しになった車では、灰原の手を借りた紫垣が車内からよじ登って来るところだった。

私は背を向け、介抱するふりをして白石の死体の前にしゃがみこんだ。白石は人生最後の呼気を吐いたそのままに大口を開けて絶命していた。

私は手の中の石を握りしめた。

どこに隠す？　地面に埋めるか？　いやそんな時間は無い。

「緋村」背後から呼びかける声がした。「……そいつ、どうした？」

横目に後ろを見ると、車から出てきた紫垣がこちらに顔を向けているのが見えた。その後ろでは、紺野もまた車の後部座席から這い出ようとしている。灰原が紺野に手を貸しながら、ちらりと私に視線を送る。

「白石か？」もう一度、紫垣が尋ねる。

「…………」私は背中を向けたまま答えない。石を握った手に汗が滲《にじ》む。

「そいつ生きているのか？」

肩越しに白石の死体を覗き見る紫垣の気配がした。

紫垣はぐじゅりと泥を踏んで一歩一歩こちらに近寄って来る。

「おい」焦《じ》れた紫垣が再び尋ねる。

奪った石を見られるわけにはいかない。額に汗が伝う。

どうする――？

紫垣の足音が背後に迫る。

ふっと手元が陰った。紫垣が私の傍らに立ち、死体を見下ろす。

私はお手上げだと言うように、両手を開いて紫垣を見上げた。

「……手遅れです」

紫垣は顔をしかめ、白石の死に顔に目を落とす。

「死んでるのか？」

「ええ」

「…………」

啞然《あぜん》とした様子で紫垣は口を噤《つぐ》む。

「死んだ？　白石、死んじまったのかよ？」と、車から出てきた紺野が甲高い声を上げた。足早に近寄って来ると仰向《あおむ》けに寝た白石の死体を見下ろす。

「車の下敷きになっていました。灰原さんと一緒に引っ張り出しましたが、既に……」

私の言葉に、紫垣も紺野も死体を見つめたまま絶句した。灰原は少し離れたところでぼうっと突っ立っていた。私が目をやると、灰原は何か言いたげに私を見返した。私は小さく頷いて見せた。

手にしていた石を咄嗟《とっさ》に隠したが、紺野も紫垣もそれに気付く様子はない。ひとまず何とかやり過ごせた。

「ツイてねえ」しかめ面を死体に向けたまま紫垣がこぼした。

「こりゃあ歩いて戻るしかねえかなあ」と、紺野が壊れた車を振り向いて溜息《ためいき》をつく。

「戻るだと？」

目を剝《む》いた紫垣に紺野が答える。

「これからまだ雨が降るだろ。ずぶ濡《ぬ》れになりながら夜通し歩いて峠越えなんてごめんだぜ。下手したら死んじまう。夜になってからの雨は冷たいんだ。車ン中で言っただろう」

紫垣はうんざりした顔で「知らん」と返事をすると、道端の岩の上に腰を下ろす。

白石の死体からは早くも血の気が失せ、結ばれた唇は紫色に変色を始めていた。

「とにかく周辺を確認しましょう」と、私は道の先を見る。「人家があるかもしれない。この先を見てきます。……皆さんは山吹さんの様子を見てあげてください。彼も生きているでしょう」

私はそう言い残して上り坂を歩き出す。

「待てよ、俺も行く」紺野が後を追ってきた。

一人で落ち着いて考えたかったが断る理由も無い。私は頷《うなず》いた。

紺野は後ろを振り返って呼びかける。「灰原！」

「なんですか？」

「山吹も車から出してやってくれよ。歳だから動けないかもしれねえけどな」

「わかりました」紺野の言葉に灰原は手を上げて答えた。

腰を下ろした紫垣は不機嫌そうな面持ちで煙草に火をつけている。紫垣が石の隠し場所に気付くとは思えないが、灰原を残しておけば大丈夫だろう。余計な事をさせないように監視してくれる筈《はず》だ。私の考えが伝わったのか灰原はにやりと笑って私を見る。

私は踵《きびす》を返して坂道を上っていった。アスファルトを流れる雨水が泥に汚れた靴を洗う。流れに逆らって水を蹴《け》散《ち》らし、交互に足を踏み出した。これからどうするか考えなければならない。

あの男たちは私を完全に仲間だと思っている。その隙を見て、残りの全員も殺すのだ。そうすればあの石が私のものになる。しかし——

水飛沫《みずしぶき》を上げる自分の足元を眺めながら私は思った。

これほどに卑劣な行いが果たして許されるものだろうか。

私は顔を上げた。

勿論《もちろん》許される。

私に人間のような倫理は当てはまらない。欲求の赴くままに生きて咎《とが》められることはない。

私は、人ではない。

長い間眠っていたが、あの若者、灰原の醜い悪意の沈む眼差《まなざ》しを契機に、私は自分を取り戻したのだ。

石は私のものだ。

山吹の章

――それから六時間三十五分後――


「あんたらが人かやまのめか知らないが、石はくれてやる。……俺は降りる」

紺野は私たちを見てそう言った。

やはり解せない。紺野はプロを気取ってはいるが盗みの経験には乏しい。それなのに慣れない仕事に加わってまでカネを必要としていた。その彼が大金を諦《あきら》めて逃げる気になるだろうか？　こうもあっさり石は諦めると言うのには、きっと理由がある。

私の疑念をどう捉《とら》えたのか、紺野は急に動転して包丁を持ち出した。それが銃でないだけまだマシだが。

紺野は握った包丁で私と緋村を牽制《けんせい》しつつ、並べられた死体にちらちらと視線を飛ばして後退《あとずさ》りする。白石の死体の傍まで下がると、紺野は爪先で死体に掛けられた毛布をめくった。ぺろりと剝かれた毛布の下に白石の足が見えた。

それを見た紺野の表情が驚きの色に変わる。

紺野は明らかに焦った様子で、死体の毛布をばさりと蹴《け》り上げた。白石の死体の腰から下が露《あら》わになる。黒いズボンはまだ雨水に濡れていた。

紺野は何かを探しているようだ。血走った目をこちらに向けた。

「どこへやった？」

何を尋ねているのか分からない。緋村に目を向けたが、彼も困惑した顔を見せた。

「……何を？」反問する私の言葉が終わらぬうちに、

「俺のリュックだ」と、紺野は強く言った。

隣で緋村が「リュック？」と、戸惑った声を漏らす。

激高した紺野が叫ぶ。「嘘をつくな！　お前らの他に、ここに誰がいるってんだよ！」

リュックとは何のことだ。それを毛布の下に探していたのか？

めくれた毛布から露わになった白石の死体を見る。白石の下半身だけが毛布の下から覗《のぞ》いていた。この屋敷に運び込まれて時間が経つが、水を吸ったズボンはまだびっしょりと濡れている。両足に履いたゴム製の長靴には水滴さえ付いていた。

――長靴だと？

私は気が付いた。紺野の足元に転がっている死体。それは白石ではない。白石が履いていたのは黒い革靴だった。死んでから長靴に履き替えるわけもない。そういえば白石の背丈より幾分大きいようにも思える。その死体は誰だ？

緋村が静かに言った。

「……ここにやまのめがいる。そう言ったのはあなただ」

その時だった。

仰臥《ぎょうが》する何者かの死体の膝《ひざ》がゆっくりと折れた。そいつは音も無く身体を起こし、ゆらりと立ち上がる。体に掛けられた毛布が頭部に支えられ、するすると上に伸びる。まるでコート掛けが自ら立ち上がるみたいだった。

頭から毛布を被《かぶ》った死体。いや、人間が、紺野の背後に揺らめくように立った。

私と緋村はただ呆気《あっけ》にとられていた。毛布を被ったそいつの立ち姿は、蠟燭《ろうそく》のほの暗い灯《あか》りに照らされ、まるで異形の怪物に思えた。

私たちの異変を察知した紺野が振り返り、固まった。

次の瞬間、銃声が響いた。この夜、何度も聴いた音だった。

紺野の手に握られていた柳刃包丁が、がらりと床に落ちる。紺野もまた、何が起こったのか分からないようだ。撃たれた胸に手をやった紺野は、体を丸めるようにして前のめりに崩れ落ちた。

毛布から白い煙が立ち上り、焦げた臭いがした。毛布の裂け目から目がぎょろりと覗いた。一瞬、紫垣かと考えた。しかし奴は穴の底で死んでいるのを見たばかりだ。それならこいつは……？

被っていた毛布が、ばさりと足元に落ちる。そこには頬のこけた痩《や》せ男が銃を構えて立っていた。見覚えのある青白い顔。散々私を殴りつけた男だ。そこで死んでいる一郎の弟、金崎二郎だった。

二郎は昆虫みたいな無感情な目を私たちに向ける。

「そっちに並べ」と、銃口を振った。

二郎の手にあるのは紫垣の銃だ。廃車の遺棄された穴の周囲、踏み荒らされた地面を思い出す。おそらくあの場で紫垣は二郎に突き落とされ、銃を奪われたのだろう。

二郎はいつから白石の死体と入れ替わっていたのか。さっき私と紺野がこのホールに来た時には異変は無かった。あの後、私たちが外で紫垣の死体を発見している間に屋敷に入り、待ち伏せていたに違いない。でも、どこからこのホールに入ったのか。裏口から続く廊下にもホールのエントランスにも誰かが入り込んだ形跡は無かった。

胸を撃たれた紺野は、倒れたまま動かない。

「紺野くん」呼びかけるが何の反応も無かった。彼も死んだ。

二郎が血色の無い黒い唇を歪《ゆが》めて、もう一度言った。

「そっちに並べと言っているんだ。汚らしい泥棒どもめ」

何を言うのか。泥棒はお前たちだろうが。

銃を向けられている以上、従うほかはない。私と緋村は壁際に移動した。

「母さん」と、二郎が階上に声をかけた。

ホールから続く階段の上、二階の手すりからひょっこりと老婆の顔が覗く。金崎夫人だった。

夫人はひょこひょこと半端な足取りで階段を下って来る。この時間から出かけるわけでもあるまいに、背中にはピンク色のリュックサックを背負っていた。豪雨の中、逃げた屋敷の外でどこに潜んでいたのだろうか。彼女の白い前髪は湿っていて、べたりと額に張り付いているが機嫌良さそうに顔をほころばせている。

「……リュック、置いてくればいいのに」と、二郎が苦笑する。

金崎夫人は床に落ちている包丁を拾うと、ブルーシートの上に転がっている死体の山に目をやった。昼寝中の孫たちでも見つめるような優しげな眼差しだった。

「み、みんな、し、死んでいるのねえ」

死体の中に自分の息子が交じっている事に気が付いている筈《はず》だ。それなのに、この女は別段ショックを見せない。死体になったらもう人ではないと、割り切っているのかもしれない。親子そろって昆虫みたいな連中だ。

母親の言葉に二郎が頷《うなず》いて言う。

「泥棒は報いを受けるんだ。さ、母さん。体を温めて」

夫人はにこやかに頷くと、薪《まき》ストーブの前の椅子にちょこんと腰かけた。

二郎は蔑《さげす》むように私たちを見る。

「脱げ」と、命じた。

黙ったまま動かずにいると、二郎は一歩近づき、銃口を私の顔に向けた。

何発撃ったか覚えちゃいないが、弾はまだ二発か三発は残っている筈だ。こんなことになるのなら、車に乗った時点で弾を抜いておけば良かった。

私と緋村は黒い上着を脱ぎ捨て、シャツを脱いだ。

「下着も脱げ。靴も靴下もだ」と、二郎が言う。

私たちはTシャツを脱いでその場に放った。靴を脱ぎ靴下も脱ぎ捨てた。私と緋村は上半身裸でズボンひとつの姿のまま暗がりに立ちつくした。裸足《はだし》の足の裏が冷たい。

金崎夫人が眩《まぶ》しそうに私たちを見る。その膝の上には包丁が置かれていた。

「下も脱ぐのか？」私が訊《き》くと、二郎はにたりと笑みを浮かべた。

「……銃というのは殺しやすい。気に入った」

「そうそう当たらないぞ」

私の言葉に二郎はぎらりと目を向けた。拳銃《けんじゅう》は近距離でも標的に命中させるのは意外と難しい。初めて扱うのなら猶更《なおさら》だ。こいつの隙を見て飛びつけば何とかなる。

二郎は私の考えを察しているのか、私たちから視線を逸《そ》らすことなく銃口を向けていた。憎々しげに睨《にら》む。

「……兄貴を殺したな」と、二郎は言った。

「お前は紫垣を殺したろう」私は答えた。

二郎は怪訝《けげん》な目を向けて問い返す。

「紫垣？」

「お前が殺して銃を奪った」

「ああ……、あの背の高い男か」と、二郎が口を歪めて嗤《わら》った。「あいつなら、穴で死んでいた」

「お前が殺したんだろうが」

二郎はそれに答えず、手にした拳銃を一瞥《いちべつ》して反問した。

「貴様ら、どうして銃なんて持っているんだ？」

黙っていると、二郎は思わせぶりに首をひねって口を開く。

「……貴様らは汚らしい強盗だろう。ニュースでやっていた」

私たちの素性に感づいていたのか。額に汗が伝った。

二郎は拳銃を構えたまま、ふんと鼻を鳴らす。「……でかい宝石がどうとか、そういう事か」と、二郎は小さく呟《つぶや》いた。

私は耳を疑った。ダイヤの事までどうして知っている？　既にそこまで報道されているのだろうか。

二郎は銃を握り直し、緋村の眉間《みけん》に向けた。

「……宝石はどこだ？」

二郎の詰問に、緋村は落ち着いて答えた。「何のことだ」

飛び出しそうに見開かれた二郎の目玉が、蠟燭の炎を受けてぎらぎらと光った。

「兄貴はもう死んだ！　今は私がこの家のあるじだ。私に嘘は許さんぞ汚らしい泥棒どもめ！　でかいダイヤを貴様らは持っている筈だ。そう聞いている」

緋村は諦《あきら》めたように首を振った。

「石は持ってない」

「出鱈目《でたらめ》を言うな。兄貴は人をいたぶり支配する事しか関心の無い男だったが、私はそうではない。カネはあるほどいい。……そのケースの中身をどうした？」

二郎が銃口で指し示したテーブルの上には空っぽのアタッシュケースがそのままになっていた。

緋村が答える。「嘘じゃない。ケースの中身を誰かに奪われたんだ」

「出鱈目だ」

「本当だ。それが代わりに入ってた」と、緋村がテーブルの上のザバラを指さす。

「ああ？」二郎は銃を構えたまま、片方の眉《まゆ》を上げた。「何だそれは？」

「ケースの中身が、そいつとすり替えられていたんだ」緋村が重ねて言う。

二郎は緋村の顔とザバラを交互に見比べると、やがて呟いた。

「それは御神木の実だ」

緋村と顔を見合わせた。

「……御神木？」私が聞き返す。

「ザバラだ」と、二郎が答えた。「注連縄《しめなわ》が結んであるわけじゃないがな。昔からそう呼んでいる。おんめんさまの隣に一本だけ立っていたが、昼間の土砂崩れで一緒に流された」

「おんめんさまとは、やまのめの事か？」

私が問いただすと二郎は驚いたように目を丸くした。「……よく知っているな。そうも呼ぶらしい。あのザバラは昔おんめんさまの為に植えられたものだとよく兄貴が言っていた。兄貴はどういうわけか、昔からあの道祖神に取り憑《つ》かれていた」

どうやら紺野の話していた通りらしい。

二郎がおんめんさまと呼ぶあの道祖神と共に、ザバラの木は立っていた。我々の車に激突したのが、その御神木とやらに違いない。折からの豪雨で怪異を封じる樹木が崖《がけ》ごと崩れ、よりにもよって我々の車の上に落ちてきた。紺野の言葉通りなら、やまのめの封印が解け、私たちに取り憑いたという事なのか。

考え込んだ私の顔を見つめて二郎が首を傾げた。

「……それではこういう事か？」二郎は弄《もてあそ》ぶように、私と緋村の鼻先に交互に銃口を向ける。「お前たちは宝石店に押し入り宝石を強奪して逃げた。で、車で逃げている途中崩落事故に遭った。そうして、気が付くとアタッシュケースの中の盗んだ宝石が、いつのまにかザバラにすり替わっていた……そういう事なのか？」

私と緋村は目を合わせると、奴に頷いて見せた。

二郎は黙っていたが、やがて、ぷっと吹き出した。耐え難いといった様子でぐにゃりと口元を歪め、無感情な声色で笑いだす。

「はははははは」

すっと銃口が緋村に向けられた。銃声が轟《とどろ》く。

声にならない呻《うめ》きを漏らし、緋村がその場に崩れ落ちた。

「緋村！」

倒れた緋村の脇腹から血が湧いていた。弾丸は脇腹を貫通したらしく、倒れ込んだ背中からも出血しているのが見えた。汗ばむ素肌の上を血液が筋となって流れる。

「……撃たれた」と、緋村は苦痛に顔を歪《ゆが》めた。

私は床に落ちていた緋村の下着を拾うと、急いで脇腹の傷口に押し当てた。

「これで傷口を押さえるんだ」

緋村は震えながら頷く。

二郎は火を噴いたばかりの銃を裏返しては、残念そうに眺めていた。

「……確かに当たらないな。心臓を狙ったが」

「どうして撃った！」二郎に叫んだ。

奴は私を冷たく一瞥した。

「私は金崎家のあるじだ。嘘は許さないと言った筈だ」

「嘘はついていない！」

「石を渡せ」

「どこにあるか、私たちにもわからんのだ！」

「ならば探せ」

「どこを探せと言うんだ？」

「そんな事知るか。死にたくなければ必死で探すんだ。貴様らを捕らえたのに、目的のものが無かったでは済まない。あいつを誤魔化す事はできない。いつだって、私たちを見ていやがる」

「……見ている？　誰がだ」おんめんさまという言葉が浮かんだ。

「いいから探すんだ」と、二郎はどこか焦った様子で言うと私を睨む。

「先に手当てをさせてくれ」

テーブルの上には救急箱が置いたままだ。消毒液と包帯くらい入っているだろう。手を伸ばしかけた私に二郎の鋭い声が飛んだ。

「駄目だ」

「彼が死んでしまう」

「死んだら仕方ない……男手は一人でいいからな」と、二郎が私に銃を向けた。銃弾はまだ残っている筈《はず》だ。

椅子に腰かけたまま金崎夫人が、ほほ、と笑った。

私は奥歯を噛《か》みしめた。こいつらはまともじゃない。

「お前も死にたくなければ石を探すんだ」と二郎が言う。

「……わかった、探す。朝になったら必ず探す。緋村と二人がかりで探す。だから手当てをさせてくれないか」

私は怒りを押し殺して懇願した。二郎は思わせぶりな薄笑いを浮かべて見下ろす。二郎の表情には楽しんでいる色があった。兄の一郎と同様に、この男も弱った相手を嬲《なぶ》ることに快感を覚える手合いらしい。

二郎は勿体《もったい》ぶって一呼吸置くと、「……いいだろう」と、銃を引っ込めた。

私は救急箱に飛びついた。中身をテーブルにぶちまける。ガーゼが数枚見つかった。消毒液もある。私はそれを摑《つか》んで緋村の傍らに屈《かが》んだ。

手当てと言っても撃たれた傷をどう処置すればいいのかなど知る筈もない。

私はガーゼを取ると緋村の傷口を拭《ぬぐ》った。拭うそばから血が漏れ出し、血液を吸ったガーゼはすぐにずぶずぶに濡《ぬ》れる。とはいえ、出血の勢いはそれ程強くはなさそうだ。太い血管は逸《そ》れたのかもしれない。銃弾は腰のすぐ上、横っ腹を貫通していた。腎臓《じんぞう》の下あたりか？　弾の抜けた背中側からも出血は少なく、傷口に破片などは見えなかった。骨にも当たってはいないようだ。

傷が痛むらしく、緋村が呻いた。

「朝になったら医者に見せる」私が言うと、自分の腹を見て緋村がため息をついた。

「血液量は……、約五リットル……」

「結構あるものだね」

「二リットル漏れれば、死ぬ」

「……なら安心だ。まだ君の血はコップ一杯も漏れちゃいないよ。昔、仕事場の旋盤で指を切断した奴がいたが、もっと血が出たもんだ。だが、死にはしなかった」

私は新しいガーゼを傷口に押し当て、その上から緋村の下着を強く押し当てた。圧迫していれば出血は止まるかもしれない。

緋村が顔をしかめて言った。

「……山吹さん」

「なんだ？」

「医者にはいかない」

「わかった」と、私は頷《うなず》いた。

「済んだか？」と、私たちを見下ろして二郎が言う。「……なら、貴様らの寝床に案内してやろう」

二郎は棚の上に置かれたオイルランタンに着火していた。そのランタンを床に置き、薪《まき》ストーブのそばの壁際に屈みこんだ。床に手を伸ばす。すると、ごとりと音を立てて床板が外れた。二郎が剝《は》がした床板の下には、縦横一メートルほどの四角い穴が開いていた。暗闇に急な階段が下っているのが見えた。

「ここに入れ」と、二郎が銃口で足元を指す。

私は緋村に肩を貸して立ち上がった。木製の粗末な階段が床穴の暗闇に呑《の》まれている。

「なんだ、ここは」

この家の隠し階段の先なんて、どうせろくなものがありはしない。

「早く下りろ」と、二郎が銃口を背中に押し当てた。

穴は狭くて一人ずつしか入れない。私が先頭に立って階段を下る。緋村が続いた。

後ろから二郎の持つランタンの灯《あか》りが照らすが、足元はよく見えない。糞便《ふんべん》のような悪臭が漂っている。

階段を下りると、そこは天井の低いコンクリート壁の地下室だった。四畳程度の広さしかない。しかし、そこに置かれているものに慄然《りつぜん》とした。左右両側の壁際につけられるようにして大きな檻《おり》が一つずつ置かれていたのだ。大型犬用のケージのようだ。

ここは単なる地下室ではない。地下牢《ちかろう》だ。

そして二つの檻の間には、うつ伏せの人間の死体があった。白石だ。階段の上から投げ落とされたのか、両手を左右に投げ出すようにして汚い床の上に転がっていた。

「ここが今夜からのお前たちの家だ。どっちでも、好きな方に入れ」

二郎はそう言いながら、ランタンを壁のフックに吊《つ》るした。その間も油断なく銃口を向けている。「早くしろ」

檻の入口は狭く、中腰にならないと入れない。私は諦《あきら》めて身を屈めると、右手の檻の中に自分の体を押し込んだ。床は冷たく裸足《はだし》の足の裏を直接冷気が突き刺した。緋村もまた白石の死体を跨《また》ぐと、向かい側の檻に転がり込むように入った。緋村は横っ腹を押さえている。傷口が痛むせいか背中が汗でぐっしょりと濡れていた。

檻の中は酷い悪臭がした。動物が腐ったような臭いに、アンモニアのような刺激臭が混じっている。床にはべったりと黒い何かがこびりついている。

二郎は檻の入り口を閉じると、それぞれに大きな南京錠をがっちりと嵌《は》めた。

「逃げようと思うな。逃げようとしたら殺す。朝になったら石を探すんだ」

そう言い残すと、二郎は階段を上って行った。床板が閉じられた音がした。

ランタンの弱い炎が狭い牢獄《ろうごく》をちらちらと照らしている。ランタンが吊るされた隣のフックには鍵束《かぎたば》がかかっているのが見えた。南京錠の鍵かもしれないが、檻の中からは手が届かない。

私は檻の扉を揺すってみた。それはペット用などではなく、かなり頑丈そうなつくりだった。簡単に壊せそうに思えない。よく見ると、所々が金属板で補強されている。後から取り付けたものらしく、一部はご丁寧にも溶接されていた。しかも檻の底面は太いボルトでコンクリートの床に留められている。

ここに閉じ込められた人間は私たちが最初ではあるまい。きっと試行錯誤の末に仕上がった檻なのだろう。

「大丈夫か？」

声をかけると、緋村は向かいの檻の中で背を預けたまま答えた。

「……撃たれたんです。大丈夫なわけがない」

腹に押し当てた下着が血に赤く染まっていた。

「そりゃそうだな」

「……この檻、壊せませんか？」と、緋村が言う。

檻の高さは一メートルほどだ。立ち上がることもできない。私は座ったまま檻の格子を蹴《け》りつけた。何度か試すが金属製の檻は軋《きし》む音すら立てない。とても裸足で蹴破《けやぶ》れるような代物ではなかった。

檻を閉ざしている南京錠も確かめるが、それはおもちゃみたいなものではなかった。吊り部の露出面積が小さく、切断対策が為《な》された本格的な錠だ。

「……とても無理だね」

「そういうのは、あなたの本職でしょう」

「道具が無ければ無理だよ」と、緋村に首を振った。

室内を見回す。コンクリートの壁面はあちこちがひび割れていて、そこから水が染み出している。床は点々と黒い泥のようなもので汚れていた。鼠の糞《ふん》かもしれない。

檻の中にはプラスチック製の器がひとつ落ちている。中には何も入っていないが、器の表面はべとべとした粘着質の汚れがついていて饐《す》えた臭いがした。この中にスープでも入っていたのだろうか。嘔吐《おうと》感が込み上げる。

緋村が身を縮めた。「……寒い」

確かにここは冷える。しかも私たちは上半身が裸のままだ。靴下すら穿《は》いていない。その上緋村は出血している。かなり寒そうな様子だった。唇が震えている。

室内には僅《わず》かに風の流れがあった。二郎が去ったホールへの階段の反対側にはドアがあった。地下牢のさらに奥があるらしい。空気の流れは地下牢の奥から入り階上のホールへと流れているのだろう。

「……すみません」と緋村が小さく言った。

私は緋村を見た。「何を謝るんだ？」

「こんな事になるとは、思いもしなかった」と、緋村が疲れたように目を閉じた。

「誰だって予想できやしないよ」

「そう……、ですね」

緋村はそう答えると眠ったように静かに目をつむっていたが、いきなり呟《つぶや》いた。

「……やまのめ」

「何？」

「やまのめ……いると思いますか？」

檻の向こうの緋村の顔を見直した。少なくない出血はあったものの緋村の意識はまだしっかりとしているように見えた。

「……そんな話はよせ」

「我々がしくじったのは……やまのめのせいです」

「いいから腹の傷をしっかり押さえるんだ」

私の言葉が届いていないのか、緋村は薄く目を開けどこか熱っぽい口調で言う。

「気になりませんか？　そいつは私たちの中に交じっているんですよ」

「……どうしてそんな話をするんだ？」

「別に……。けど、本当に気にならないんですか？」緋村は檻にもたれたまま、ぎょろりと目だけ私に向けた。「……私が、やまのめかもしれないのに」

背筋の毛が逆立った気がした。紺野の言葉を思い出す。

——やまのめってのは人の中に紛れ込み、怖がらせ、心の隙をついて襲ってくる妖《よう》怪《かい》だ
何が妖怪だ。私は肩を竦《すく》めて緋村に答える。

「……君が化け物なら、そんなざまになっていないだろ」

緋村は薄く笑った。

それきり、私たちは口を噤《つぐ》んだ。

遠くでひゅうひゅうと風の音がする。

地下倉庫に置いてあった多くの人々の痕跡《こんせき》。衣類や荷物、身分証の数々を思い出す。

屋敷の裏に遺棄された数多くの廃車。それにこの地下牢。ここに囚《とら》われた人間たちが

最後はどうなったのかは分からない。しかし、少なくとも今は一人も残っていないのだ。私たちの行く末は明らかだった。

　檻の前に転がっている白石の死体もまた、口を真一文字に結んだまま、薄汚い床に頬をつけている。

　白石の死体を見ながら思った。私たちの石はどこに消えたのか？

我々がこんな状況に陥ったのは金崎母子《おやこ》が原因だ。あいつらは人殺しの物盗《ものと》りだ。この峠など通らなければ出会うこともなかったのに、連中はまるで私たちの車を待ち構えていたように思えた。いきなり薬を盛られて拘束されるなんて、どうしたって予想できる筈《はず》がない。しかし、あいつらが石を奪ったのではない。

　紺野はやまのめが仲間を殺しているのだと話した。それが本当ならば、我々の石を奪ったのもやまのめなのか？　私たちの中に紛れた物の怪《け》が盗んだ？　釈然としない。妖怪か化け物か知らないが、そんなものが石を欲しがるとも思えない。

　私は両手を開き、自分の手のひらに目を落とした。

　ひとつだけ確かなことがある。あの石を一度はこの手に握ったのだ。この峠に来るまで石は確実にあった。やまのめの存在がどうであれ、石が煙みたいに消え失《う》せるわけがない。あのダイヤは、絶対にこの近くにある。

ぽちゃん

どこかで、水滴の落ちる音がした。

ごそり、と何かが動く気配がする。

私は顔をあげた。

鼠でも走っているのかと思ったが、何もいない。ランタンの炎が映す檻《おり》の格子の影が、壁に揺らめいているだけだ。向かいの檻では緋村が両膝《りょうひざ》を抱えたまま、じっと動かない。

気のせいか。そう考えて目を閉じようとした。その時、信じられないことが起きた。

檻の前に投げ出された白石の右手がぴくりと動いたのだ。

死んでかなり時間が経つのに、死体が痙攣《けいれん》することがあるのか？

白石の指先は一瞬反り返ったと思いきや、コンクリートの床を叩《たた》き、そのままガリガリと掻《か》いた。私は驚いて尻《しり》を浮かせた。

床に伏せていた白石は、ごろりと寝返りをうつように仰向けに転がった。やがてその顔だけが、からくり人形のように、ギリギリとぎこちなくこちらを向いた。

――馬鹿な、君がどうして動く？

青白い肌に埋まった二つの目玉が、左右別の生き物みたいにぐるぐると不規則に回る。やがて、ぴたりと動きを止め、ぎょろりと私を見た。

ぽちゃん、と水滴が落ちる音がした。

白石は肩を何かに吊《つ》られているかのように、不自然な動作で上体を起こす。立ち昇る陽炎《かげろう》のように、ゆらりと檻の前に立ち上がった。奴は棒立ちになると、何かを思案するように首を傾け、視線だけで私を見下ろす。

私は白石に言う。

――ここを開けてくれ

白石は答えることなく、口を結んだままじっと見つめる。私は訊《き》いた。

――石はどこだ？　知っているのか？

奴は何も答えない。もう一度尋ねた。

——死人には必要ないだろう。石のありかを知っているなら教えてくれ

少しの沈黙があった。

突然白石の乾いた唇がペリペリと音を立てて蠢《うごめ》く。二つの唇が口内に糸を引いてねっとりと離れ、次第に距離を空けていく。口の中には何も見えなかった。そこには歯も舌も無く、ただ真っ黒な闇が広がっている。

ゴムが千切れるような断裂音がした。唇の両端から皮膚が裂けたのだ。口角が上下に引き裂かれ、その裂け目が耳の付け根まで伸びる。皮膚の下から桃色をした筋状の筋肉が露出した。それでも白石は口を開き続けた。引き千切られた口の端から勢いよく血が噴出し、ぼたぼたと床に落ちた。

私は呼吸が止まり、全身に汗が噴き出した。悲鳴を上げることもできなかった。重く低い耳鳴りが、わんわんと頭の中に反響する。

白石の下顎《したあご》は既に胸の中ほどまでに達していた。顔面は溶け落ちるように縦に崩れ、目の位置は左右で不均衡にずれている。もはや人間のものとは思えなかった。

ぽちゃん

はっと目を開いた。

いつの間にか、眠っていたらしい。というよりも、気を失っていたのかもしれない。額を拭《ぬぐ》った手が濡《ぬ》れた。天井のひび割れから滲《にじ》み出した水滴が顔に落ちたらしい。

私は何かに意識を引き戻された。檻の格子につけていた背中が痛む。緋村も何かに気付いたらしく、檻の中でぼんやりと顔を上げた。

頭上から、がたり、と音がした。床板を外す音だ。

檻の格子を挟んで私と緋村は顔を見合わせた。二郎が戻ってきたのか？

階段をゆっくりと下りてくる革靴が見えた。下りてきた男の顔に、私は息を呑《の》んだ。

「紺野くん……！」

地下牢《ちかろう》へ下りてきたのは紛れもなく紺野だった。紺野は人差し指を立てて口髭《くちひげ》につけた。

「君……、撃たれたんじゃないのか？」

私が訊くと、紺野は上着の胸ポケットに手を入れた。そこからつまみ出したのは紺野のスマートフォンだ。ガラス面が粉々に砕け、アルミの保護ケースが大きく凹んでいた。至近距離ではあったが、撃たれた角度が幸いしたらしい。銃弾はスマートフォンに命中して貫通することなく逸《そ》れたのだろう。

「やつらは二階に上がっていった」と、紺野が言った。

二郎は紺野が死んでいると思い込み、生死を確かめずに休んでいるらしい。

「開けてください。……あそこの鍵《かぎ》を」緋村が壁のフックに吊るされた鍵束を指さす。

紺野は鍵を手に取ると、その一つを私の檻にかけられた南京錠に差し込む。合わなかったが、続けて何本か試すと錠が解けた。続けて緋村の檻の南京錠も外す。

私たちは音がしないようにそっと檻の扉を開き、外に出た。

「俺は逃げる」と、紺野が小声で言った。

逃げるにしても石を残して去る気にはなれなかった。

「手ぶらでかい？」

私の言葉に紺野は信じられないといった表情を向けた。

「まだそんな事を言ってるのかよ？　石が欲しいなら勝手に探せ。俺は降りる」

「……そのリュックは」緋村が掠《かす》れた声を出した「……そのリュックは、何です？」

紺野は背中にピンク色のリュックサックを背負っている。

「……これは、俺のだ」紺野は警戒するように表情を強張《こわば》らせた。背中のリュックを隠すように一歩引いた。

「何が入っているんだ？」

私が尋ねると、紺野は怯《おび》えた顔を見せた。「放っておいてくれ」と後退《あとずさ》りする。

「紺野くん……」

私が手を伸ばすと、「触るな！」と紺野が声を上げる。

冷たい地下牢に紺野の上擦った声が反響した。

「お、おい、声を抑えるんだ」

二郎が気付くかもしれない。慌てて手を引っ込めて窘《なだ》めるが、紺野は怯えた顔のまま私と緋村を見比べる。

「お、俺は殺されたくない」

「殺されるって誰に？」紺野の顔を覗《のぞ》き込む。「やまのめにか？」

紺野は首を振った。

「やまのめは……、やまのめは摑《つか》みどころの無い化け物だ。考えてみりゃ当たり前だ
……思い出したんだ」

「何を？」

「やまのめは『みずのおも』……『水の面《おもて》』だ」

「…………？」紺野が何を言い始めたのか分からなかった。

「水面だ。水面を覗き見ても映っているのは自分の顔だけ。俺は勘違いしていた。現れるでかい目玉ってのは、化け物の目じゃない。自分を見ている自分の目なんだよ！」

「声が大きい」私は人差し指を口にあてた。しかし紺野は夢中で話を続ける。

「……その目を覗き込んだら最後、取り憑《つ》かれちまう。この家の連中だってそうだ。

封じられていたにせよ、やまのめに見下ろされて暮らしていたんだ。きっと普通じゃいられない。やまのめに映る自分の暗い部分……羨望《せんぼう》だの憎悪だの欲望だの、己の闇を見つめているうちにおかしくなったんだ！」

紺野の声が一際高くなる。

「静かに」額に脂汗を浮かべた緋村が焦ったように言う。

紺野は構わずに話し続けた。

「……やまのめが何をするか分からないのも当然だ。やまのめは何も、しない妖怪《ようかい》だからだ。人に紛れて人を見ているだけ。やまのめは何もしない。人を殺したりもしない。……人を殺すのは、人なんだ！」

突然、ぎしりと床を踏む音がした。

私たちは反射的に天井を見上げた。ホールに誰かが下りて来たらしい。二郎か。床板は開けたままの筈《はず》だ。ここに紺野が来たことはすぐに気付かれる。

私は足を忍ばせ、階段の反対側にある戸に手をかけた。引き戸は何の抵抗もなく、すっと開いた。奥へと通路が続いている。そっちへ逃げるしかない。

目で促すと紺野と緋村も頷《うなず》いた。緋村が壁に引っ掛けてあるランタンを持つ。

私たちは白石の死体を避けて静かに歩き、通路に出た。

緋村が後ろを振り返り、足を止める。

何をしている？

「早く」私が囁《ささや》くと、緋村は慌てて私の後ろに続いた。

私たちはランタンが照らす地下通路を奥へと歩く。天井は低く腰を屈《かが》めなければならない。壁にひび割れから水が浸《し》み出していて床の所々に水溜《みずた》まりをつくっていた。びちゃびちゃと水音が反響する。まだ誰かが追ってくる気配はない。

紺野が不安そうに口を開いた。

「行き止まりだったらどうする？」

「いや、風の流れがある。きっと外に通じてる」と、私は答えた。

奥に進むほどに雨音が増してくる。通路は階段に突き当たった。ホールにあったものと同じ、木製で勾配《こうばい》の急な階段だった。階段の先は観音開きの鉄扉で蓋《ふた》をされるように閉ざされているのが見えた。おそらくそこから隙間風が吹き込んでいるのだ。私と緋村は裸足《はだし》で上半身に何も着ていない。この雨の中を外に出たら凍えるかもしれないが、上着を取りに戻るわけにもいかない。

「上るぞ」と、私が階段に足をかけると、後ろから照らす光が乱れた。振り返ると、緋村がランタンを床に置き、苦しそうに壁にもたれている。

「痛むのか？」訊《き》くと、

「先に行ってください」と、緋村は片手を上げた。

「階段は上れるかね?」

「いいから、逃げてください……。足止めくらいはできる」そう言いながら、緋村は汗にまみれた顔を上げた。いつになく弱気だった。撃たれた傷で相当参っているらしい。

「置いていこう」と、紺野が私に囁いた。

「そうもいかん」私は階段を下り、緋村に肩を貸した。

「すみません」緋村の額には脂汗が浮いている。

「……悪いが、俺は逃げるぜ」と、紺野は床のランタンを拾うと、私たちの脇をすり抜けて階段を駆け上る。「本当なら助ける義理も無かったんだからな」

紺野が手をかけると、鉄製の扉は抵抗も無く持ち上がった。がらんと音がして、観音開きが奥に開く。風が頭上から吹き込んできた。木々を打つ雨音が喧《やかま》しい。

紺野は階段から頭を出して周囲を窺《うかが》った。

「……何も見えない」と、片手のランタンを翳《かざ》して周囲を見回し、言った。「ここは……庭の隅だ」

思った通りだった。やはり外に通じていた。逃げた金崎二郎と母親が、どこから屋敷内に入ったのか疑問だったが、この通路を通り地下牢《ちかろう》からホールに入ったのだろう。床下に潜んで様子を窺っていたに違いない。

紺野は私たちに目を向けた。

「あんたたちは石を探すなり、好きにすりゃいい」そう言い捨てて紺野はリュックを背負い直し、階段から身を乗り出す。その瞬間だった。

があん、と轟音《ごうおん》が響いた。

もんどり打ったように紺野が階段を転げ落ちてくる。一緒にランタンが階段を弾んで落ちて来る。落下したランタンが壁にぶつかり床に転がった。コンクリートの床に叩《たた》きつけられた紺野の頭部が、ごろりと私に向いた。ランタンの炎に照らされた紺野の額には、黒々とした大穴が開いていた。

階段の上を見上げると、にやにやとした二郎の笑みが見えた。こけた頬が階下から照らされて、さながら幽鬼のようだった。二郎は歌うように言った。

「逃げるなと命じた筈だ」

二郎の片手がこちらに伸びる。その手には銃が握られていた。銃口から白煙がたなびいている。

「戻れ！」

私は叫んだ。足を引きずる緋村と共に通路を走って引き返す。背後から階段を下りる二郎の足音がした。

さっきの檻《おり》の部屋まで駆け戻る。白石の死体に蹴躓《けつまず》いて転びそうになるが、走り抜け、急いでホールへ続く階段を上る。私は先に立ってホールへ上がった。テーブルの上の蠟燭《ろうそく》は消されており、薪《まき》ストーブの炎も弱まっていて、ホールはほとんど真っ暗だった。私に続いて床下から緋村が上って来た。

壁際に置かれている戸棚に手をかけた。「手を貸せ」と、緋村に言う。

私たちは力を込めて戸棚を強引に引きずっていく。振動で上に置かれていた壊れたラジオが床に落ちた。床下の階段目掛け、そのまま戸棚を押し倒す。床下から一瞬顔を覗かせた二郎が、倒れてきた戸棚を見て慌てて首を引っ込める。戸棚は太鼓でも打ち付けるような大音響を立てて倒壊し、地下牢への階段を塞《ふさ》いだ。戸棚の上に載っていたランタンオイルの瓶が音を立てて砕け散った。床に中身の液体が飛び散り、ぷんと灯油の臭いがした。

床下から二郎の怒声が聴こえた。

「逃げるぞ」緋村に声をかける。

「ライトは？」と、緋村が見回した。

室内の灯《あか》りは乏しく周囲がよく見えない。ただブルーシートに寝かされた死体の山だけが、闇に浮かぶように滲《にじ》んで見えた。二郎が片付けたのか、テーブルの上に置いていた筈の懐中電灯が無かった。

倒した戸棚がガタガタと音を立てた。床下の二郎が戸棚を押しのけようとしている。私たちは灯りを諦《あきら》め、ホールを走った。玄関から外に逃げ出すしかない。ホールを横切り、エントランスへ続く扉を抜けた。その時、物陰に何かの気配がした。視線の端に黒い影が躍った。

　反射的に避けると、ひゅんと空気を裂く音が耳の横を走った。床に倒れながら振り返ると、その影は地面を弾むように跳躍し、後ろの緋村に向かった。

「緋村！」私が叫んだときは遅かった。

　影は猿のように飛び跳ねて、緋村にぶつかっていった。緋村は悲鳴を上げて倒れ込む。影はそのまま緋村に馬乗りになると、何かを振り上げた。ストーブの僅《わず》かな熾火《おきび》に照らされているのは、両手に握った包丁を振り翳す金崎夫人だった。

　緋村に切っ先を振り下ろす瞬間、私は夫人の襟首をつかんで思い切り引っ張った。刃が空を切り、夫人は床に倒れて転がった。

　金崎夫人は毬《まり》のように床を転げながら、ほほほと、楽しげに笑い出した。笑いながら床を転げまわる夫人は壁際までいったところで、ふわりと立ち上がった。

　紺野が山姥《やまんば》だと喩《たと》えていたが、まさしく妖怪《ようかい》みたいな女だ。

「し、死ぬのねえ、みんな」

　夫人はそう言ってこちらに歩み寄って来る。慣れた自分の家だからか、この暗がりで足元に迷いが無い。あるいは、闇でも梟《ふくろう》のように目が利くのかもしれない。

　緋村は刺されたのか、床に倒れたまま動かなかった。

金崎夫人が床を滑るように迫って来る。小さな黒い影に、垂れたまぶたの下の両眼だけがぎらぎらと光って見えた。金崎夫人の片手に白刃が閃《ひらめ》く。信じられないスピードだった。

私は夫人の一撃を退いて躱《かわ》す。しかし、一歩引いた足に何かが引っかかり、仰向《あおむ》けに転倒した。目を開くと私の顔の横に、血まみれの一郎の顔があった。

慌てて身を起こすと、跳躍した夫人が上から降って来る。無我夢中で手を伸ばした。激しい衝撃にひっくり返る。鼻先に柳刃包丁の切っ先が止まった。私はどうにか金崎夫人の腕を摑《つか》んでいた。

馬乗りになった夫人は、逆手に持った包丁に体重を乗せ、浮かれた猿みたいに何度も跳ねる。その反動で刃の先端が幾度も頬に落ちてきた。金崎夫人は大口を開けて笑っている。左右で焦点の定まらない爬虫類《はちゅうるい》のような目玉がくるくると回っていた。口は裂けているのかと思うほど大きく開かれ、げらげらと哄笑《こうしょう》していた。激しい呼気と共に噴きつけられる口臭は人糞《じんぷん》のような臭いがした。

小柄な夫人を跳ねのけることができない。私の腕は恐怖に固まっていた。夫人の腕をつかむ手の平が汗でずるずると滑る。

「い、石はどこ？　ねえ、石はどこ？」

夫人はそう繰り返しながら、体を前後に激しく揺さぶる。揺れる包丁の動きを抑えられない。刃先が私の頬を抉《えぐ》った。

体を丸めるようにして下から夫人を蹴《け》り上げた。跳ね上げられた夫人の身体は逆さまに裏返り、頭上に飛んで行った。

慌てて体を起こして振り返る。夫人の影は空中でくるりと回転すると、事もなげに床の上に着地した。

「石はどこ？　あの子が、い、言っていた……石」

金崎夫人は腰を落とし、再び包丁を構えた。

相手はただの老女だ。分かっているのに体が思うままにならない。武器になるものは無いか見回すが、何も無い。この部屋にあるのは血の臭いだけだ。いつの間にか私の歯が、がちがちと音を立てていた。

金崎夫人がするすると近づいてくる。

背中が壁にぶつかった。無意識のうちに下がっていたらしい。後が無い。

夫人の影が、だん、と音を立てて加速した。私は身構えた。

その時、思わぬことが起こった。一歩踏み込んだ夫人がずるりと体勢を崩したのだ。彼女の足元にザバラの黄色い実が転がるのが見えた。丸い実を踏んだのだ。

私は反射的に踏み込むと、彼女の鳩尾《みぞおち》を蹴り上げた。

夫人は体をくの字に折って空中に吹っ飛び、床に叩きつけられるように落ちた。その手から包丁が離れ、どこかに飛んでいった。

すかさず駆け寄ると、金崎夫人の身体を滅茶苦茶《めちゃくちゃ》に蹴りつけた。もはや老女とも思えない。手加減はしなかった。アップに結っていた夫人の白髪が解《ほど》けた。蹴りつける度に、その髪の毛が乾いた竹ぼうきみたいにばさばさと床を叩く。蹴られながらも女は何事か喚《わめ》き散らして暴れていたが、やがて動かなくなった。どこかの骨が折れる音がしたが、それでも私は蹴り続けた。

「やめろ」

背後から声がした。

振り向くと二郎が立っていた。床に倒した戸棚が押しのけられている。金崎夫人と格闘している間に、床下から上がって来たらしい。

二郎は冷たい視線を向けた。その手に握られた拳銃《けんじゅう》が私の顔に狙いをつけていた。

銃口がすっと下がるや、火を噴いた。

膝《ひざ》に激痛が走る。立っていられず私は腰を落とした。見ると、ズボンに穴が開いている。弾丸は私の左膝《ひだりひざ》に命中していた。

「当たったな。今度は狙い通り」

二郎はそう言って、下卑た笑いを見せた。

悠然と歩くと、二郎はダイニングテーブルの上のマッチを擦《こす》る。その小さな炎を燭《しょく》台《だい》の上の蠟燭に移す。ホールが眩《まぶ》しいまでに明るくなった。

「これだけの死体を片付けるのは骨が折れる。お前に任せようと思っていたのだがな」

そう言って二郎は椅子に腰かけた。「……その膝じゃ、満足に仕事ができないじゃないか」

左の膝がずきずきと痛んだ。

二郎は大げさな身振りで嘆くように言う。

「……石も持っていない。命じた事も守れない。仕事もできない。……そんなお前を飼っておく価値があるのか？　生かしておく価値があるのか？　まだ生きていたいなら、上手に命乞《いのちご》いしてみろ」

二郎は勝ち誇り、椅子から私を見下ろした。

膝から溢《あふ》れた血がズボンを濡《ぬ》らしていく。急激に疲労が押し寄せ、体から力が抜けていくのを自覚した。へたりこんだ尻《しり》を上げる気力も起きやしない。疲れ果てた頭に、この数時間の出来事がよぎった。まるで悪夢みたいな夜だった。

私は唾《つば》を吐きかけた。血の混じった唾液《だえき》が二郎の長靴にべしゃりとかかる。

「兄貴の小間使いが……随分とお偉くなったな」

殺されたくはないが、もはや大人しくこいつに従ってやる気持ちも無かった。

二郎の目に暗く影が落ちた。こけた頰がふるふると震えだす。二郎は憤然と立ちあがり、私に銃口を向けた。

「じゃあ死ね」

二郎が引き金に指をかける。

まったく滅茶苦茶な夜だった。ここで終わるとは思いもしなかったが、こんな夜に出会ったのなら仕方がない。

私は目を閉じた。銃声が訪れるのを待つ。


ごしゃり、と、陶器が押し潰《つぶ》されたような音がした。


目を開くと、二郎が立ったまま呆《ほう》けた表情で固まっていた。奴の目玉がぐるりと上を向く。血管が裂けたのか、下半分の白目が赤く染まった。左の目頭から血が溢れ、つつっと頬に垂れる。二郎は朽ち木が倒れるように横倒しに崩れ落ちた。拳銃が床に跳ねて転がった。

倒れた二郎の頭に黒い枝が生えていた。それは鋼鉄の火かき棒だった。奴の側頭部に火かき棒の鉤爪《かぎづめ》が深々と食い込んでいるのだ。

「緋村……くん」

二郎の後ろに立っていたのは緋村だった。

「傷口が開いた……」緋村は苦しげに呟《つぶや》くと腹を押さえた。裸の腹部からは血が漏れ出している。よろよろと足を進めると、ダイニングテーブルの椅子を引き、倒れ込むように腰かけた。緋村もまた疲れ切っていた。背中を椅子に預け荒く息をつく。

私は左膝の痛みを無視して腰を上げた。力を込《こ》めると傷口から噴き出した血液が脚を伝うのを感じる。私はほとんど右足だけで立ち上がり、緋村の隣に腰かけようと椅子を引いた。

「山吹！」

緋村が叫んだ。はっとして振り返ると、金崎夫人が両手に銃を構えていた。銃口が目と鼻の先にあった。

私を見上げ、彼女は、ひひ、と笑う。乏しい歯列の向こうで、真っ赤な舌がちろちろと蠢《うごめ》くのが見えた。ざんばらに乱れた長い白髪が燃え上がる炎の如くざわりと逆巻く。

金崎夫人は引き金を引いた。

銃弾は発射されない。夫人が戸惑った表情で手の中を見る。

銃のスライドは後方に下がったままだ。

弾切れ――

私は踏み込むと渾身《こんしん》の力を込めて拳《こぶし》を金崎夫人の顔面に叩《たた》き込んだ。げん骨に、ぐしゃりと女の鼻骨が砕ける感触が伝わった。

金崎夫人の小さな体は白髪を靡《なび》かせて宙を飛んだ。床に叩きつけられ、そのまま幾度か跳ねると勢いそのままに後頭部から倒れた戸棚に激突した。ばりばりと木板が割れるような派手な音が響く。

こちらに足を向けて大の字に仰臥《ぎょうが》した夫人は、顔だけ起こして私に目を向けた。定まらない視線を泳がせ、顎先《あごさき》を震わせる。同時に頭から水を被《かぶ》ったように多量の血液が眉間《みけん》を伝い、ずるずると顔面を流れ落ちた。脳天が割れたらしい。やがてふっと力が抜けたようにごろりと床に頭を転がした。

途端に膝の痛みが戻って来た。体重を支えていられない。私は緋村の隣の椅子に倒れ込むように腰かけた。

テーブルに灯《とも》る蠟燭《ろうそく》の炎の明滅がやけに眩しく感じられた。

「すまないね」と、緋村に礼を言う。

緋村は黙って息を弾ませていたが、やがてぽつりと口にした。

「……何をやっているんだ。私は……」

緋村の横顔を見る。私に応《こた》えたのではなく独り言らしい。緋村は背もたれに浅く体を預け、荒い呼吸のまま天井を見上げていた。口の端に浮かべた薄い笑みは、どこか自嘲《じちよう》気味に歪《ゆが》んで見えた。

「……これから、どうするかね？」私が尋ねると、緋村はゆっくりと首を振った。

「わかりません……とりあえず、何か着ないと」

私たちは上半身が裸のままだ。それでも私は寒気を感じなかった。燭台に灯る炎が暖かく感じられるからだろうか。外を吹きすさぶ不穏な風の音は絶えることがないが、どこか心地よかった。深く腰掛けた背中が椅子の冷たい背もたれにあたり、気持ちが良い。私と緋村は腰かけたまま、揺れる炎をただ眺めていた。

緋村の顔はさっきよりも血色を失い青ざめて見えた。首筋には脂汗が浮いている。流れる血が椅子の座面を濡らしていた。緋村は死ぬかもしれない。

もし緋村が死ねば、残ったのは私ひとりだけだ。ここに来るまでは大勢仲間はいたのに。私はぼんやりとホールに転がった死体たちに目を向けた。

灰原の死体だけが、こちらに顔を向け淀《よど》んだ眼球を見せていた。すっかり弱まった薪《まき》ストーブの熾火《おきび》が、灰原の瞳《ひとみ》に映じて黒目をオレンジ色に染めている。

灰原のゆらめく瞳を眺めながら、私は今日の出来事を思い出す。

この峠に来るまで全てが順調だった。首尾よく石を手に入れて、後は計画通り逃亡するだけ。海外の故買屋とも話はついていて現金化の算段も終えていた。儲《もう》けを五等分しても十分満足できる額になった筈《はず》だ。上手《うま》くいったと思った。それなのに、たった数時間で運命は変わり、このざまだ。もうおしまいだ。

――いや、違う。

まだ終わっていない。私は思い直して首を振った。

石さえ取り戻せばいい。今や、残ったのは私たちだけ。儲けは二等分になる。結果的には大きなプラスだ。それだけじゃない。最後に残った仲間は生死の瀬戸際なのだ。放っておいても死ぬかもしれない。

――緋村が死んでくれれば、全てが私のものになる。

どこからか風が入ったのか、蠟燭の炎がふわりと蠢いた。私を見る灰原の目がにたりと笑う。

はっと我に返った。背筋に震えが走る。今、私は何を考えた？

蠟燭から床に目を移す。金崎夫人と二郎の死体。そして手錠で繫《つな》がれた灰原と一郎の死体。全ての死体が目を見開き、私をじっと見つめている。

そんな馬鹿な。

私は目を擦り、開く。死体たちは元通りに他所《よそ》を向いていた。

今のは何だ？　誰が私を見ているんだ。

灰原の顔だけがこちらに向けられている。生気の無い眼球に光は無い。その時、ふと気が付いた。その瞳が奇妙な彩を帯びるのが見て取れたのだ。それは極北のオーロラのように、様々な色合いを複雑に絡み合わせ、いびつに形を歪ませながら広がっていく。出鱈目《でたらめ》に混じり合う光彩の渦は、私の視界を急速に覆っていった。それと同時に言い知れぬ不快感が増していく。私は視線を外そうとするが、身じろぎも叶《かな》わない。何かが意識の中に侵食してくる。

自分は何者であるのか。渦の中心から発するひとつの言葉のイメージが、ぐるぐると旋回し、洪水のように脳内を満たしていく。

——やまのめ

ふっと夢から覚醒《かくせい》するように視界が戻る。

灰原を見る。死体の目は何の変哲もなかった。視線は焦点を結ばず何もない空中にぼんやりと向けられたままだ。

隣に座る緋村もまた、死体と同様に力の無い視線を卓上の蠟燭に向けていた。その横顔に生気は無い。私の視線に気が付いたのか、緋村は乾いた声で、ぽつりと言った。

「やまのめってのは、何なんでしょう……？」

私は答えなかった。しかし、既に結論はあった。やまのめは確かに存在するのだ。

緋村は静かに言葉を続けた。

「やまのめは……、存在すると思うんです」

私は緋村の横顔に尋ねる。「……どうして？」

「……きっとそれは、ただの妖怪《ようかい》なんかじゃない」

緋村は撃たれた腹を押さえたまま、蠟燭の炎に疲労した顔を向けている。しかしその表情はどこか喜びを帯びて見えた。

緋村の言う通りだ。やまのめとは妖怪などではない。妖怪というものが、山姥《やまんば》のように人間に害を為《な》す邪悪なものだとすれば、やまのめに正邪は存在しない。やまのめとは、ものではない。いわば――

緋村が口を開いた。「現象なんです」

どきりとした。そう、いわば現象なのだ。緋村の顔を見る。彼は口の端に笑みを浮かべ、宙をぼんやりと見つめていた。その横顔が蠟燭の炎にちろちろと照らされている。

「……現象？」と、私は先を促す。

「人の心の底は誰にも見えない。醜い欲望も、手前勝手な願望も、卑劣な考えも、他人からは見えやしない」

私は心の中で頷《うなず》いた。それは誰の心にもある。どんな澄んだ泉でも泥土や砂は沈んでいる。闇は誰だって抱えている。他人から容易に見えないだけなのだ。……しかし、それをはっきりと見る事のできる者がいる。

緋村は口元を歪めて言葉を足した。

「……でも、それを見る事のできる者がいる」

「…………」私は息を止めた。

緋村はちらりと私を見て、その笑みを濃くした。

「紺野が言っていましたね。……やまのめは水の面《おもて》だと。静かに澄んだ水面なんです。そこに見えるのは、映った自分の姿だけ」

そう。やまのめとはつまり、鏡のようなものだ。自分の内側にある醜いものを直視させられる。やまのめに醜い欲望の影を見たのなら、それは自分の影なのだ。

緋村は上唇を舌でぺろりと舐《な》めると、言葉を重ねた。

「やまのめとは、つまり、鏡みたいなものだ」

私は緋村から目を逸《そ》らした。

背中に汗が噴き出す。呼吸が荒くなるのを抑えられない。緋村がこちらに体を向け、ねっとりと視線を這《は》わせるのを感じた。

五人だった強盗が、いつのまにか一人増えた。やまのめ。私たちの中に紛れ込んだそれは、一体誰なのか——

緋村が半ば嗤《わら》いを含んだ口調で、ゆっくりと問う。

「やまのめ。それは、一体、誰だと思う……？」

私は緋村を見返した。瀕死《ひんし》の人間とは思えない、喜びに満ちた顔がそこにあった。

私は最後の反問をした。

「……誰なんだね？」

緋村がすっと息を吸い、吐いた。緋村が次に何を言うのか私には分かっていた。

緋村は答えた。

「私は、やまのめ」

緋村の眼が爛々《らんらん》と光る。大きく剝《む》かれた眼球は欲望に歪《ゆが》み三白眼は充血していた。

白目を埋める赤い毛細血管はまるで禍々《まがまが》しい彼岸花が咲いたようだった。

緋村の腹からは、血が流れていたが、今の奴はそれを気にも留めていない。

緋村はいきなり椅子を蹴《け》って立ち上がり、両手を伸ばした。私は避けようと体を捩《よじ》るが、力を込めた左膝《ひだりひざ》に鋭い痛みが突き抜け動きが遅れた。たちまち緋村の手が私の首に絡みつく。奴の両手が首筋をめりめりと潰《つぶ》した。

「石は私のものだ」

緋村は私の首を締め上げながら言った。その顔は紅潮していたが、囁《ささや》く声は冷静だった。

呼吸ができない。私は緋村の手を解《ほど》こうと、喉《のど》に食い込む両手を摑《つか》むが離れない。両足を蹴ってもがくが、密着した奴の身体を蹴り上げることができなかった。代わりに蹴り飛ばされたダイニングテーブルが大きく揺れて、その上の燭台《しょくだい》が倒れた。

意識が遠のく。私は緋村の腹に手を伸ばした。汗ばんだ身体に指先が触れる。そのまま下腹の銃創に指を突っ込んだ。

緋村が悲鳴を上げた。首を絞める力が一瞬緩む。

すかさず緋村の腹を蹴り上げる。奴の手が喉から離れた。私は逃れようと椅子から立ち上がるが、膝《ひざ》がいう事をきかない。足がもつれて、その場に倒れ込んだ。

私は床を這った。死体たちが、じっと私たちの成り行きを見つめている。

ぎしりと床板が鳴る。背後で緋村が歩く気配がした。転がった蠟燭《ろうそく》の炎がテーブルに移ったらしく、床板に照り返す炎の橙色《だいだいいろ》が光を強めていた。おそらく、さっき割ったランタンオイルの瓶から飛散した中身が、乾いたテーブルの上にまで飛んだのだろう。

緋村の影が床に落ちた。揺らめく炎に揺れるシルエットは、奇妙に踊るようにも見えた。

　私は振り返る。

　緋村は私を見下ろして立っていた。燃えるダイニングテーブルを背負い、影になった緋村の顔で、その目だけが赤く光っていた。緋村の片手には鋼鉄の火かき棒が握られている。さっき二郎の側頭部に刺さっていたものだ。先端の鉤爪《かぎづめ》から血がしたたり落ちている。

　緋村は、静かに口を開いた。

「石は私のものだ」

　繰り返されたその言葉に、私の疑念は確信に変わった。

「……紫垣を殺したのは、君だな」私の問いに、緋村は笑顔を見せた。

「あいつは穴の縁をふらふら歩いていた。突き落とすのは簡単だった。……拳銃《けんじゅう》が残っていたのは気付かなかったが」

　やはりそうか。紫垣を殺したのは二郎ではない。緋村に突き落とされたのだ。拳銃は穴の縁にそのまま残されていたが、それを拾ったのが二郎だった。

　緋村は火かき棒を両手に握り、ゆっくりと振り上げた。

　人というものは愚かな生き物だ。自分が人ではないと思えば、それを言い訳にできる。たやすくタガが外れる。剝きだしの人の心とはかくも脆弱《ぜいじゃく》で悪辣《あくらつ》なものなのだ。

「緋村くん」私は嗤って、緋村に問いかける。「君は何者だ？」

火かき棒を振り上げたまま、緋村は動きを止めた。その顔に夢から醒《さ》めたような無《む》垢《く》な色が浮かぶ。

緋村は答えた。

「私は、やまのめだ」

緋村がやまのめ？　勿論《もちろん》それは事実ではない。

「思い出せ」私は緋村の目を見つめ、噛《か》んで含めるように問いかける。「今、自分がどうしてここにいるのか、覚えているだろう？」

緋村の表情は一瞬固まり、やがて困惑が浮かぶ。奴の心の内は明らかだった。

緋村は自分自身がやまのめだと思い込んでいる。それなのに石を強奪した記憶も、その計画を練った記憶もある筈《はず》だ。緋村自身が主導した仕事なのだから当然だ。そんな自分が山の怪異であるわけがない。緋村はただの人間なのだ。

緋村はのろのろと火かき棒を下ろした。何もない宙を見つめ、呟《つぶや》く。

「やまのめは……」

そこまで言って、緋村は顔を歪めた。その顔が恐怖に染まる。

待ち望んだ瞬間だった。

私は床を這って求めたものを右手に握る。腰を浮かして、それを突き出した。

私は立ち上がり、緋村の耳元で彼が口にしたのと同じ台詞《せりふ》を囁いた。

「石は私のものだ」

緋村は私を見つめる。この男の命の炎が激しく揺らめくのを感じた。緋村の胸には私が突き立てた金崎の柳刃包丁が深々と埋まっていた。そこから緋村の命が漏れ出し、みるみるうちに抜けていくのが分かる。

緋村の口から黒い血が溢《あふ》れた。私を見つめて呻《うめ》く。

「私は……、私は、やまのめじゃ、ない……」

知っているよ。

緋村の手が私に縋《すが》るように触れるが、そのままずるずると崩れ落ちた。私は足元に痙攣《けいれん》する緋村をじっと見下ろしていた。しばらくの間、その命はか細く燃えていたが、やがてふっと消えた。緋村は死んだ。

緋村がやまのめでないことは勿論知っている。

やまのめは、私だからだ。

やまのめは何もしない。ただ見ているだけだ。それだけなのに、人は自《おの》ずから怯《おび》え、醜い心の内を露《あら》わにする。

今だってそうだ。鏡に映る自らの醜悪さに驚き、自分の底にある邪悪に怯える。まるで人とは思えぬ己の真実に絶望するのだ。滑稽《こっけい》なのはその後だ。ならば、自分は怪物なのだと思い込む。人間ではないのだからと自身を納得させる。

　自分が人ではないと錯覚した途端、人間はなぜか安堵《あんど》する。脆弱な倫理観など消え失《う》せ、欲望のままに動くのだ。人を超越した存在ならば許されると思うものらしい。言い訳があれば、人はどんな卑怯《ひきょう》な振る舞いも残虐な行いも平気で為《な》す。その言い訳は時に宗教であり、権力であり、人種や生まれの違いだ。少し背中を押す理由があれば、正当化して恥じることがない。人間というのは実に恐ろしい生き物だ。

　テーブルを燃やしていた炎はいつの間にか窓にかかるカーテンに燃え移っていた。次第に大きくなる火勢をぼんやりと見つめながら、私は思った。

　もうすぐ夜が明ける。人間は全員死んだ。これであの石は私だけのもの。この近くのどこかに石があるに違いない。それを探さねばならない。

　私は緋村の死体からふらりと足を引いた。血だまりの中にあった自分の靴底が床板に赤い足跡をつける。こつんと、踵《かかと》に何かが触れた。見ると、それは炎を受けて輝く果実。ザバラだった。

　私は膝を畳み、腰を下ろす。特に理由も無く、その血に汚れたザバラを拾った。顔に近づけるまでもなく、柑橘類《かんきつるい》の放つ香気がふっと鼻に触れた。

　その時、得体のしれない異物感が脳内に立ち昇った。

撃たれた左膝に痛みが戻って来る。脈動する血流に乗せて痛覚が膨らむ度に、胸の中で言い知れない不安感と違和感が露わになっていく。ずきりと頭に痛みが走る。呼吸が苦しい。

何かが理屈に合わない。

炎が照らすホールに目を向ける。そこかしこに転がった死体たちの目玉が、責めるように私を見ている。

石は私のものだと？　どうしてそんなものを欲しがる？　私はやまのめじゃないのか？

思考がままならず、自分が何者であるかが分からない。ただ、自分が混乱していることだけは理解できた。さっき緋村に投げた問いを自身にも投げる。私は昼間、石を強奪した。その記憶がある。それなのにどうして私がやまのめなんだ？

手の中のザバラに目を落とす。それは凜《りん》とした光を放ち、輝いていた。さながら暗黒の宇宙に浮かぶ恒星のようだった。ザバラの発する清廉な香気が脳内の曇りをじりじりと溶かしていく。

気が付くと、遠巻きに私を囲むように死者たちが立っていた。白石、灰原、紫垣、紺野、緋村、金崎一郎と二郎。全員が白い顔を私に向けていた。生きている筈のない男たち。

これは何だ。幻を見ているのか？

再び握ったザバラを見る。ごつごつとした果実の表面は、まるで心臓が脈動するように、膨張と収縮を繰り返している。

私は、吸い込まれるようにザバラに齧《かじ》り付いた。

何かを考えていたわけではない。自然と体が動いていた。

沈めた前歯が厚い果皮を破ると、口内に果汁がほとばしった。

強烈な酸味が舌を刺す。柑橘《かんきつ》の芳香が口の中で破裂し、鼻腔《びこう》を抜けていく。

香気が体内を巡ると同時に、酩酊《めいてい》感が急速に醒めていく。

私はやまのめではない。人間だ。仕事を終えた強盗だ。五人のうちの一人。

紺野の話を思い出す。

やまのめは巨大な目玉となって人の前に現れる。その見つめる眼は、水面に映る己自身。自分の中にある闇が見つめる視線だ。それを覗《のぞ》いた人間は取り憑《つ》かれる。

私はいつから自分が人間ではないのだと、やまのめだなどと考えていたんだ？　いつの間に、そんな妄想に囚《とら》われた？

私は死者たちを振り返る。そこに見たものに息が止まった。

「灰原……！」

そこには男が一人、立っていた。

灰原と名乗っていたその男は、屈託のない笑顔を向けた。その首は切り裂かれ、めくれた皮膚がべろりと垂れていた。傷口からは血管の収縮に合わせて、血液が周期的に噴いている。

茫然《ぼうぜん》とその男の顔を見つめた。さっきまで仲間の一人だと認識していたが、今はまったく見知らぬ顔に思えた。

灰原だと？　誰だそれは？　そんな名前の奴は我々の仲間にいなかった筈だ。

灰原と呼んでいた男の顔が蜃気楼《しんきろう》のように歪《ゆが》んだ。奴の眼球だけが拡大鏡で覗いたように、奇妙に膨らむ。私は咄嗟《とっさ》に目を閉じた。事故から目が覚めた時、最初にこいつの顔を見た時も同じように感じた。次の瞬間には、そいつは灰原という名前の仲間になっていた。

冷たい汗が背中に滲《にじ》む。

私は齧りかけのザバラを両手に握りしめ、額に押し付けていた。それが守護にでもなるかのように思えた。固く目を閉じる。

そのまま何秒過ぎたのか、それとも何分経ったのか。私はゆっくりと薄目を開けた。震えながら顔を上げると、灰原は既にそこにはいなかった。ブルーシートの上には手錠をかけられた一郎の死体が、踊るような姿勢で転がっている。一郎と手錠で繋《つな》がれていた筈《はず》の灰原の姿は、最初からいなかったかのように消えていた。

足元には緋村と二郎の死体。少し離れた戸棚の脇には金崎夫人の身体が倒れている。床には、そこかしこに血溜《ちだ》まりが点在していた。

いつしかホールは光に満たされていた。冷えていた背中が熱い。

私は思い出していた。

事故に遭った車の中で目を覚ました時、最初に見たのは、あの目。それは灰原と呼んだ男の目だった。あの見知らぬ男を、私はどうして仲間だと思ったのか。私ばかりではない。車内で意識を取り戻した仲間たち全員が、最初に目にしたのが灰原だった。

そして、自分がやまのめであると錯覚したのはついさっきの事だ。緋村が死ねばいいのに。そう考えた私が見たのは灰原と呼んでいた男の死体。その目だ。

紺野の話の通りだ。やまのめは水面だ。やまのめは己を映す鏡のようなもの。やまのめに映るあまりに醜い自身の姿を目にした時、それが人ならぬ物の怪《け》だと思い込んでしまう。

やまのめは緋村でもなければ私でもなかった。覚醒《かくせい》した私たちが最初に覗いたあの目だ。灰原こそがやまのめだったのだ。あいつはそこで寝そべったまま、私たちをずっと見ていたのだ。

緋村の死体に目を落とす。

私が殺してしまったのか。

心の中を絶望感が黒々と塗り潰《つぶ》していく。

いつの間にか、さっきまでカーテンを舐《な》めていた火炎は、壁面をのたうつように燃え広がり、吹き抜けの天井へと向かっていた。ぱちぱちと音を立てて炎が弾《はじ》ける。ホールの構造が煙突のような効果をもたらすらしく、地下牢《ちかろう》から吹き込む風が燃焼の働きを強めているようだ。

ここから逃げなくては。

私は足を引きずりながら、死体の間を歩いた。足を進める度に左膝《ひだりひざ》に激痛が走る。しかし止まるわけにはいかない。私の後を追うように、壁を這《は》う炎の舌先がちろちろと行く手に伸びようとしていた。

熱風に煽《あお》られながら、なんとかホールを横切り、エントランスに続く扉にたどり着く。扉を抜けるその時、私は振り返った。ホールの中に人影が亡霊のように立っていた。燃え盛る炎を背に、緋村がじっと見つめていた。

緋村が恨みがましく呟《つぶや》いた。

——どうして私を殺したんですか

激しく頭を振った。ザバラを握りしめ幻影を追い払う。

私が見ているのは緋村じゃない。彼は死んだ。今見ているのは緋村ではなく、私の罪悪感だ。罪の意識の投影に違いない。

緋村はさっき息絶えた時の姿勢のまま床に倒れている。その右手が何かを求めるように、伸ばされていた。それを目にした瞬間、さっき緋村が発した言葉が頭の中に蘇《よみがえ》る。

——石は私のものだ

緋村は石が自分のものだと話していた。どこにも無いのに？

いや、そうじゃない。

緋村は消えた石が今どこにあるのかを知っていたのだ。ダイヤの行方を知るからこそ、独占しようと考えたのだ。何故なら、おそらく、あいつが石を奪って隠したからだ。

今までの出来事が次々と弾けるようにフラッシュし、蛇行する稲妻のように繋がった。

私は踵《きびす》を返し、再び炎が燃え盛るホールの中に足を踏み入れる。

痛みで足が思うままに動かない。歯を食いしばり、無理矢理両足を交互に運ぶ。壁を這う火炎が室内の温度を急激に上昇させていた。剝《む》き出しの肩に火の粉が落ちる。

緋村の死体が指し示す腕の先、倒れた戸棚の陰に、地下牢へと続く階段があった。そこから風が吹きあげ、ホールの中に新鮮な空気を供給している。

私は階段に体を入れた。下りながらホールに目を戻すと、炎の中に倒れる緋村の死体が、私を見つめ、責めるように口だけを動かした。

――あなたが殺した

「私じゃない!」

そう叫び、緋村から目を逸《そ》らす。私の意思じゃないんだ。やまのめだ。やまのめの仕業なんだ。

痛む脚をかばいながら、逃げるように地下への階段を下りた。

檻《おり》の前に白石の死体があった。階上の炎が地下まで届き、その背中を鈍く照らしている。

思えば、緋村はこいつの死体にやけに気を配っていた。

――もっと丁寧に運んでください

――丁重に扱ってくれ！

私は死体の前に屈《かが》みこみ、仰向《あおむ》けにその身体を転がした。白石の顔はむくんで見えた。それは絶命した後、長いこと地面に倒れていた為だろうと思っていた。失われた血流が原因で腫《は》れて見えるのかと。それは違ったのだ。

最初から変だと感じていた。

事故の後、車から最後に出たのは私だった。あの時、緋村は周辺の状況を確認する為に、紺野と共にその場を離れていた。肝心の石の入ったケースを持っている私を車内に残したままだ。用心深い緋村の行動としては理屈に合わない。まず石の確保を優先する筈だ。きっとあの時、緋村は石がどこにあるか知っていた。だからこそ、一時でもその場を離れることができたのだ。

それにもう一つ、緋村の態度で引っかかる事があった。

さっき紺野に助けられて地下牢を脱出した時、あいつは自分を置いて逃げるように言った。追手の足止めをするとまで話した。どんな状況に置かれているにせよ、自己犠牲を申し出るとは思えない。きっと、一人で屋敷に留《とど》まりたい理由があったのだ。

だとすれば——

私は白石の唇の間に指を突っ込んだ。死後硬直が始まっているのか、顎《あご》が強張《こわば》っていて開かない。私は両手を突っ込み、嚙《か》み合わせた白石の歯列を強引にこじ開ける。段階的な抵抗があったが、白石の口は裂けるほどに大きく開いた。

右手を口の中に突っ込んだ。口内の粘膜がぬるりと指先に触れる。私は喉《のど》の奥まで指を差しこむ。すぐに人差し指に硬いものが触れた。指を曲げ、その硬い塊を搔《か》きだす。それはずるりと白石の口内から吐き出された。

あった！

死体の口から吐き出されたもの。それは八十カラットのダイヤモンドだった。ホールから差し込む炎の灯りを受け、石は輝いて見えた。思った通りだ。ずっと、石はここにあったのだ。緋村は苦し紛れに、奪った石を白石の口の中に隠したのだ。

石をズボンのポケットに突っ込み、立ちあがる。

白石の目がぎろりと私を見る。大きく開かれた顎の中で、紫色の舌が一個の意思を持った生物のように蠢《うごめ》いた。血色の無い唇がぐにゃりと曲がり、言葉を発する。

——やまのめは何もしない

私は檻の間を抜け外へと繋《つな》がる通路へと歩いた。

やまのめが何もしないだと？　そんな事があるか。緋村を殺したのは私の本意じゃない。邪悪な化け物に操られたせいだ。私が欲望に駆られて仲間を殺したとでもいうのか。そんな事はない！

地上へと続く階段の前までたどり着いた。階段の上の観音扉は開け放たれたままだ。流入する外気の感触が頬に当たる。

階段の下には紺野の死体があった。その額には銃弾で穿《うが》たれた穴が開いている。紺野は大事そうにリュックサックを抱えていた。死体からリュックを剝《は》ぎ取り、ジッパーを下ろして中身を確かめた。中に入っていたそれは、おおよそ私の想像した通りだった。札束の詰まったリュックを肩に引っ掛け、傷ついた脚を持ち上げるようにして階段を上る。苦痛に汗が噴き出した。

背後から気配がした。見下ろすと階段の下で紺野が半身を起こし、私を見上げて言った。

——やまのめは、みずのおもだ

私は重い荷物を運び出すように自分の体を階段の上へと押し上げる。

鉄製の観音扉から顔を出すと、金崎邸の雑然とした庭が見えた。夜の闇は既にそこに無く、薄明りが庭内を満たしていた。すぐ隣には白い軽トラックが停まっている。ここは庭の端にあった車庫の一画だ。邸内の地下道からここに繫がっていたのだ。

私は階段から這《は》い出し、痛みをこらえて歩き出す。屋敷から漏れ出した炎の光が、地面に溜《た》まった泥水を明るく照らしている。目の端に私たちの車が映った。五人乗りの乗用車。その前には紫垣がゆらりと陽炎《かげろう》のように立っている。

奴の視線が突き刺さる。私は無視して歩き続けた。

紫垣が言う。

——やまのめが、みているぞ

耳にしているのはまやかしだ。幻聴に過ぎない。私はそう自分に言い聞かせた。

振り返ることなく、痛みに耐え、ただ足を動かした。地面に引きずる足取りは遅々として進まないが、どうにか錆《さ》びついた門扉にたどり着いた。門扉の格子の影が、ゆらゆらと地面に落ちている。

そこで初めて後方を振り返る。金崎邸は火に包まれようとしていた。三角屋根の頂点はまだ炎の上に突き出しているが、間もなく呑《の》み込まれてしまうだろう。照らし出された庭には誰の姿も無い。多くの死体をその腹中に呑んだまま、屋敷は燃え落ちようとしている。

私は背を向けて歩き出した。

金崎家の敷地から本道へと繫がる坂道を下る。白石の死体を一輪車に載せて、この道を登ったのが随分と昔の事のように思えた。裸足《はだし》の踵《かかと》に砂利が棘《とげ》のように突き刺さる。坂を下り脇道から峠道の本道へ入る。

頭上に渦巻く闇夜は、いつの間にか群青色の空に変わっている。隙間無くひしめく雲に覆われてはいるが、東の山際は白く明るさを取り戻していた。足元のひび割れたアスファルトがはっきりと視認できる。夜が明けようとしていた。

道路の先が土砂に埋まっているのが見えた。その手前には、金属片やガラスが散乱していた。我々の車が横転していた場所だ。ここに逃れても、物事が最初に戻るわけではない。やり直せるわけでもない。それは分かっているが私は行けるところまで、ひたすらに逃れるしかなかった。

息が上がり、眩暈《めまい》がした。つま先が痺《しび》れ、足の感覚が乏しい。リュックサックを投げ出し、私はその場に倒れ込んだ。

地面に手足を投げ出して寝ころび、空を見上げた。視界の端に見える木々が私の鼓動に合わせて揺れて見えた。呼吸が苦しい。

目の端に例の道祖神が映った。紺野の話していた阿比留文字だかが刻まれた石碑だ。紺野はこれが崩れたために、やまのめが封印から解かれたのだと話していた。おそらくそれは真実なのだろう。この道祖神は山の怪異を封印していた。昨日の事なのに、もう遠い彼方《かなた》の出来事だった。昼間、金崎一郎は石碑を指さし、「ここの地名だけは漢字で刻まれているんです」と言った。

そこには『灰原《はいばら》』と記されていた。それがこの峠の名前らしい。

気が付くと私の右手にはまだザバラがあった。翳《かざ》りかけのそれを、ずっと握りしめていたのだろう。私はそれを泥の上に投げ捨てた。

私たちはどこで失敗したのだろうか？

息を整え、思考が落ち着くのを待った。

ズボンのポケットから石を取り出す。

それを目の前に翳《かざ》すと、ダイヤモンドはそれ自体が白く輝く光を放って見えた。

私は巡らない頭でゆっくりと思い直した。失敗なんかじゃない。全てを元通りにできるとしても、やり直しはしない。これで良かったのだ。そう考えた。
その時、誰かの声がした。

——あさましき

私は体を起こして、辺りを見回した。
嵐が明けたばかりの山中に人がいる筈《はず》もない。白む空の下、視界に映るのは泥と岩と傷んだアスファルト。それに過ぎ去ろうとしている嵐の残滓《ざんし》にさざめく木々だけだ。

また誰かが言った。

——おそれにありて　ぼんならうは失《う》せず　むさぼる心のみふかく

黙れ。黙れ。

——人のあさましきこそ　おもしろし

そこに灰原、いや、やまのめが立っていた。それはひとつの眼球だけの姿だった。どうしてだ。ここまで逃げたのに。私を追ってきたのか？

そいつは、私を見つめる。

中心の瞳《ひとみ》がじわりと収縮する一方で、眼球そのものはみるみるうちに肥大し、膨張していく。やがてその大きさは私の背丈を超え、さらに広がっていく。そこに新たな次元が爆発するように、巨大な目玉が視界を覆っていった。

私を穿つ視線。それは純粋な好奇心だった。圧倒するその視線に縛られて、自分の指先を動かすことすらもどかしい。痛覚も消えたのか、撃たれた膝《ひざ》に痛みは感じなかった。一方ではっきりと感じるのはその視線の邪悪さだった。醜悪で正視に耐えられないと思えた。しかし、それは私自身が見つめる私の視線なのだ。自分の中に潜むもう一人の自分。そいつの巨大な眼が私を見つめていた。全身から力が奪われていく。助けを呼ぶ声も出ない。

その時、地面で何かが光った。

ザバラだ。

やまのめを封印していた黄色い果実。

私は地面に倒れ込むと力を振り絞って手を伸ばす。伸ばした右手にザバラが触れた。それを指先で手繰り、なんとか握る。さっき嚙《か》み取った果皮の裂け目から、瑞々《みずみず》しい果肉が覗《のぞ》いていた。全身に力が戻ってくるのを感じた。

紺野の言葉が脳裏に蘇《よみがえ》る。

——やまのめにとっちゃ、ザバラがそれだ。弱点って事だろうなきっと
私は立ち上がると、覚束《おぼつか》ない足を動かし、転がるように走った。

このザバラをどうすればいい？

——じゃあ目ン玉に突っ込めよ
視界を埋める巨大な眼球がその虹彩《こうさい》を震わせた。

私はザバラを振り上げ、やまのめに突き出した。ザバラを摑《つか》んだ右手は、何の抵抗もなくその眼球に埋まった。水面に雫《しずく》が跳ねたように、円形の波紋が大きな黒い瞳に広がっていく。

——一瞬の沈黙の後、絶叫が山中を響《とよ》もした。

その響きは狼の遠吠《とおぼ》えが幾重にも重なったようだった。清廉な朝の空気を震わせ、妖《あやかし》の叫びが木々の間を伝播《でんぱ》していく。同時に光の矢が辺りに降り注いだ。山の峰から昇り始めた朝日の発する光線が、雲間から一気に放たれたのだ。私の視界一杯に光が炸裂《さくれつ》し、爆発した。目が眩《くら》み、意識が飛んだ。

私はいつしか目を閉じていた。何も聞こえない。いや、己の呼吸音しか聞こえない。ゆっくりと目を開く。

そこに、やまのめは消えていた。

私は茫然《ぼうぜん》と泥の上に座り込んでいた。チチ、とどこかで鳥の声がする。空気は冷えていたが体は暖かい。裸の上半身を湿った風がなぶり、通り過ぎていく。

終わったのか？

握りしめた手の平を開く。

そこには輝く八十カラットのダイヤモンドがあった。

仲間と共に手に入れた宝石は、確かに今、私の手の中にあった。しかし、その仲間は既に無く、今朝はただ一人だった。

きっとこの結末は私たちの心の底に沈む欲望の成れの果てなのだ。やまのめはただ見ていただけ。その巨大な目に映った邪悪な姿は自分自身だった。己の欲望の影に囚《とら》われた人間たちは勝手に愚かな行いを演じる。やまのめは、それを見ているだけ。何もしないのだ。

私はダイヤモンドに目を落とす。光学的特性に基づいてカッティングされた多面体に、陽ざしが反射と屈折を繰り返し、上面のファセットから眩《まばゆ》いばかりに光を溢《あふ》れさせている。

しかしいくらそれを見つめても、私の心は動かなかった。仲間を手にかけてまで手に入れた透明な炭素の結晶は、今はなぜかとてもつまらないものに見えた。

私はひとり、人気の無い早朝の山中で石ころを握りしめ、半裸でぼんやりと座っている。なんて滑稽《こっけい》なざまだ。山の物の怪《け》ならずとも、この生物の哀れで愚劣な行いを眺めて楽しみたくなるだろう。

走る雲の合間に、昇り始めた朝陽が見え隠れしている。山間《やまあい》に差し込む日光は、白く筋となって輝いていた。

私は立ち上がろうと膝に力を籠《こ》める。思うように動かない。惨めに這《は》いつくばるようにして、どうにか腰を上げることができた。

とにかく歩こう。今はそれしかできることがない。

私は一歩踏み出そうとして、足を止めた。

そこにザバラが落ちていた。やまのめを封じる果実。さっき、化け物にぶち込んでやったものだ。

なぜか背筋に冷水を浴びた気がした。どこからか禍々《まがまが》しい視線を感じていた。私は動けなかった。

ザバラは意思を持つかのように、ひとりでに泥の上をごろりと転がった。私が齧《かじ》りとった果皮の断面がこちらに向けられる。そこに何かが蠢《うごめ》いていた。

それは人間の目だった。黄色いザバラの裂け目から誰かが覗き見ている。それは異世界の覗き窓からこちらを眺めているようだった。くすんだ皮膚に薄い二重の瞼《まぶた》。白髪の交じった眉毛《まゆげ》まで見える。間違いなくそれは私の目だった。

やまのめが、見ている！

どうしてだ？　さっきの叫びは怪異の上げる断末魔の声ではなかったのか？　ザバラを食らわせてやったのに。邪気を払う菖蒲《しょうぶ》のように、やまのめはザバラが弱点なのだと紺野は言っていた。それに金崎二郎だって似たような事を話していた。ザバラの木はやまのめを封じる為に植えられたのだと。そうだ、奴は何と言っていた？

——あのザバラは昔おんめんさまの為に植えられたものだ

二郎の言葉が鮮明に思い出され、私は愕然《がくぜん》とした。奴は『封じる為に植えられた』とは言ってはいない。おんめんさまの為に――、『やまのめの為に植えられた』と言ったのだ。その言葉が正確ならば――

紺野、君はとんでもない思い違いをしていたんじゃないのか？

道祖神が疫病や悪霊から人間を守るものならば、あの道祖神がやまのめを封印していたのは事実かもしれない。それじゃ、ザバラは？

たった今、屋敷から逃げ出した私をやまのめは追ってきた。そう考えた。しかし、それは違うのかもしれない。きっと、やまのめはザバラを追ってきたのだ。

事故直後、灰原と名乗る男が――、やまのめが現れた。道祖神の封印から解かれたやまのめは、我々の車に偶然激突したザバラの木を追ってきたのではないのか。だから、そこにいた私たちが取り憑《つ》かれてしまった。

やまのめはザバラが弱点なのではない。ザバラを嫌っているのではなく、逆に好んでいるのだ。植えられたザバラはやまのめを封印するのではなく、好む餌を与えてその場所に留め置くことが役割だったに違いない。

黄金色の果実の中で、もう一人の私の目が下卑た笑みを浮かべていやらしく歪《ゆが》む。そのあまりの醜さに私は目を逸《そ》らした。

ここから逃げなければ。そう考えたが叶《かな》わなかった。

背中から激痛が刺し貫き、体が硬直したからだ。

呼吸が止まる。必死に空気を吸うが、吸ったそばからどこかに漏れていく。背中に手を回すと指先に硬いものが触れた。首をひねると目の端に柳刃包丁の柄が映った。背中を刺したそれは、私の肺を貫通している。どうにか引き抜こうと腕を背後に回すが届かない。

満足に酸素を取り込むことができず、ぜいぜいと喘《あえ》ぐ。かつて覚えのない苦しみだった。

身体を支えることができず、地面に転がり、泥に頬を擦りつけた。

黒い帳《とばり》がじわじわと視界を侵食していく。失われていく光の中に、ひょこひょこと遠ざかる小さな足取りが見えた。

私は死ぬのか——

これも当然の帰結だと思えた。人間は互いに害し、自滅する。それが愚かな人間たちの行く末なのだから。

今もきっと、やまのめが見ているのだろう。

金崎の章

小さな窓の外には明るいブルーの空が広がっていた。昇り始めた朝陽が、千切れ、たなびく黒雲を橙色《だいだいいろ》に染める。嵐の残滓《ざんし》は刻一刻と西風に押し流され、空から一掃されようとしていた。

あたしの乗っている救助ヘリは、しばらく同じ位置にホバリングを続けている。最初は酷く喧《やかま》しいと感じていたローターの騒音だったが、いつの間にか耳に慣れていた。

オレンジ色の隊服に身を包んだレスキュー隊員が、大きく開かれた開口部から身を乗り出し、地上を見下ろしている。

この高さでよく怖くないものだ。彼はさっき降下長と他の隊員に呼ばれていた。そういう役回りなのだろう。

眼下には木々に覆われた山々が広がっている。その山並みを縫うように走っている道路の一部が赤い土砂に遮られていた。埋もれた道路の周囲には、昨夜の豪雨によってもたらされた雨水が幾筋も流れをつくっていた。道路の際は崩れかけ、切り立った崖《がけ》になっていて、雨水の流路はそこから滝のように谷底に落ちている。

水の流れは太陽光を反射してきらきらと輝いている。その中で一際輝く輝点がひとつ、きらめきながら谷底へと落ちていくのが見えた。

嵐の後はいつだって美しいものだ。あたしはうっとりと地上の様子を眺めていた。

ヘリコプターから降ろしたロープに繋《つな》がれた担架が、それを支えるレスキュー隊員と共に引き上げられてくるのが見えた。

降下長が緊張を帯びた声を発した。

「揚収中。スキッドまで残り五メーター。そのまま維持」

「了解」と、機長が応じる声がスピーカーを通じて聴こえた。

「残り一メーター……。スキッドクリア」

吊《つ》り上げられた担架がヘリの開口部に横付けされた。

「誘導ロープカット。接点無いね。頭から入れるよ。ゆっくり」

降下長の言葉に、一緒に上がって来たレスキュー隊員が担架の向きををぐるりと回転させ、機内にゆっくりと押し込む。

「収容完了」と、降下長が言った。

あたしの目の前に担架に寝かされた母の顔が見えた。

「母さん」と、あたしは母の耳元に顔を近づけた。「怪我は？」

訊《き》いてから後悔した。間近に見る母の顔は怪我どころではない。母の鼻は折れ曲がって、口元は拭《ぬぐ》った血の跡がある。白い頭髪も出血で黒く汚れていた。きっと誰かに痛めつけられたのだ。彼女のような老いた女性を殴れるなんて、どんな凶悪な人間なのだろう。あたしの胸は潰《つぶ》れそうだった。

母は気丈にも、にっこりと微笑んで、あたしの名を呼んだ。

「す、翠々花」

水に濡《ぬ》れた白い前髪が母の顔にべったりと張り付いている。表情は明るく顔色も良い。とにかく、命には別状無さそうだ。

「痛むでしょう、母さん。可哀想に」

「うん」

「兄さんたちは？」

「死んだ、よ」

あたしはびっくりして声を上げた。

「死んだ？　二人とも？」

「うん」と、母は頷《うなず》く。

母の言うことは真実だ。

なんていう事だろう。兄さんたちが死んだなんて。しかも二人とも。どんな死にざまだったのだろうか。どうしようもない人間だったが、どうせ死ぬなら、あいつらが死ぬところを見たかった。

あたしは母の耳元で囁《ささや》いた。

「……石を持ったやつらは来た？」

母は微笑みを返し、

「背中を、刺した、よ」と、答えた。

母は胸の上で合わせていた両手を開いた。その手の中で白い光が輝いた。それは見覚えのある、八十カラットの輝きだった。あたしは両手で母の手を覆い隠した。

「素晴らしいわ」

母の手は血で汚れていた。それはおそらく母自身の血ではない。背中を刺したという相手のものだろう。やはり、頼りになるのは母さんだけ。役立たずの兄たちではない。

兄たちは普段からあたしのいいなりだった。監視している母は、兄たちの動向を逐一あたしに伝えてくれる。あたしの言いつけを守らなかったり、愚かな振る舞いをすれば、その度にあの二人を教育してやった。その甲斐《かい》もあってか、最低限の仕事はしたというわけだ。

あたしが言い含めた通り、五人の強盗たちは山越えの逃走経路を選んでいた。

台風で道路が途絶えたと知った時は、全てが無駄になったと思った。でも、その前に連中はここまで無事にたどり着いたらしい。

やつらに情報を売った時、狙いはこの石なのだと気が付いた。あたしも石は欲しかった。それなら、こいつらが奪った石を横取りすればいいと思いついた。上手《うま》くやれば警察にも誰にも追われることはない。

あたしはあの男、昨日は大統領のマスクを被《かぶ》っていたあいつ——そう、白石からそれとなく聞きだした。紫垣とかいう大男は案外堅い奴だったが、白石は簡単だった。聖職者だかなんだか知らないが、あいつは融通の利かない、つまらない男だった。しかし、そういう奴に限って女に免疫がない。あたしが会えなくなるのが寂しいと言うと、白石は簡単に情報を漏らした。やつらは石を奪った後、すぐに関東を離れて西へ向かう計画らしい。それなら灰原峠を抜けるルートが良いと勧めた。その道なら交通量は少なく、警察のナンバー自動読取装置は配備されていない。あなたが警察に追われる事が心配なのだと白石に唇を寄せた。おめでたいことに彼はあたしの言葉を素直に受け入れ、あたしの話した逃走ルートを仲間に強く提案したらしい。

兄たちはいつも真夜中に通る車を無作為に襲っていたが、今回は襲う車両を間違えてはならない。あたしは車種とナンバー、通過するであろう時刻まで丁寧に指示を出した。そして相手は五人。いつものようにパンクトラップでタイヤを潰して停車させても、いきなり襲って抵抗されたら厄介だ。自宅に招き一人ずつ片付けるように注意することも忘れなかった。彼らの持つ盗品の詳細は母にしか教えなかったが、奪うことには成功した。

あの五人の強盗の姿が無いということは、兄たちに殺されたのか、それとも逃げたのか。殺したのなら、そいつらが死ぬところも見たかったと思う。

「……まあ、仕方ないか」と、呟《つぶや》いた。何事も望み過ぎはよくない。

その時、誰かが言った。

「お母さん、意識ははっきりされていますね？」

顔を上げると、担架を囲む三人のレスキュー隊員があたしを見ていた。ヘルメットの影が落ちて目は見えない。

あたしは微笑んで返事した。

「ええ、大丈夫みたい。ありがとうございます」

「これを」と、隊員がピンク色のリュックサックを差し出した。「お母さんがお持ちだった荷物です」

確かに母のリュックだ。あたしは受け取った。どうしてこんな物を持って出たのだろう？　中に何が入っているのか、ずっしりと重い。あたしはそれを傍らに置いた。

あたしは晴れやかな気分だった。

兄が二人とも死んだのならば、あの家を継ぐのはあたし。金崎家を相続するというわけだ。正直、こんな山の中の家を継承したって何も良いことなどありはしない。けれど、今は目も眩《くら》むような大金があたしの手に入ったのだ。あとは母と二人で楽しく暮らせばいい。なんて素晴らしい朝だろう。

　操縦席の機長が無線連絡をする声が響く。

「無事に収容完了しましたので、これより乗員と負傷者の六名、病院の方に向かいます」

　無線の向こうから、訝《いぶか》しげな声色の返答があった。

「――ええと、怪我人は何名収容されましたか？」

「一名です。それとは別にご家族の方も一名同乗されています」

「――確認しますが」と、戸惑ったように無線の声が言った。「怪我人一名収容。家族の方が一名。二名の民間人が乗っているんですね？」

「そうです」

「――であれば、合計五名搭乗中ですね。了解しました」

　機長は無線を切って、苦笑混じりの横顔を見せた。

「……あいつ、計算が苦手らしいぞ。合計六人だろうが」

　操縦席には機長。後部にはレスキュー隊員が三人と、あたしと母の二人。確かに機内には合計で六人いる。

ふと、妙な気持になった。

母の担架を収容したにせよ、機内が随分狭くなったように感じる。レスキュー隊員は後ろに三人もいたっけ？

ローターの爆音を響かせ、ヘリが移動を始める。

陽の光が雲に遮られたのか、機内がふっと暗く陰った。

「金崎さん、伺いたいのですが……」と、隊員の一人がおずおずと口を開いた。

「はい？」

「どうしてお母さんは、大事そうに蜜柑《みかん》を抱えているんです？」

あたしは母の手を見た。


嘘！


母が握っていたのはダイヤモンドではなかった。そこにあったのは、黄色く輝く柑《かん》橘《きつ》の果実だった。

あたしは顔を上げた。

巨大な目が、値踏みするように、じっとあたしを見つめていた。

解　説

香山《かやま》二三郎《ふみろう》

アメリカのアリゾナ州フェニックスの不動産会社に勤めるＯＬが、ある日会社の金を横領して逃避行を始める。車を駆って恋人の住むカリフォルニアを目指すのだが、夜になって土砂降りの雨に祟《たた》られ、やむを得ず町外れの寂れたモーテルに泊まることに。その晩、宿を営む青年に誘われ夕食を共にした後、彼女は部屋に戻ってシャワーを浴びるが、そこに侵入してきた女に襲われめった刺しにされてしまうのだった……。

というのは、アメリカのモダンホラーの第一人者ロバート・ブロックの原作をアルフレッド・ヒッチコックが監督した映画『サイコ』（一九六〇）の出だしである。それまで横領犯罪をやらかした女の行方を見守っていた観客は突如として起きる惨劇に文字通り度肝を抜かれるわけで、『サイコ』はこの手のショッカー映画の手本として後世に多大な影響を与えることになる。

本書もまずは、そうした『サイコ』系ホラーサスペンスの一冊として幕を開ける。
土砂降りの雨の中、山奥の峠で車が横転する。乗っていた六人の黒スーツの男たちは瀕死《ひんし》のありさまであった。いや、車の下敷きになって死んだ者一名。季節外れの台風直下、最適のルートとしてあえて〝魔の峠〟と呼ばれる道を選んだ天罰が下ったか、土砂崩れに直撃されたのだ。幸い、近所に住む金崎《きんざき》家の兄弟が様子を見に来たといい、救いの手を差しのべてくる。生き残った灰原《はいばら》、紫垣《しがき》、紺野《こんの》、緋村《ひむら》、山吹《やまぶき》の五人は兄弟とその母が住む金崎家に避難するが、出された珈琲《コーヒー》を飲むや、やがて五人は次々と倒れる。兄弟の態度も豹変《ひょうへん》、自分の許可なく口を開くなと恫喝《どうかつ》し、緋村が口答えすると、テーブルに突っ伏していた巨漢の紫垣の首を包丁で突いた。金崎兄は五人を縛り付けると、強欲な人間は代償を払わなければならないと宣告する。

映画『サイコ』と一味異なるのは、事故の現場近くに〝おんめんさま〟という道祖神が祀《まつ》られていて、金崎兄はどうやらその教えに従っているようであることだ。つまり「街の人間は古来あらゆるものを山の人間から奪ってきた（中略）。おんめんさまは強欲な簒奪《さんだつ》者に抗《あらが》うことを望まれている。己の分際をわきまえぬ街の人間どもへの報復。その権利をこの家に与えられた」という次第。のちに歴史の蘊蓄《うんちく》にうるさい紺野は、山奥に住み旅人を襲う山姥（やまんば）伝説を持ち出し、これを補強する。紺野はさらに自分たちが何者かに化かされているのではないかという事態に直面すると、〟やまのめ〟という物の怪《け》の話を持ち出す。「人に紛れて脅かし、怯えた人間を食っちまう物の怪」とのことで、おんめんさま＝やまのめなのかは定かではないが、とまれ本書は中盤からはただの『サイコ』系ではなく、ホラージャパネスク色をも一段と強めていくのである。

『サイコ』と異なるもう一つは、山姥一家の獲物になる五人がただの男たちではないことだ。『サイコ』のヒロインと同様、逃亡者ではあるのだが、こちらは武装もしている強奪犯。ただ黙ってやられているだけではむろんすまない。隙を見つけてはいつでも反撃に出る用意があるわけで、事実一家は痛い目にあうことになる。もっとも犯罪者は犯罪者、五人組はそれぞれ内に闇を抱えており、そこを物の怪につかれることにもなる。タフガイの紫垣とて例外ではなく、絵に描いたような無法者の彼も家族を失っており、その痛手にトラウマを疼《うず》かせていて、それがやがて暴走のトリガーとなるのだ。

かくして、彼らの内なるトラウマや欲望は内輪《うちわ》揉《も》めへとリンクしていく。物語の後半は山姥一家も交えて、五人が奪ってきたものの争奪戦が繰り広げられる。五人の反撃を喰《く》らい、いったんは逃げ出した金崎母子《おやこ》だが、こいつらもただ尻尾《しっぽ》を巻いて逃げ出すようなタマではない。五人が仲間割れをしている隙をついて、報復に出てくるのである。

そこでポイントは、六人いた強奪犯が実はもともと五人ではなかったかということ。いつの間にか一人増えていたのだ。その一人は〝やまのめ〟なのか。そして〝やまのめ〟だとすると、いったい誰に化けているのか。終盤、二転三転する〝やまのめ〟探し。果たして誰と誰が生き残るのか、壮絶なサバイバル戦が繰り広げられる一方で、著者が仕掛けたこのフーダニット（犯人探し）のバリエーションもまた、『サイコ』にはない妙味というべきか。

本書『やまのめの六人』は長篇『火喰鳥を、喰う』で第四〇回横溝正史《よこみぞせいし》ミステリ&ホラー大賞を受賞、作家デビューした著者の長篇第二作に当たる。前作は信州の旧家で起きる、太平洋戦争で戦死した大伯父《おおおじ》のドラマを軸にしたスーパーナチュラルな怪異劇であったが、今回は『サイコ』系を初《しょ》っ端《ぱな》に、クライムノベルのタッチと本格ミステリーの趣向まで盛り込んだキレッキレのモダンホラーに仕上がっている。前作以上のスピードでラストまで一気に読めるノンストップ・エンタテインメントといえよう。

なお、長篇第三作『蜘蛛の牢より落つるもの』（KADOKAWA）も二〇二三年九月に刊行済み。比丘尼《びくに》伝説の残る村で二一年前に起きた集団生き埋め死事件。事件後ダム湖の底に沈んでいたその村が水不足で干上がったところをライターが取材にいくが、やがて事件が……。『火喰鳥を、喰う』のあの人物が再登場します！

本書は、二〇二一年十二月に小社より刊行された単行本を加筆修正のうえ、文庫化したものです。

やまのめの六人《ろくにん》
原《はら》 浩《こう》

角川ホラー文庫　23962

令和5年12月25日　初版発行

発行者――山下直久
発　行――株式会社KADOKAWA
〒102-8177　東京都千代田区富士見2-13-3
電話 0570-002-301(ナビダイヤル)
印刷所――株式会社暁印刷
製本所――本間製本株式会社
装幀者――田島照久

ISBN978-4-04-114402-2　C0193

角川文庫発刊に際して

角川源義

第二次世界大戦の敗北は、軍事力の敗北であった以上に、私たちの若い文化力の敗退であった。私たちの文化が戦争に対して如何に無力であり、単なるあだ花に過ぎなかったかを、私たちは身を以て体験し痛感した。西洋近代文化の摂取にとって、明治以後八十年の歳月は決して短かすぎたとは言えない。にもかかわらず、近代文化の伝統を確立し、自由な批判と柔軟な良識に富む文化層として自らを形成することに私たちは失敗して来た。そしてこれは、各層への文化の普及滲透を任務とする出版人の責任でもあった。

一九四五年以来、私たちは再び振出しに戻り、第一歩から踏み出すことを余儀なくされた。これは大きな不幸ではあるが、反面、これまでの混沌・未熟・歪曲の中にあった我が国の文化に秩序と確たる基礎を齎らすためには絶好の機会でもある。角川書店は、このような祖国の文化的危機にあたり、微力をも顧みず再建の礎石たるべき抱負と決意とをもって出発したが、ここに創立以来の念願を果すべく角川文庫を発刊する。これまで刊行されたあらゆる全集叢書文庫類の長所と短所とを検討し、古今東西の不朽の典籍を、良心的編集のもとに、廉価に、そして書架にふさわしい美本として、多くのひとびとに提供しようとする。しかし私たちは徒らに百科全書的な知識のジレッタントを作ることを目的とせず、あくまで祖国の文化に秩序と再建への道を示し、この文庫を角川書店の栄ある事業として、今後永久に継続発展せしめ、学芸と教養との殿堂として大成せんことを期したい。多くの読書子の愛情ある忠言と支持とによって、この希望と抱負とを完遂せしめられんことを願う。

一九四九年五月三日